韓国文学セレクション

夜は歌う

キム・ヨンス
橋本智保 訳

新泉社

밤은 노래한다
김연수

Night is Singing
by Kim Yeon-su

The Korean edition originally published in Korea
2008 by Moonji Publishing Co., Ltd., Seoul, and
2016 by Munhakdongne Publishing Group, Paju.

This Japanese edition is published 2020 by Shinsensha Co., Ltd., Tokyo,
by arrangement with KL Management, Seoul
through K-Book Shinkokai (CUON Inc.), Tokyo.

This book is published with the support of
The Literature Translation Institute of Korea (LTI Korea).

夜は歌う

一九三二年九月　龍井（ヨンジョン）　007

一九三三年四月　八家子（パルガジャ）　089

一九三三年七月　漁浪村（オランチョン）　143

一九四一年八月　龍井　263

一九三二年九月　龍井　273

編註　277

解説　その長い夜，私たちは歌えない歌，夜が歌う歌――――韓洪九　293

著者あとがき　304

訳者あとがき　310

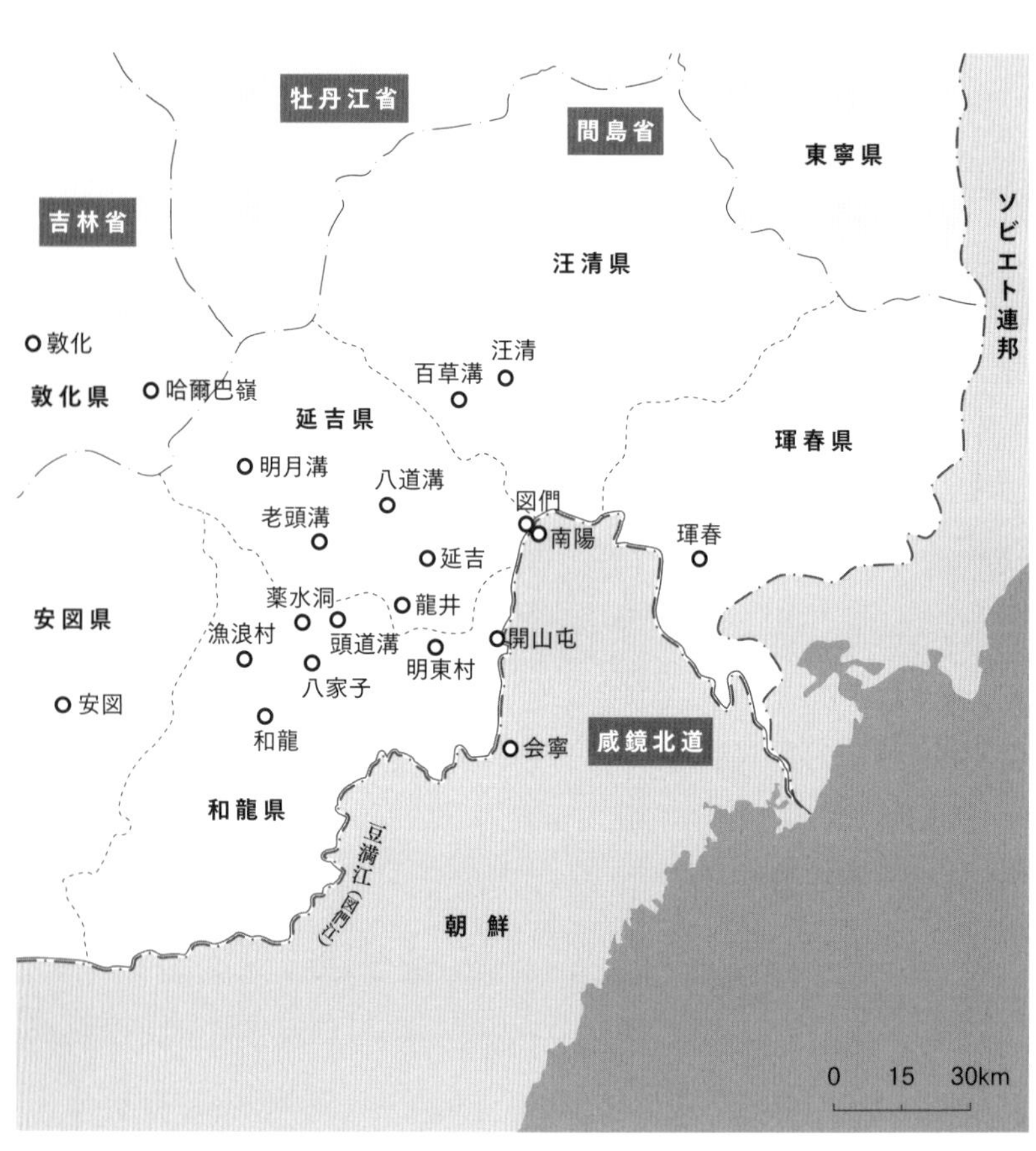

牡丹江省
間島省
東寧県
吉林省
ソビエト連邦
汪清県
敦化
汪清
百草溝
敦化県
哈爾巴嶺
延吉県
琿春県
明月溝
八道溝
図們
老頭溝
南陽
琿春
延吉
薬水洞
龍井
安図県
漁浪村
頭道溝
開山屯
明東村
八家子
安図
和龍
会寧
咸鏡北道
和龍県
豆満江（図們江）
朝鮮
0
15
30km

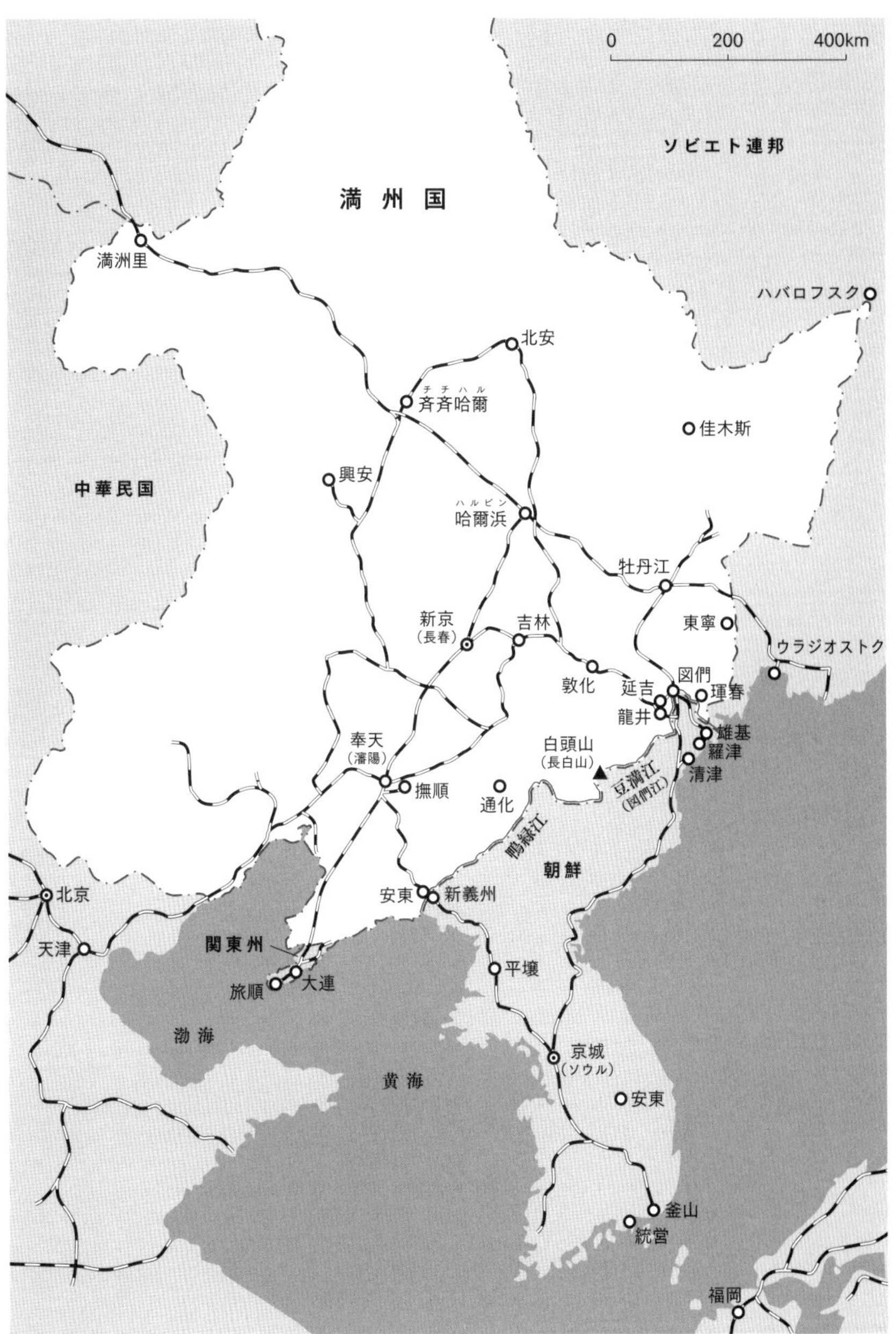
0
200
400km
ソビエト連邦
満州国
満洲里
ハバロフスク
北安
チチハル
斉斉哈爾
佳木斯
興安
中華民国
ハルビン
哈爾浜
牡丹江
東寧
新京
（長春）
吉林
ウラジオストク
敦化
図們
延吉
琿春
龍井
雄基
羅津
奉天
（瀋陽）
白頭山
（長白山）
清津
撫順
通化
豆満江
（図們江）
鴨緑江
朝鮮
北京
安東
新義州
天津
関東州
平壌
大連
旅順
渤海
京城
（ソウル）
黄海
安東
釜山
統営
福岡

装幀　北田雄一郎

一九三二年九月

龍(ヨン)井(ジョン)

星と月光はなく、瀕死の蝶もなく
笑いのかそけさも愛の乱舞もない。
だが青年たちは安らかである。

——魯迅*

冷たい秋の風が吹く一九三二年九月下旬、男は市内の十字路にある龍源居（ヨンウォンゴ）という料亭で、日頃から付き合いのある『間島（カンド）*新報』の記者たちと夕食をともにした。料亭を出たあと、男は吉林（きつりん）*から来ることになっている旧友を迎えに、龍井駅（りゅうせい）*に向かってひとりで歩いて行った。それきり男の足取りは途絶えていた。ところが数日後、北洞（ブクトン）で男を見かけたという者が現れた。北洞というのは、龍井から延吉（えんきち）*に抜け、さらに北へ向かった所にある山間の村を指す。男を見たのはその村の住人で、ちょうど官庁で配分してもらった塩（官塩）を牛車に積んで村に帰る途中だった。配分といっても土着の匪賊（ひぞく）（土匪）に奪われてはならないからと舌の先で舐める程度しか配ってもらえないので、たいして重くはないが、何しろ空っぽの荷車を引いて上るだけでもきつい山道なのだから、牛にしてみればいろいろと言い分はあったはずだ。それだけ険しい村だった。さらに奥に入ると、土匪（どひ）たちの巣窟である王隅溝（ワンウグ）という所がある。龍井（ヨンジョン）の人に王隅溝を知っているかと尋ねると、ふつうは「はて、そんな山里があったかな」と首をかしげる。そこでは日本軍が駐屯している龍井では考えられないようなことが頻繁に起こり、しかも、龍井からわずか数十キロの所だというのに、無法地帯の荒野さながらの地だった。たとえば、その北洞の住人の目に映った光景がそうだった。配分された塩が官塩であれ密輸した私塩であれ、海で取れたしょっぱいものであれば、山中の土匪たちにとってはこのうえない宝物だということを知っている彼の前に、遠目だったにせよ、いきなり銃を担いだ土匪が現れたのだから、ずいぶん驚いたに違いない。ただ、どうも妙だったと北洞の住人は言った。土匪のくせに塩をのせた牛車には目もくれなかったと言うのだ。だから共匪（きょうひ）*だと思った、とそれとなく本心をほのめかしたのだが、意外なことに、彼を取り調べていた日本の憲兵はそれに反論をしなかったという。男は共匪たちと一緒にいた。北洞の住人がひと目で気づいたぐらいだから、広い北間島（プッカンド）*の地でよほどのお節介やきだったのだろう。男は護衛とも護送ともいえない——いずれにしても曖昧な対応を受けながら王隅溝の方に向かっていた、と北洞の住人は話した。ふつうなら誰でも、それでどっちだったんだ？　と訊き返す。憲兵ならなおさらだ。ところが北洞の住人は、次第に凍りつく十一月の川のごとく黙り込んでしまった。護衛か、それとも護送か？　男の正体をめぐる謎は、まさにここから始まるのである。なぜなら彼は、共匪に護衛されても護送されてもおかしくない男だったからだ。

　男が『間島新報』の記者たちと別れたあと、ひとりで龍井駅へと向かったその翌日の朝のことだった。僕はいつものように中国語の単語を諳（そら）んじながら南満州鉄道株式会社*龍井事務所に向かって歩いていた。そのときふと、街角で薄着をした子どもがこちらをじっと見ているのが見えた。その子は僕と目が合うなり、さっと視線をそらした。満州の子どもたちにありがちな、焦点の定まらない虚ろな目だった。満州には見なくてもよいものがあふれていた。僕はとくに気にも留めず、事務所の入り口の石段で靴についた砂埃（すなぼこり）を払い、中に入ろうとした。すると、その子が近寄ってきて言った。

「キム・ヘヨン先生ですか」

僕は振り返った。たしか、風は冷たいのにずいぶん陽ざしの強い日だった。眉間に皺（しわ）を寄せてまぶしそうに僕を見上げていた子どもの顔を、いまでもはっきりと思い出す。何の用だと尋ねると、その子はある紳士からことづかってきたという紙を懐（ふところ）から取り出し、僕につきつけた。手紙はきちんと折り畳んであった。差出人の名前を訊くと、首を横に振った。その子の顔には、手紙を渡せば自分の役目はもう終わりだと書いてあった。ひょっとしたら間島（かんとう）臨時派遣隊*の中島龍樹（たつき）中尉に頼まれたのではないかと思い、人相や服装を尋ねてみたけれど、彼ではなさそうだった。

他に思い当たる人はいなかった。お礼に駄賃（だちん）をやろうとすると、その子はもうもらったからと頭をぺこりと下げ、そのまま通りを去っていった。通りの向こうでは、枝だけが残った柳の木が風に揺れていた。やがてその子の姿は路地裏に消えた。

それにしても、こんな朝早くに渡さなければならない手紙とは。よほどまめな人なのか、あるいは急ぎのものなのか。いったい何の用だろう。僕は手紙を広げながら事務所の戸を押した。その途端、風で紙の端がめくれた。すでに出社していた庶務係員のヨンナムが、窓を順番に開けているところだった。僕は広げかけていた手紙をさっとズボンのポケットに押し込み、わざと大げさに言った。

「まったく、この地の寒さときたらすごいなあ。朝鮮の冬が北間島（ブッカンド）の秋を弟分にしたいなんて言った日には、自分の方が先に泣きべそかいて逃げ出すぞ。早くもこんなだと今年の冬が思いやられるよ。今度も大連〔満鉄本社勤務〕に復帰できなかったら、仕事を辞めてソウル＊に帰ろうかなあ」

慶尚道の統営＊生まれの僕は、北国の気候と風土にどうしても馴染めなかった。四月になると統営の閲武亭からは、内海に向かって桜の花びらが舞い散るのが見える。しかし、北間島の川は依然として凍りついたままだ。夏が来るのを待っているときは、これから暖かくなるだろうという期待こそあるけれど、処暑〔夏の終わり、八月二十三日頃〕が過ぎるともう心の置き場がなかった。

「罪もない気候を責めないでくださいよ。北間島の冷たい風は、まだシベリアで目を覚ましてもいないんですからね。それにしても、まめな人もいるもんだなあ。こんな朝っぱらからラブレターとはねえ。さっき私にも、キム・ヘヨンさんですかって訊いてくる人がいたから、つい、そうですって言いそうになりましたよ」

ヨンナムという男は人一倍耳ざとく、声の大きさも誰にも負けなかった。まさに歩く拡声器だった。見かけはいかにも大陸の人間で、背が高くて立派なのだが、聞いた話をすぐに広めるという点では見かけ倒しだった。図体のでかい男がとぼけた顔で何かと他人のことに立ち入ってくるのは、こせこせして見苦しかった。

「ランボーでもあるまいし、僕が同性愛者だとでも言うのかい？」

「ランボーがフランスの詩人だってことは知ってるけど、同性愛者だったんですか」

このときヨンナムは窓を開けていた手を止めて、僕の方を振り返った。そうでなくても中島中尉と親しくしている僕は、あれこれ噂されていた。どこに行っても噂好きの人間はいるものだ。

北間島も例外ではなかった。たいていは誰かが羨望の的になるのだが、ここではそれが日本人将校と親交のある僕だった。日本の軍人を警戒しつつも親しくなりたがる両価的な態度は、朝鮮の人たちによく見られる。僕はヨンナムの言葉を鼻の先であしらった。

「君も聞いたと思うけど、さっきの子どもは紳士だって言ってただろ?」

「へえ? ということは、果たし状か? 今宵十二時に海蘭江(ヘランガン)*の畔(ほとり)まで来られよ、そういうことだな? 夜汽車は発(た)ち、男どもは決闘し。こりゃいいぞ」

引き戸を開けるギーッという音がヨンナムの笑い声をさえぎった。場がしらけ、事務所の中の男たちはみんな大声で笑った。僕はかまわず自分の席に戻った。ヨンナムは何の反応もない僕の方を横目で見ながら、フォスターのアメリカ民謡をテノールで口ずさみ始めた。奴隷の人生を歌ったもの哀しい調べが、まるで軍歌のように事務所の中に響いた。僕は机の脇に鞄(かばん)を置き、あちこち図面のはみ出している書棚と机の上を片づけた。

そのとき、ヨンナムが言った。

「そうだ、あのピアニストの先生。ひょっとしたらその手紙、彼女と関係があるのかもしれない。まだ結婚を申し込んでないんでしょう?」

僕は顔を上げずに「うーん、それが……」と言ってごまかした。ヨンナムはぼんやりと僕の顔を見ていたが、目が合うなり照れたように笑った。

ピアニストの先生というのは、当時僕が付き合っていた李(イ)ジョンヒという女性のことだ。海蘭江で遊ぶ子どもたちの姿をあまり見かけなくなっていた頃だと思う。僕は夜市でヨンナムと一緒に酒を飲みながら、酔った勢いでつい、間島（カンド）の女性は腹の中で何を考えているかわからない、などと口走ったばかりに、ヨンナムに問いつめられ、あげくの果てにはジョンヒと付き合うことになった一部始終を打ち明けることになったのだ。この地の言葉では「飛蛾投火」、つまり飛んで火に入る夏の虫だった。ヨンナムは名前を聞くなり「ははあ、明信（ミョンシン）女学校*を出た李ジョンヒのことですね」と言った。

「なんでまた李ジョンヒなんかと。でも李ジョンヒなら納得がいくなあ。他の間島の女たちとは違う。かなりの美人だし、ソウルの女学校も出てるし、それに……。まあ、いろいろありますからね」

ヨンナムがジョンヒのことを知っているとは少し意外だったが、龍井の人口は一万人足らずだから別に不思議なことではない。そんな僕にヨンナムは、彼女は誰かと結婚するような人じゃない、と言って曖昧な笑みを浮かべた。あんまりきっぱりと言い切るので、「僕とも？」と訊いてみたくなった。彼は僕の心の中を見抜いたかのように、「キム先生だっておんなじですよ」と言った。僕はヘラヘラ笑った。彼は僕の手のひらを広げて、人さし指で文字を書きながら言った。

「いいですか。この心という字をようく見てください。押して押して押しまくるんですよ。男たるもの、誰に何と言われようと、この心を最後まで貫き通すんだ」

酒に酔った僕は、ヨンナムの人さし指をただぽかんと眺めた。そうだよな。心。これだよな。誰が何と言おうと、誰が何と言おうと。この心。

酔いが醒めてみると、亀の甲羅よりも狭い龍井の地で、自分の口からジョンヒと付き合っていると触れまわったかのように広まっていた。ジョンヒからは父親を説得するまで秘密にしておいてほしいと言われていたのに。僕は彼女との約束を破ってしまったことに自責の念を覚え、取り返しがつかないほど後悔した。だからときどきヨンナムにジョンヒのことを訊かれても、話をはぐらかした。紅玉(こうぎょく)が食べたいなとか、ロンドンに行けたらいいなとか。僕がそんなふざけたことをつぶやくと、ヨンナムは無視されたと思うのかしばらく茫然とするけれど、すぐにまた僕の話に合わせて、リンゴがどうだのニューヨークがどうだのとしゃべり出すのだった。酒が入るとヨンナムは嫌がる僕の腰をつかみ、相撲にかこつけて互角にやり合おうとするのだが——だから僕は、もう二度と彼とは酒を飲むまいと決心するのだ——、事務所では僕に首根っこをつかまれていた。彼の言うように、僕は「インテリ」であり、内地の人間で、満鉄の職員だったから。

僕がうつむいて机の下に押し込んであった図面の束を取り出していると、いつのまにやって来たのか、背後からよく通る声が聞こえた。

「その手紙、いますぐ読んでみましょうよ」

あんまり真面目な声を出すので、僕は振り返ってヨンナムをまじまじと見つめた。

「見ず知らずの男がキム先生に手紙を書いた。どう考えても李ジョンヒと関係がある」

「何わけのわからないことを言ってるんだ。さっさと残りの窓も開けろよ」

「窓はもう全部開けました」

「なら床でも拭けよ。突っ立ってないで」

ところが、ヨンナムは身じろぎもしなかった。

「何なんだよ」

「キム先生のためを思って言っているんですよ。手紙を早く読んでみてください」

「だから、何でもないんだって」

僕はポケットに手を突っ込んだまま言った。開きかけの手紙に手が触れた。

僕が龍井に派遣されたのはちょうど満州国ができた頃*だから、一九三二年の春だった。当時僕は、大連にある満鉄本社の営繕課で内勤業務を任されていたのだが、ある日、敦化*と図們*を結ぶ敦図線*の敷設のために実地測量班に加わるようにという指示を受けた。物資豊かで風情のある大連の生活にどっぷり浸かっていた僕にとって、あまりうれしいことではなかった。けれども、満鉄で働く朝鮮人として当然だとか、間島のことだから朝鮮人の技手が行くべきだと言われたら、それを断るだけの口実を持たない僕としては従うほかなかった。その後、龍井に転勤してきて初めて、前任者の日本人技手は安図県*で測量をしていたときに、中国軍の残党である兵匪に射殺されたことを知った。つまり、間島だから朝鮮人の技手が必要なのではなく、それだけ危険な仕事だったのだ。

敦化周辺には「満州に侵攻してきた関東軍に抵抗するのはやめ、ただちに管内に後退せよ」という軍閥上層部の命令に背き、救国軍*になりすました兵匪が大勢いた。彼らはとくに満鉄の鉄道敷設事業に激しい敵愾心を抱いていたため、一九三二年一月、関東軍司令部は、奉天*以南の満鉄線は第三旅団の兵力が、鉄嶺*以北の満鉄線は独立守備隊〔南満州鉄道を守備する歩兵隊〕が防御せよという命令を下した。満鉄の主管する敦図線測量作業には第二工兵大隊が加わり、警護には羅南*駐屯の朝鮮軍*第十九師団の兵によって編成された間島臨時派遣隊の一中隊が当たった。満鉄の測量班も軍服を着て銃を持っていたため、軍人と同じように作業に臨んだ。そのぶん、間島臨時派遣隊の衛戍（えいじゅ）地域ではかなり自由に動けたが、一歩外に出ると、兵匪、土匪、共匪ら抗日武装勢力の生きた標的にもなった。その頃の僕はまだ、鮮匪（せんひ）——つまり、朝鮮人武装勢力が残っているなんて想像もしていなかった。

　いずれにせよ、僕たちが実地測量を行う場所のほとんどは衛戍地域の外だった。測量の作業自体が軍事作戦を思わせるものだったので、それまで営繕課といっても主に内勤で図面ばかり覗いていた僕は、すっかり恐れをなしていた。僕としては、測量器を覗かない左目が、つまり閉じていた目がまるごと吹っ飛んだという前任の日本人の二の舞を踏むことなく、いつか大連に戻ることができればそれでよかった。国がなくなった庚戌（かのえいぬ）の年（一九一〇年）に生まれた僕は、独立とか解放とかには興味がなかった。子どもの頃は、満州の荒野に行けば白馬に乗った将軍*が日本軍の肝を冷やしているとか、上海には臨時政府*があって、そこの人々はソウルの北村（プックチョン）〔朝鮮時代に王族や高位官僚が暮らした地域〕に住む大韓帝国*の高官宅に出入りしているという話に耳を澄ませたけれど、僕がまだ幼いときの話だ。

　工業高校に通っていた頃は、いつも新聞の紙面を賑わせていた主義者たちの検挙や過激派、共産主義などに興味を抱き、『赤旗』などの雑誌をはじめ、あれこれ書物を買って読んだこともあった。でも、所詮は暇つぶしだった。就職を目的にして入ってくる貧しい日本人学生が多数を占める工業高校は、そもそもそういった思想とは似つかわしくない所だった。しかも彼らよりさらに不利な立場にある朝鮮人の僕は、いずれは朝鮮総督府か満鉄か、鉱山か、と卒業後の進路の心配ばかりしていた。苦労の末、ようやく満鉄に入社が決まったとき、故郷を遠く離れるのは不安だったけれど、自分は朝鮮人なのに満鉄に入れるんだと思うとずいぶん有頂天になっていた。そんな僕が、国家とか民族なんて言われても実感できるはずがない。相手が誰であろうと、匪賊に殺されるのはただの犬死にだと思っていた。

しかし軍人の中で揉(も)まれるにつれ、僕も周りの影響を受け始めた。なかでも一番影響を受けたのは、測量班と行動をともにした警護中隊の隊長、中島龍樹中尉だ。中島は僕の知っている軍人の中で最も風変わりな人物だった。軍隊にいながら集団の力を信じていなかった。彼によると、個人は集団よりも強くなれるもので、少数の皇軍が中国の陸軍を掃討できたのもそういう理由からだという。中島は口を開けば「錬成(れんせい)」と言った。鉄が熱い火によって鍛錬されるように、人間もまたそのような過程を経てこそ完成するというのである。火とはもちろん戦争を意味する。中島は最終的な火を待ち望んでいた。彼の言葉を借りると、最終的な火の中で生き残った者こそが完成された人間なのだ。それはおそらく地上最後の戦争ということになるだろう。たしかに中島は、満州事変は関東軍司令部の誤断だと考えている他の将校たちとは違った。

最後の人間についてのわかるようでわからない彼の話に、僕の中の意外なところが共鳴を示した。中島の話を聞きながら、僕は大連で知り合った満鉄調査部の西村秀八(ひではち)を思い出した。二人の人間観は天と地ほどの差があったけれども、人間とは国家や民族によって作られる受動的なものではなく、試練を経てこそ心と体が鍛えられ完成するものだ、と主張する点ではよく似ていた。それは国家や民族などの概念を持たない、植民地生まれの僕の境遇と奇妙にも呼応した。もちろん僕は、中島のように最終戦争で英米と闘ってこそ人間として完成するだの、西村のように満州、モンゴル、シベリアのみならず、世界中を楽園にする日まで自分と闘わなければならないなどと思っていたわけではない。ただ、仕事を求めて遠い異郷にまで来てしまった自分の境遇を合理化させているうちに、人間はもしかしたら国境よりももっと大きな存在ではないかと思うようになったのだ。もちろん中島と西村の受け売りなのだけれど。

大正デモクラシーの熱風が日本列島に吹き荒れていた頃、東京帝国大学に在学中だった西村は日本共産党に入って地下活動をし、一九二七年、治安維持法によって拘束され、やがて獄中で転向した。出所後は自虐的な詩を発表したりして熱心に文壇活動をしていたのだが、女優との情死未遂で一躍有名人になった。運がよかったのか悪かったのか、劇薬を飲んだ女の方は死んでしまい、西村はひとり生き残った。新聞や雑誌は彼を社会の敵とみなし、おまけに私生児であることを公表した。恋人と心中してひとり生き残り、転向した共産主義者であり私生児である彼を受け入れてくれる所は、もはや日本中のどこにもなかった。だから西村が大連に行くと言っても、誰も驚かなかった。そんな彼が入った所は満鉄調査部だった。まさに選り抜かれたエリートたちが情報収集と分析活動を行う重要な部署に西村のような人間を配置するのは、満鉄内でも異例のことだった。やはり満鉄は、政府や関東軍よりもはるかに大きな組織だった。西村に「なぜ満鉄なのか」と問うと、こんな歌を歌った。

「俺も行くから君も行け。狭い日本にゃ住みあいた。海の彼方にゃ支那（シナ）がある。支那にゃ四億の民が待つ」

「馬賊（ばぞく）の歌」だ。子どものように天真爛漫な声で歌うときの西村は魅力的だった。

一人は尊皇主義者のひしめく江戸に代々続く名家の息子として生まれ、陸軍士官学校を卒業したあと、朝鮮軍第十九師団会寧*国境守備隊に任官された。もう一人は東京の下町の路地裏で私生児として生まれ、放埒（ほうらつ）な青春を送ったあと、天皇を否定する共産党に入った。こうしてみると二人の運命はまったく違っているはずなのに、そうじゃないのは面白い。二人とも自分の魂を証明するために辺境に赴いた。国家や民族なんかより、人間に魅了されていたのだ。なのに僕の目には、彼らが魂を証明しようとすればするほど、国家の利益と一致するように見えた。これこそが、僕には到底理解できない日本人の特徴だった。

銅佛寺（どうぶつじ）*付近で地盤調査の作業をしていたときだった。境界地帯に屯営していた兵が山林隊とおぼしき土匪と交戦したことがあった。土匪とは、古い言い方をすると山賊のことで、彼らはできるだけ日本軍との接触を避けていた。そのときは互いの位置がばれてしまったので仕方なく銃を数発撃ち、木にとまっていた鳥が逃げるくらいで済んだ。茂みの中でうつ伏せていた僕は、手の甲についた土を払い、急いで装備を抱えると、指示どおりに車に乗り込んだ。僕としては余計な争いに巻き込まれたくなかっただけなのだが、思わず身をブルッと震わせてしまった。隣の席でそんな僕の様子を見ていた中島龍樹中尉が、いきなりこう言った。

「どうせ人を愛したこともないんだろ。つまらん顔だな」

僕は頭を上げて彼を見た。彼は黙って窓の外を眺めていた。黄色い星のついた将校用略帽（りゃくぼう）のつばの内側に濃い眉が見え、鷲鼻（わしばな）が長く伸びていた。交戦のときに匍匐（ほふく）をしなかったのか、上着には皺（しわ）一つ、埃（ほこり）一つ、ついていなかった。

「南君（みなみ）」

彼が運転兵を呼んだ。運転兵は後ろをちらっと振り返り、呼びかけに応じた。

「戦陣訓（せんじんくん）第八を諳（そら）んじてみろ」

「恥を知る者は強し。常に郷党（きょうとう）家門の面目を思ひ……」

「そこまで。まず首が飛ぶのは恥知らずだ。ここで生き残りたければ肝に銘じておくんだな」

彼は僕の顔を見ずに言った。

「さっきのやつらは土匪だ。われわれと戦う気などまったくない、ただの馬賊団だ。他にもあんな土匪とは桁（けた）違いの共匪ってのがいるんだが、おまえはまだ会ったこともあるまい。生け捕りにしてみると、履物もろくに履いていないのがうようよいる。そんなやつらが俺の目をじっと見据えて、共産党万歳と叫ぶんだ。やつらの頭に銃を撃ったときに、われわれはようやく苦痛から解き放たれる。俺たちには銃があり、やつらには信念があるんだ」

「死生を貫くものは崇高なる献身奉公の精神なり」

僕は思わず戦陣訓をつぶやいた。

「どこで聞いた？」

「満鉄にいると、どうしても軍人との接触が多いのです」

「おまえのようなやつが諳んじるものではない」

「それは僕たちには献身する相手がいないからでしょう」

それを聞いた中島は恐ろしい形相をして僕の方を見た。

「もう一度言ってみろ」

僕がためらっていると、中島は顎をしゃくった。僕が「それは僕たちには献身する相手が」と言いかけたとき、彼は「そこまで」と言った。

「朝鮮人だから言えることだな。弾は朝鮮人を避けるってわけか?」

あざ笑うように鼻を鳴らして中島が言った。僕は彼の顔を眺めた。

「朝鮮人だからこそ弾が飛んでくるのです」

中島は僕の顔をしばらくぽかんと眺めていたが、急に大声で笑いだした。

「朝鮮人の測量士がいるとは知らなかったな。俺はおまえが気に入った。他のやつらとは違う。自分を卑しいとは思っていないようだ。仕事ぶりを見ていればわかる。いままで人を殺したことはあるまい? だが満州にいるかぎり、おまえのようなやつもいつかは人を殺す日が来る。その日が来たらまた話そうじゃないか。果たして死ぬとはどういうことなのか、について。とりあえず手がかりをやろう。死があるからこそ生きるのが素晴らしい、それがわかれば充分だ。だから犬死にしやしないかと体を震わせて怯えるくらいなら女を愛せ。売春婦だろうが聖女だろうが何だろうが。これから龍井に戻って、まず初めに会った女を愛するんだな」

それを聞いて僕は思わず笑ってしまった。

「大連で親しくしていた人も同じことを言っていました。愛せ、生きているかぎりとにかく人を愛せと。彼はいま、新生満州国で自分の最後の夢を叶えようと懸命になっています。なのに、満鉄の幹部たちは彼を調査部に入れました」

「何だっていいんだ。心臓をむき出しにして戦ったあとは、どういう形であれ世界はうまく片づいているもんだ。歴史書なんてのは所詮、そんな人間の心臓から噴き出た血によって書かれたものなのさ」

僕は無性に腹が立った。

「なのに僕にはその心臓で女を抱けとおっしゃるんですね。やはり朝鮮人の心臓はたいした使い道もないというわけですか」

「つべこべ言わずに女を愛せ。俺がおまえなら、満鉄のために測量などしない。周りをよく見てみろ。ここから少し行けば荒野だ。荒野ってのはな、自分が卑しい存在であることに耐えられない者たちの集まる所だ。おまえは朝鮮人のくせに測量ができる。勇敢なのか単に愚かなのか知らんが、日本人将校に向かっていちいち口答えもする。それに憎らしいほど日本語がわかる。だからよく聞け」

中島は目を閉じてハイネの詩を詠んだ。

おまえはどうしてしずかに眠れるのか
おれがもうくたばったとでも思ってるのか
むかしの怒りがまたやってくる
すると　こんないましめは切れちまう

あのふるい歌を知ってるか
むかし死んだ若者が
真夜中に　恋びとを
自分の墓に連れこんだという

よく聞いてくれ　世にもうつくしい
世にもやさしい娘（こ）よ
おれは生きてるんだよ　だから
どんな死人より強いんだ*

その日、龍井に帰ってくる途中で見た黄土の風も、遠くからずっと聞こえてきた銃声も、まるで昨日のことのようにはっきり覚えている。それだけ僕の感情は高ぶっていたのだ。中島の詠むハイネの詩を聞きながら、僕は生まれて初めて勇気をふりしぼった。のちにその勇気がもたらした結末を考えると、無謀としか言いようがないのだけれど。局子街（延吉の古名）近くに戻ってきたとき、ふと僕は口を開いた。

「ならば僕も一度、人を愛してみます」

中島は片方の目をつり上げたかと思うと、再び閉じて言った。

「それでおまえの人生は百八十度変わるだろうよ」

中島の言ったことに何もかも同意したわけではないが、彼に言われて初めて、僕は自分がつくづく情熱のない退屈な存在であることに気づいた。その頃たまたま出かけていった「文芸の夜」という行事で、女学校で音楽教師をしている李（イ）ジョンヒを紹介された。その瞬間、彼女に対して好感以上の思いを抱いたのは、おそらく中島に感化されたからだろう。ジョンヒは慶尚道（キョンサンド）の安東（アンドン）*に生まれた。生後まもなく祖父に連れられて沿海州*に移り住み、そこで幼少期を過ごしたあと、一九二〇年にウラジオストクで起こった事変を逃れて龍井にやって来た。そんな説明を聞かずとも、ジョンヒは白系ロシア人の雰囲気を濃厚に漂わせる美女だった。遠くの野原を眺めながら「マクシム・ゴーリキーの『ジェーツトヴァ（Детство幼年時代）』によると……」と言うときに醸し出す、異国の言葉の響きそのものだった。安東地方の儒生（じゅせい）だった彼女の祖父は、大韓帝国が日本に併合されるなり、下人たちに財産をすべて分け与え、絶望感、あるいは遠大な希望を抱いて、家族と一緒に沿海州の新韓村（シンハンチョン）〔高麗人街〕に移住した。その後、一九二〇年四月、ボリシェヴィキが掌握した極東共和国*と対立し、ウラジオストクを奇襲した日本軍*によって殺害された。代々続いてきた家系があっけなく崩れていく様子を見守っていた彼女の父親は、家族を連れて龍井に移り住み、ウラジオストクでの縁故を利用してロシア人相手に辺境貿易を行い、大儲けした。ジョンヒの父親は、自治促進会をはじめ、いくつかの朝鮮人団体において要職を務める新興有志だった。そんな彼にとっての一番の誇りは、幼い頃から頭のよい長男だった。

かつてジョンヒの家は、祖父が独立志士として北間島(ブッカンド)一帯に名を轟(とどろ)かせていたため、世間に広く知られた名家だった。ジョンヒ自身もソウルにある梨花(イファ)女子専門学校の音楽科を卒業し、その後、龍井に戻ってきてピアノ独奏会を開いたことがきっかけで一躍有名になった。そんな彼女に対して、僕は話し友達にでもなれたらいいなくらいの気持ちで、恋を仕掛けようなんていう邪(よこしま)な考えはまったく持っていなかった。中島に刺激されたのは認めるけれど、ジョンヒと知り合うまでは、まだこれといった目標のない、単なる欲求にすぎなかった。しかもその頃の僕は、中島の指導のもと、灰幕洞〔図們の旧名〕や龍井の十字路の路地裏で、遊郭遊びをするのに夢中になっていた。だから土曜日の夜は中島と遊郭で愛を学び、日曜日の朝はまだ酔いも醒めていないのに、ジョンヒが賛美歌を伴奏する英国丘*にある教会堂に向かうという、破廉恥なことを堂々とやってのけていた。何しろ僕は中島に影響されて、戦場の客気(かっき)に半ば酔いしれていた。日曜日の明け方、遊郭からジョンヒに会いに行こうとする僕に、中島は「女ってのはみんなそうだ。すぐに愛を欲しがる。愛に飢えた動物なのさ」と忠告したものだった。

愛。その頃、遊郭で僕が半ば狂ったように学んだ愛と、教会堂でカナダ人の牧師の言う愛が――いや、それよりはジョンヒに対して芽生え始めた感情が、同じものだと考えたことは一度もなかった。ジョンヒは僕にとって高潔な存在であり、おそれ多い純粋な霊魂だった。礼拝が終わると僕たちは、彼女が勤める明信(ミョンシン)女学校のケヤキの木の下で、あるいは英国丘の坂に腰を下ろして、お互いの幼少期について、日々の仕事について、同僚の奇妙な行動について、それ以上話すことがないときはゲーテの小説や北原白秋の詩、これまで読んだ本について、あるいは急に思いついたことなどについて、いつまでも語り合った。統営（トンヨン）で平穏な幼少期を過ごした僕とは違い、革命期のウラジオストクで育った異国の少女の身には語り尽くせないほどの出来事があったので、ジョンヒが幼い頃の話を始めるといつも、僕たちは大声で笑ったり、目に涙をいっぱい溜めたりした。目をつむったまま百歩離れた標的を拳銃で撃ち抜いた愛国志士のこと、周りにつられて満州に逃亡した隣人のこと、頭が割れて脳みそが破裂した人たちのこと……。そのうちとりわけ魅了されたのは、彼女が九歳のとき、祖父と一緒に船に乗って旅をしているうちにたどり着いたニコラエフスク港の風景だった。その風。船べりに押し寄せてくる生（せい）の匂い。もう二度と戻ってくることのない北海での日々。

　いまになってようやくわかる気がする。愛は余分なものだ。人生が終わったあとに残る滓（かす）のようなものなのだ。現実の中に愛する人はいない。僕たちは『ジェーツトヴァ』とか、ニコラエフスクとか、一度も耳にしたことのない言葉の中で、まるで熱病にかかったかのように、眩暈（めまい）を覚えたり、恋をしたりする。一度も聞いたことも見たこともない、味わったことも触れたこともないもの――言い換えると、僕たちを幻想の中に導く、見知らぬ感覚的な体験こそが愛なのだ。あるとき、ジョンヒが自分の祖父について語ったことがあった。彼女の祖父はウラジオストク、つまりアムール湾から吹きつけてきた強い風で木が歪んでしまった新韓村の峠で、両腕を折られ、頭を銃で撃たれたまま、他の死体とともに倒れていた。そして三日三晩、放置された。数日後の暗い夜、十一歳のおさげの少女は冷たい海に向かって歩いた。海を照らす月の光は、波のうねりに合わせて揺れていた。海水はどんなに冷たかったことだろう。どこまで入って行ったかを僕に見せようと、顎に右手を当てたジョンヒの目に涙がにじんだ。それから僕たちは十分ほど何も話さなかった。十分間、僕はさらなる苦しみを求めて冷たい海の中に入って行ったおさげの少女を想像した。少女の腕と首に立っていたであろう鳥肌を思い浮かべながら。

「そのとき私は、悪魔のように強くなろうって心に決めたのよ」

彼女が言った。悪魔って強いのか？　悪魔はそんなに力があるのか？　僕の疑問を無視して、涙が「ぽろっ」とは言えないほどゆっくりジョンヒの頰を伝って落ちた。

その涙のようにゆっくりと、でもあとで思えば、あっというまに季節は過ぎていった。龍井の春は虚しいほど短かった。今朝咲いた白い花は、明日の夕方には散ってしまう。当時の日々は、僕たちが英国丘に座って語り合っているとき、たまたま通りかかった出張写真師の撮った数枚の写真の中にそっくり収まっている。彼女はその写真師と知り合いだったので、冗談っぽく、もしフィルムが残っていたら写真を撮ってほしいと言った。彼女自身はその写真を見ることはなかったけれど、そうやって永遠に残った。龍井の春は虚しいほど短かった。今朝咲いた白い花は、明日の夕方には散ってしまう。まだ夏は来ていないというのに、茉莉花（ジャスミン）の舞い散る龍井の夕暮れ時は、地面が焼けてしまいそうなほど熱い。でもいつしか。その年の冬は思い出になってしまった。男たちは上着も羽織らずに外に出て、道行く人々を観察しながら時間を過ごした。いつしか。僕は武骨な龍井の人たちの中で、少しずつ新しい人生を学んだ。

やがて五月も半ばになり、僕は軟弱地盤区間における技術的な問題を議論するために、大連の満鉄本社に赴くことになった。日曜の午後、僕の部屋に本を借りに来たジョンヒに、来週の水曜日、出張で大連に行くことになったのだけれど読みたい本とか欲しいものはないかと訊いた。どのみち僕は本好きのジョンヒに『文藝春秋』『女苑』などの新刊雑誌や、資生堂の化粧品などを買ってくるつもりでいた。ところが意外にも、ジョンヒは顔を曇らせた。黙って窓辺の方に歩いて行き、窓を開け放った。開けた窓の一角にジョンヒの影が差した。太陽と彼女。彼女はしばらく外を眺めていたが、やがて振り返るといきなりこう言った。

「日曜日って、ほんと忙しいわよね。一日なんてあっというま」

「休みの日はどうしても時間が経つのが速いから」僕が言った。

ジョンヒは「いいえ、私の言いたいのはそうじゃなくて……」と言いかけて語尾を濁した。

いいえ、私の言いたいのはそうじゃなくて……。

「待ちこがれていた日曜日が来ても、あっというまに過ぎてしまうってことよ。クックッ」

彼女は手で口を覆って笑った。僕はきょとんとして彼女の顔を見た。耳にかけた長い黒髪が風になびいていた。

「大連ってどんな所かしら。やっぱり中国らしいんでしょうね。ここは中国でも朝鮮と同じね。いまじゃすっかり日本の地だけど……」

「ヤマトホテル、日本橋図書館、横浜正金銀行、朝鮮銀行……、大広場から見ると、大連も日本と同じですよ。もちろんロシア通りに行けば、また違った風景が見られるけど」

「本当の中国を見ようと思ったら、どこに行けばいいのかしら。ボードレールの文章にこういうのがあるのよ。中国人は猫の眼のうちに時間を読む、ってね。そういえばあれはたしか南京のことについて書かれたものだった」

「そんなことが書かれているんですか。中国人ならありえるでしょう。本当に不思議なことですね」

　僕が言った。

「本当に不思議なことですね」

　ジョンヒが僕の口調を真似て言った。

「大連に行ったら、ぜひボードレールの『巴里（パリ）の憂鬱』という本を買って読んでみて。そこに出てくるから。他にも『夢なり！　常に夢なり！』という文章もあるのよ」

「巴里の憂鬱。夢なり、常に夢なり」僕はつぶやいた。

「いつ戻ってくるの？」

「六月になったら。たぶん」僕が答えた。

「六月になったら。たぶん」

　彼女がまた僕の言葉を真似た。そして僕の顔をじっと見ながら言った。

「そんなに長く？　じゃあこれから日曜日になると、私は誰の眼のうちに時間を読めばいいのかしら」

　そう言うジョンヒの眼。黒くて丸い二つの円。僕はその視線を退けるようにして遠く海蘭江の方を眺めた。いつしか。気づかないうちに。六月になったらもっと夏らしくなるだろうし、夜になると汗臭いにおいが街じゅうに立ち込めるだろう。子どもたちは川辺で真っ黒に日焼けするだろうし、男たちは寝る時間も惜しんで木陰で酒を飲むだろう。僕は自分が日曜日の午後をどんなに楽しみにしていたかを知ることになるだろう。いつしか。気づかないうちに。ジョンヒの世界にどれほど深く足を踏み入れていたかを、いまさらもとの世界には戻れないということを思い知らされるだろう。でもそんな思いは口にせず、僕は無言のまま川の水を――夏になるにつれ水かさがぐっと減っているのに、アムール湾に向かって流れ続けている浅い川の水を――眺めていた。

大連に滞在した二週間、僕はどこでどう過ごしたのか何ひとつ思い出せない。ただ、満鉄社宅のそばでアカシアの花が風に舞い散っていた光景だけははっきりと覚えている。それと、敦図線の軟弱地盤区間をめぐる問題がどうなったのかは覚えていないくせに、僕の心の軟弱な部分をどのように慰めたかはいまでも記憶している。僕は三菱百貨店の図書部でボードレールの『巴里の憂鬱』を買って、ジョンヒから聞いた文章を探した。中国人は猫の眼のうちに時間を読むという一節は「時計」の章にあった。南京の中国人少年は宣教師に時間を尋ねられたとき、抱えていた大きな猫の白眼を見ながら、迷わず「まだきっちり正午にはなっておりません」と答えた。その文章を読んだ僕は、猫の眼のうちに時間を読んだ少年は、ジョンヒではなく、僕自身だということに気づいた。「さて私はというと、私は美しい雌(めす)の猫、フェリーヌ」という一節に出てくる美しい雌の猫こそがジョンヒだったのだ。

美しい雌猫と会えなくなった僕は、別の美しいものを探し求めた。人は恋に落ちると、かつてないほど自然を愛でるようになることを、そのとき初めて知った。この世の美しいものはすべて、ある人の身代わりだった。でもそのうち、どんなに美しくても、たった一つの恋しい顔とは比べものにはならなかった。だから僕にとって、報告書を作成したり会議に出たりするのは本当に退屈で仕方なかった。僕はとかく目の前のことに没頭する性格だった。僕の目指すところは、ある人の眼のうちを読む時間――つまり永遠だった。だから大連にいた二週間、どうすればジョンヒと結婚できるのかということばかり考えていた。英国丘の教会で、中折れ帽子に背広を着たジョンヒの父親を遠目で何度か見かけたけれど、正式に挨拶をしたことはなかった。その頃、僕が愛という名の熱望にとらわれ、無力になっていることに気づいていたのは、龍井の中島と、大連の西村だった。

久しぶりに会った西村は、真夏の樹木を思わせるほど健康そうに見えた。彼は関東軍の将校や満鉄調査部の社員たちとともに大陸研究会という集まりを作り、定期的に活動していると近況を語った。この日、会って三時間も経たないうちに僕が酔っぱらったこと、でも酔ったのは酒のせいではなくて、心から望んでいるものがあるからだということを見破った西村は、僕にこう言った。

「それが本当に君の望みなら、世の万物が君を助けてくれるさ」

「どのように？　世の万物が自分を助けてくれるなんて、いったいどのようにして？」

僕は悲痛な叫びをあげた。ジョンヒは、おさげの少女のときから口を開けば悪魔のように強くなりたいと言うような、窓を開け放って僕の小さな部屋に熱い太陽を招き入れるような女性だ。そんな彼女の前で僕はかぎりなく無力だった。それなのにいったいどうやって？　西村は僕に周りを見まわしてみろと言った。それから飲み屋のテーブルと、酒に酔った客と、窓と、僕たちの前に置かれた酒杯と、酒の肴の数を数え始めた。七つ。十一人。二十四個。二つ。四つ。最後に僕を指さした。

「君は一つ。これは不遇な天才詩人、石川啄木の話だ。訪ねてきた友人が古い鞄から国で禁じられていた本を取り出した。それからまた鞄の中をひっかきまわして見つけた一枚の写真を彼に差し出すと、自分は窓にもたれて口笛を吹いた。そのときのことを詩に詠んだ啄木は、最後の句をこう書いた。〈そは美くしとにもあらぬ若き女の写真なりき〉*。数冊の禁書の中にまぎれていた、たった一枚の写真だったからね。一つ、ってことが大事なんだ。俺たちが望んでいるのはたった一つのもの。君にとってそれがたった一つのものなら、世の万物が助けてくれるさ」

「あなたは、どうだったんですか。どういう心情でしたか」

僕は酒に酔った勢いで西村に訊いた。西村は顔色を変えずに僕を見た。

「あなたにも愛する人がいた。あなたはその人とともに死のうと誓ったんですよね。ということは、たった一枚の写真を永遠に失ったのではありませんか」

「俺たちは、俺たちが望むたった一つのものを手に入れたから、死のうと決心したんだ。人は一生恋人のままではいられない。みんな年老いて死ぬ。実際に死ぬのは、とっくの昔に死んだあとなんだ。だけどおかしいよな。みんな病院から出てきた俺をいまいましそうに見るんだよ。世間の人は、自殺した者よりも自殺に失敗した人間を憎むらしい」

「いまのあなたには、もう熱望はないんですか」

「見てのとおり、退院したあと俺の体は砂漠になったよ。だが俺にも、ささやかだけど叶えたい望みはある」

「ささやかどころか、決して叶うことのない望みでしょう?」僕が言った。

「いずれにせよ、その一つを手に入れたからだ。俺が再び生きようと決心したのも、満州に行こうと決めたのも」

僕の望みはもっと小さかったし、叶う望みもなかったけれど、西村の話は何か希望の伝言のように聞こえた。たった一つを望んだ瞬間、僕たちは世の万物の助けでそれを手に入れることができる。少々ばかげた、無責任な話だ。だからこそ希望の伝言としか言いようがないのだろう。アカシアの花びらが頭と肩に積もっているのにも気づかず、熱望と希望に浮かれて社宅の周りをそぞろ歩いた二週間。僕の気持ちは、おそらく生まれて初めて、周期的にやって来る幸福と不安の中で、明るくなったり暗くなったりした。

薔薇　百合　鳩　太陽
かつて僕はこのすべてのものを喜びの中で愛した
だが　いま愛するのは　ただ
小さくて　きれいで　純粋なひとりの少女
彼女はすべての愛の泉　彼女こそ
薔薇であり　百合であり　鳩であり　太陽なのだ*

その二週間、僕はハイネの詩を恋文にしたためて、龍井にいるジョンヒのもとへ送った。返事はなかったが、自分がそんな手紙をジョンヒに送っているということだけでうれしかった。ひとりで過ごす孤独の時間は、初恋の感情を熱く燃え立たせた。

龍井に戻ってきたとき、僕の鞄の中には『文藝春秋』の最新号も資生堂の香りもなかった。いつも二人で語らった六月の丘で、僕は鞄の中に手を入れた。そこには一枚の写真ではなく、指輪があった。僕は給料をはたいて大連の宝石店で買った指輪をジョンヒに差し出し、僕と結婚してほしいと言った。くちばしの赤い一羽の鳥が飛んできて、僕たちの前でぴょんぴょん飛び歩き、またどこかに飛んで行くまで僕はずっと指輪を握っていた。もしかしたら嫌がっているのかもしれない、と思い始めた頃、ジョンヒが口を開いた。

「その表情からすると……、もし私がこの指輪を受け取らなかったら、日曜日の午後、こうして一緒におしゃべりすることはもうないってこと？」

僕は頷（うなず）いた。

「おしゃべりができる男は僕以外にもいっぱいいるから。僕は君に、僕にしかできないただ一つのことをしたいだけなんだ。嫌ならよすよ」

予想もしなかったジョンヒのためらいに、僕は少し戸惑った。ある人のためだけに過ごした、孤独で寂しかった二週間が目の前をよぎった。もしかしたらその時間は二週間だけに収まらず、予想以上に長引くかもしれないと思った。僕はたちまち憂鬱になった。しばらくして彼女が「でも……」と言った。

「指輪はいただくわ。いまのあなたはグリニョフに似てる。愛のためなら何だってやる、そんな眼差しね。でも私は、あなたがグリニョフよりもプガチョフになってくれることを望んでいるマリアなのよ。だから私のことを愛さないで。あまり深く愛さないで」

ジョンヒは指輪を手に取った。グリニョフとプガチョフは、プーシキンの『大尉の娘』に出てくる人物だった。不幸なことに、僕はその小説を読んでいなかった。でもそれはどうだってよかった。グリニョフだろうがプガチョフだろうが何にだってなってやる、と僕は思った。彼女を愛するためなら、それが誰であろうと。指輪を持って遠く龍井に戻ってくるあいだ、僕はまさかジョンヒが指輪を受け取るのをためらうなんて考えてもみなかった。この先もっとつらい時間が続くかもしれない。それでもいい。どんなに長くつらくても、どんなに遠くても、その道を歩もうと僕は心に決めていたから。

「全部で十四通だった」

「え？」

指輪をいじっていたジョンヒが訊き返した。

「僕が大連から送った手紙。でも一度も返事はなかった。便箋がなかったからじゃなければ、これがなかったから？」

僕は鞄の中から万年筆を取り出した。それを見たジョンヒは口に手を当てて笑った。

「そうじゃなくて……、ええ、そうよ。便箋はあったけれど筆記具がなかったの」

ジョンヒが笑った。眉毛が三日月のように弓なりになり、頰が丸く盛り上がったかと思うと、満面の笑みが広がった。それなのに僕にできたのは、せいぜい手を伸ばしてジョンヒの手に触れること。その手に何度も何度も触れること。それで、ジョンヒに「私の手がそんなに好き?」と訊かれること。そう。僕は君の手が好きだ。南京の少年なら、きっと僕の眼のうちを読み取ってくれただろう。

その手紙は「いまどちらですか。私の声、聞こえますか。おそらくこれが私の最初で最後の手紙になるでしょう」で始まった。女性の筆跡で。何かを決心するように、万年筆で一文字一文字ていねいに書かれていた。ジョンヒが僕のために書いた、最初で最後の手紙だ。たった一枚の手紙のせいで、順調だった僕の人生が大きな音を立てて崩れ始めた。いままで僕が生きてきた、真実だと信じて疑わなかった世界が、こんなに簡単に崩れ去ってしまうとは思ってもみなかった。なぜなら僕は、この世界が昼と夜、光と闇、真実と虚偽、高貴と低俗とに分かれていることを知らなかったから。恥ずかしくてたまらなかった。

たとえばこんなことがあった。ジョンヒと結婚をしようと決めてからは、中島を呼んで三人で会うことが多くなった。ジョンヒは三人で会うのが好きだった。彼女と中島は初めて会ったときから、まるで昔なじみのように打ち解けた。幼い頃に親同士が決めた許婚(いいなずけ)を東京に残して満州にやって来て以来、中島にとって女とはただ娼婦を意味したが、ロシア語と日本語が堪能で、西洋文化に幅広い知識を持つジョンヒには魅力を感じているようだった。つまり、僕と同じように。中島は、ジョンヒが沿海州で送った幼少期について語り始めると何時間でも耳を傾けたし、ジョンヒも日本軍将校の話にいつも目を輝かせた。時には不愉快になるほど、時には嫉妬心が湧いてくるほど。そんなとき僕は、自分がどれだけ卑しい人間なのかを思い知らされたのだが、ジョンヒはそのことに気づくはずもなかった。

いつだったか、鳳仙花（ほうせんか）という料亭であれこれ話をしながら食事をしていたとき、ひょんなことから中島が、その年の八月に龍井の少し南の方にある花蓮里（ファリョンリ）の大成村（テソンチョン）という所で起こった討伐作戦のことについて語り始めた。中島は決して軍国主義者にはなれない、根っからの浪漫主義者だった。彼はいつも、共匪とは一度戦ってみたいものだと口癖のように言っていたけれど、実際は、共匪だろうが何だろうが関係なかった。ただ自分の生を証明するために、最も強い相手が必要だっただけだ。ところが中島が大成村の話を切り出すなり、ジョンヒは落ち着きを失った。

「どうせ死ぬんだったら共匪に殺されたいね。俺を殺すのは、誰よりも熱い心臓を持っているやつがいい」

珠簾（たますだれ）の彼方に満月が、霰（あられ）のように冷んやりと浮かんでいた。遠くから聞こえてくる唱歌がどことなく声高いのは、庭が明るく照らされているからだろう。中島の話が終わると、ジョンヒは珠簾の方を眺めながら松尾芭蕉の俳句を詠んだ。

「名月や座に美しき顔もなし」

いつになくジョンヒは一気に酒を飲み干した。中島は興味ありげな顔でジョンヒを眺めた。ジョンヒは酒杯を置き、濡れた目で中島をじっと見つめた。

「私もどうせなら皇軍の銃に撃たれて死にたいわ。討伐隊とか満州国軍*とかじゃなくて。私を殺す男も熱い心臓を持っていた方がいいから」

「ジョンヒさん、酔っぱらったのか？　中尉殿は別に……」

僕が言い終わらないうちに、ジョンヒが右手を上げて僕をさえぎった。

「さあ、おっしゃって。中尉殿は私を銃で撃てるかしら？」

暗い森を眺める観測兵のように、中島はジョンヒの顔色をうかがった。

「おまえはどうだ？　そっちが先に答えたら俺も答えてやろう」

「私が先に訊いたのよ。でもいいわ、お答えしましょう。折あらば私は中尉殿を撃つでしょう」

ジョンヒは目を伏せた。

「あなたはとても心臓の熱い人だから。でも、ご心配なく。そんな理由で皇軍に銃を向けたりしませんから。名月が明るいからって銃を撃つわけにはいかないでしょ？」

僕は思わずため息を漏らした。

「俺だって名月に銃を撃ったりしないさ。だが、俺の考えは少し違う。俺はその気になればおまえを撃ち殺す。誰かを殺すのに論理なんか要らないだろ。それは軍人にとって、たとえて言えば、靴の修理屋が靴底を替えるようなものだな。論理とか感情なんか要らない。ただ殺すのさ」

まるで虫けらを握りつぶすような言い方だった。中島は酒杯を手に取った。

「だからあの田舎の人たちを殺すときも、論理や感情を捨てたってわけね。そうやって殺しておいて、共匪がやったことにしておけばすべて解決するのかしら？　暗闇の中ならまだしも、名月の下では醜悪な姿を隠すことなんてできやしない」

中島の握った酒杯が少し揺れた。

「知ってのとおり、俺たちが殺したのはあいつらだけじゃない。特務*を無惨に殺した若い共産主義者らもいたはずだ。少尉として会寧に任官してから、俺は匪賊だけを相手にしてきた。霧の中に隠れたキツネのように、どんなに目をこらしても見えない匪賊だけを。よく聞け。魚をつかまえようとしているときに、水に触れずに魚だけ取り出せるか？　いま俺たちは互いに殺したいと思っている。しかもかなり切実に。どちらか片方が間島から完全に消えるまで殺し続けるだろう。そこに論理や感情、無惨だとか醜悪だとかいう言葉が介入すると思うか？　残念だが、これはラグビーの試合じゃない。龍井で気楽に暮らしているくせに、田舎の人たちだの美しき顔だの、そんな感傷に浸らないことだな。わからなきゃそれでいい。女には理解できない世界もあるんだ。感傷に浸りたいのなら、メンデルスゾーンとかブラームスの話なんかはどうだ？」

中島は乱暴に酒杯を置いた。

「何か大きな勘違いをされているようですね。私の魂は香水を振りかけたハンカチーフよりも、ピストルの火薬の匂いの方に惹かれるんですよ。それより大成村の話を続けましょう。死ぬ瞬間まで幸せを求めてもいいのは高貴な人たちだけ。あの村で虐殺された若者たちは、みんな熱くなった銃身そのものだった。そんな彼らをあなたたちは無惨にも殺してしまった。絶対にあんな殺し方をしてはいけなかったのに。彼らには彼らなりの方法で死ぬ権利があったんだから」

右手の親指と人さし指で落花生をつぶしていた中島が言った。

「死ぬ権利だと？　おまえに死の何がわかる。そうだ。やつらは無惨な死に方をした。おまえも気づいているだろうが、あれは犠牲だった。どうだ、それこそやつらにふさわしい死に方じゃないか」

ジョンヒが手のひらで顔をぬぐった。涙が流れていた。

「人間ってのはな、実に卑しい存在なんだ。軍靴で踏みにじれば、その場で内臓が破裂して死んでしまう虫けらみたいなものさ。踏みにじってみればわかるが、そりゃ汚いもんだ。だが、それこそが真実だ。真実はおまえが思っているような美しいもんじゃない。死んだやつらの体を積み上げてみろ、反吐が出そうになる。くだらないから銃を握って殺し合うんだ。卑しいからこそ、死ぬまぎわに、殺す瞬間に、幸せを感じるんだ。それが進化の新陳代謝ってもんだ。わかるか？古いものが死ななければ新しいものは生まれない。俺の言うことが理解できなければ、おまえたちは生きていても半分死んでいるも同じだ」

何かがよぎるようにジョンヒの顔に悔恨の風が吹き、そして消えた。石油ランプから立ち昇る油煙が少し傾いていた。

「高い杉の梢に上ったカラスは、もう二度と庭に下りてくることはないでしょう。真実を知った高貴な人たちは、悲惨な死を迎える瞬間にも全世界を手に入れる。真実を封じる銃剣なんてこの世には存在しないから。ある馬賊団は人を殺すとき、妊婦の血を銃口に塗るんですって。迷信でしょうけど、死を恐れる人たちには偽の観念という鎖が必要なんですよ。その鎖で保たれていた古い世界が崩れるとなると、当然大きな音がするでしょうね」

「おまえの言う真実とは何だ？　沿海州ではどうせボリシェヴィキどもとつるんでいたんだろ。大成村で死んだやつらはおまえの友人か？」

中島がジョンヒを見て言った。するとジョンヒは驚くほど穏やかな顔になった。仮面をかぶったような顔。朝からずっと騒がしかった鳥が飛び立ったあとの柿の木みたいだった。
「ならボリシェヴィキの革命とは何が違う？　歴史は石炭作りと似ている。木材がどっさりと埋まっていても、出来上がったものは小さな塊だ。人間は運命の前で、あるいは歴史の前で、ちっぽけな塊を作るために死んでいく。死んで初めて高貴な存在になるんだ。同じ朝鮮人でも、おまえはこの男と違うだろ。こいつはちっぽけな塊の世界しか知らないが、おまえは多くの木材が埋まった世界を知っている。ずっと前から気づいていたけどな。にもかかわらず、おまえが一番得意とするのはやはり愛だということには変わりない。おまえが何と言おうと」

　珠簾（たますだれ）の彼方には再び、霰（あられ）のように冷んやりとした満月が浮かんだ。僕たちは口をつぐんだ。その日、僕は二人の会話を聞きながらひどくうろたえたことを覚えている。そうだ。あの頃、僕はちっぽけな塊の世界しか知らなかった。その塊を作るために死んでいった木のことなど知らなかった。だから僕は、ジョンヒを中島に取られるのではないかと気が気ではなかった。僕の胸の中で一所懸命に咲いていた花が枯れてしまった。嫉妬と怒りが花畑に影を落とした。

　初めに愛が来て、そのあとに幸せが、次いで嫉妬と怒りが、少し遅れて恥が来る。中島とジョンヒに対して怒りを覚えたときのことを、また、手紙を読んでもよく意味がわからなかったことを、いまはとても恥ずかしく思う。いまどちらですか。私の声、聞こえますか。おそらくこれが私の最初で最後の手紙になるでしょう。僕は三角測量をするときのように冒頭の三つの文章を結びつけ、そこに隠された真意を見つけようと必死になった。でも僕のトランシット〔角度を計測する測量機器〕では何の数値も見いだせなかった。僕には手紙に込められた心情を理解するだけの能力がなかった。僕は手紙をズボンのポケットの中に戻した。何が書かれているのか知りたくてたまらないヨンナムは、しきりににじり寄ってきた。僕は意味もなく机の上の書類の束を埃を立てながら揃え、なんでもないから戻って仕事をしろと冷たく言い放った。ヨンナムは少し拗(す)ねたような顔をして自分の席に戻った。

しばらくして僕は、とにかくジョンヒに会って話を聞いてみようと思い、立ち上がった。

「どちらへ？」

僕が出て行こうとするのを見て、ヨンナムが尋ねた。

「所長が出勤したら、すぐに戻ってくると伝えてくれ。そんなに遅くはならない。もし遅くなるようだったら電話を入れるから」

何か言いたそうなヨンナムを無視して僕は外に出た。もしかしたら、さっき手紙をくれた子どもがまだいるかもしれないと思い、辺りを見まわしてみたが姿はなかった。ジョンヒの家がある済昌(チェチャン)病院の方角に何歩か歩いたとき、後ろから髪の短い男が追いかけてきて僕の肩をつかみ、関西弁のアクセントで言った。

「失礼ですが、李(イ)チョルスさんではありませんか」

僕は手を振り払い、向き直った。中折れ帽子に背広を着た男と、その後ろにもう二人いた。

「人違いです。僕はそのような者ではありません」

僕が振り返ってまた歩き出そうとしたとき、背広の男が行く手を塞いで言った。

「総領事館〔在間島日本総領事館〕の者です。取り調べにご協力願います。本当に李チョルスさんではないのですね？　ならばお名前は？」

「僕はそこの満鉄龍井支社で測量技手として勤務しているキム・ヘヨンといいます。身元がはっきりしていますから、総領事館で調べを受けるようなことはありません。それでも疑わしいと思うなら事務所で訊いてください」

「やはりキム・ヘヨンか。じつはわれわれが捜しているのは李チョルスではなくキム・ヘヨンなんだよ。総領事館までちょっと来てもらおうか。何の用かと言うと……まあ、ともかく李ジョンヒのことで訊きたいことがある」

僕はその人の顔をまじまじと見つめた。遠くの方で馬の蹄（ひづめ）が響いていた。騎馬部隊員たちが海蘭江の方向に移動している。馬の尻がやけに光っていた。

「ジョンヒさんはいま、どこにいるんですか」

僕は訊いた。

「昨夜（ゆうべ）死んだよ。ここだとなんだから、いったん場所を移して話をしよう」

近くにある独立守備隊の練兵場から、凜とした兵士たちの声が響いてきた。朝の空気に男たちの汗の臭いが染みた。龍井の街道筋には高い建物がないので、音が春の樹木のように空高く昇っていく。前に進もうとしない馬を急かす馬夫の怒鳴り声、石畳の道を転がる鉄輪の音、エンジンを切っていない自動車が時折轟かせる爆発音、日本の薬を売り歩く行商の声などが、遠くの方で、あるいは近くで、互いに絡み合うようにして聞こえてくる。僕はそれらの声を聞きながら、殺人、痴情、拉致、爆死、病死、不治の病、と声に出して言ってみた。すると笑いがこみ上げてきた。

「好的、笑一笑」

そう言ってしばらくひとりでケラケラ笑い、右手で頭をコツンと小突いた。謎めいた頭。自分の頭じゃないみたいだった。だからもう一度笑った。開けていた窓からカブトムシが一匹、羽をばたつかせながら飛んできた。僕は立秋を過ぎた蟬のように脱力した。

背広の男は僕を総領事館の片隅の部屋に押し込み、しばらくここで待っているようにと言いつけて出て行ったきり、戻ってこなかった。好的、笑一笑。いいですよ、笑って。言葉につまったり自分の思いどおりにいかないときに、意味もなくそう言う人がいた。果てしなく続く長い詩を読んでも、結局頭に残っているのは「君の髪が森の中に消えていく」の一文だけだったりするように、その人のことは「好的、笑一笑」と言っていた人としてだけ記憶している。僕は手帳を取り出して、昨日、一昨日、数日前に書きなぐったものを読んでみた。独り言のようなそれらの文章を読んでいると、無性に侘(わび)しくなった。僕はいたたまれなくなって立ち上がった。

　八時三十分が過ぎようとしていた。カブトムシはまだ部屋の中にいた。僕は首を伸ばしてガラス戸の透明な所から部屋の外を見まわした。悲しそうな顔をした人たちが一列になって隅の方を歩いていた。他にもくすんだ色の服を着た、いかにもインテリ風の人が五、六人、それから本気の中に混じった冗談のように農夫の恰好をした人が一人、二人。やがて僕は、自分の席で手の中のものをじっと見つめている職員と目が合った。僕がガラス戸を開けると、男は耳たぶを真っ赤にして、出てきてはいけないと手で合図した。男が手に握っていたのは万年筆だった。僕は電話をかけてもいいかと日本語で尋ねた。声が少し割れてしまった。男は日本語で、電話はできないと言った。電話が不通だということなのか、それとも電話は通じるが僕には貸さないということなのか。そのときふと、あることに気づいた僕は、朝鮮語でもう一度尋ねた。

「私は満鉄龍井支社に勤務している者です。会社で心配しているかもしれませんから、電話をかけて居場所だけでも知らせたいと思います。手短に済ませますから」

　男は万年筆を振りながら答えた。

「満鉄の職員だと言われてもねえ。それに、いま電話なんかかけている場合じゃないでしょう。おとなしくしていてくださいよ」

　僕はまた日本語で、体が揺れるほど大きな声を出した。

「今日、敦図線の測量作業のため、間島臨時派遣隊とともに興安(こうあん)〔延吉市街〕へ行くことになっているんです。どうしても龍井支社に連絡がつかないのなら、官用線で臨時派遣隊第三中隊長の中島中尉につないでください」

「満鉄の官職が何なのか知らないが、お宅は拘束されるかもしれないんだ。じっとしているように」

僕は意味が呑み込めず、きょとんとしていると、男はすっくと立ち上がり、靴の音を響かせながら近寄ってきた。私服で軍靴を履いていた。

「その第三中隊長とやらも、いま憲兵隊で調査を受けている。ま、お宅とは関係ないだろうがね」

「どういうことですか。憲兵隊の調査だなんて」

「だから、憲兵隊の取り調べだと言ってるじゃないか！」

僕は泣き疲れた赤ん坊のような心情だった。男は僕を部屋の中に押し込むと、バンと戸を閉めた。これじゃ僕は勉強もせずに試験を受けに来た中学生みたいだ。奇妙な手紙、突然の連行、中島の憲兵隊調査……。白紙同盟でもないのに。今度の試験で僕が自信を持って書ける答えは一つもなかった。もしカブトムシが「オレっちはこの魔法が解けたら人間になるよ」と声をかけてきたとしても、僕は驚かないだろう。すべてが非現実的だった。僕は部屋の中を歩きまわったり、鉄格子のついた窓から外を眺めたりした。過去の栄光を偲(しの)ぶかのように、プラタナスの葉が朝日を浴びて薄緑色に光っていた。

測量の歴史を学んでいた頃のことだ。授業で伊能忠敬について習ったことがあった。十八世紀に生きた伊能忠敬は、五十歳を過ぎた頃から自分の足で歩いて日本を測量しようと思い立ち、十五年以上ものあいだ日本列島を歩いてまわった。総歩数は四千万歩、距離は三万四千九百キロ。測量を学ぶ人間なら誰でもそういう欲望を持っている。自らの体で世界を測ってみたいという欲望。そのせいだろうか。いつしか僕は何でも自分の体でもって理解しないことには不安でたまらない人間になってしまった。そのくせ測量の世界に深くのめり込むほど、「人間は努力するかぎり過ちを犯し続けるものである」というゲーテの言葉を実感するようになった。測量の世界にあるのは近似値であり、真の値ではなかった。つまり測量とは、完璧を求めてはいけないという態度を身につけることなのだ。自分の体で世界を測っていると、たしかに真の値というものを経験することもあるけれど、図面に写すときは棄てなければならない。

カブトムシは何度も壁にぶつかり、そのあと死んだように壁に張りついた。九時を過ぎた頃、僕は事務所に連絡するのをあきらめた。その代わり、背広の男が言ったことをもう一度よく考えてみた。彼はジョンヒが死んだと言った。初めは妙な話もあるもんだくらいに思っていたけれど、だんだん横着な気持ちになった。ふん、ジョンヒが死んだだと？　タンポポの綿毛でも飛び交っているのか、鼻の奥がむずむずした。何もおかしくないのにしきりに笑いがこぼれた。夏の蟬は、処暑が過ぎると鳴きたくても鳴けない。ジョンヒが死んだ？　夏の歌も歌えない蟬が秋の歌を歌っているみたいだ。

僕を総領事館に連れてきた背広の男が部屋に戻ってきたのは、ちょうどそのときだった。僕はうれしくて思わず立ち上がった。ズボンの膝がぽこんと飛び出した。トウモロコシ畑の上を飛ぶトンボの群れのように、長い時間、同じ場所に留まりすぎていたからだ。

「座れ。俺は総領事館警察署調査班の警部、佐藤永敏だ」

佐藤はガラガラと椅子を引っ張ってきて座った。

「会社に電話を……」

僕がまだ言い終わらないうちに佐藤は手を振った。

「心配するな。とっくに連絡してある。言っておくがな、これはそんな簡単なことじゃないんだぞ。会社のことはしばらく忘れろ。その敦図線とやらで俺たちも頭が痛いんだ。とりあえず調書を作成せねばならんから、補助員にきちんと話をするように」

佐藤という人物は、朝鮮人に対する傲慢と無視が体に染みついていた。中島や西村とは質的に異なる種類の日本人だった。

「ところで、朝鮮人が満鉄に入れるものなのか?」

「中央試験所に研究員として入った人もいます」

そう言うと、佐藤は千字文*を諳んじる豚でも見るような顔をした。

「内地はそんなに人材不足なのか。まったく、わけのわからんことばかりだ。ふむ、まあいい。そういう恩恵にあずかっておまえは特別扱いされているわけだからな。これから訊くことに正直に答えろよ。こういうことはさっさと終わらせるにかぎる」

佐藤は席を立ち、部屋の外に向かって大声で何か言った。少し紅潮した顔で僕もつられて立ち上がった。

「さっきおっしゃった李ジョンヒのことですが、あれはどういうことですか」

戸を開けようとしていた佐藤は困った顔をして、額をポリポリ掻きながらどもりがちに言った。

「こっちもそれで頭が痛いんだよ。彼女の父親は朝鮮人民会*の幹部だからなあ。総領事館に文句を言ってきたそうだ。自分の娘の面倒もろくに見られんくせに。ところで李ジョンヒとは、何はともあれ恋愛してたんだろ？」

「何はともあれ恋愛してた、というのは？」

「だから、文字どおり、何はともあれ恋愛してたんじゃないか」

僕は佐藤を睨（にら）みつけた。

「それで、ジョンヒが死んだというのはどういうことですか」

僕が何かおかしいことを言ったのか、佐藤はプッと噴き出し、それから高らかに笑った。

「どういうことかって？　だから死んだんだよ。男のために自殺したんだ。犬死にさ」

少し間を置いて、僕も彼について声を出して笑った。しばらく二人で向き合って笑っていたが、佐藤の方が先に笑うのをやめた。僕はその後もしばらく笑っていた。

「私をからかうおつもりでしたら、もう充分です」

そのとき、さっき僕を部屋の中に押し込んだ男が書類を抱えて、頭を下げながら入ってきた。

「ああ、また例のごとくペラペラとよくしゃべる朝鮮人だな。おまえはこれからこの人の質問に正直に答えればいいんだ。崔（さい）さん、用意ができたらすぐに始めてくれ」

そう言うと佐藤は戸を閉めて出て行った。書類を持ってきた朝鮮人補助員は、自分は崔（チェ）ドシクだと名乗り、手を差し出した。薬指の第二関節から上がなく、僕の手よりもずっとごつごつしていた。あまりの違いに僕たちは気まずくなり、どちらからともなく握っていた手をそっと引っ込めた。崔ドシクはズボンのポケットからドイツ製の万年筆を取り出した。そして万年筆のキャップを開けようと力んだ。回して外すようになっているキャップを引っ張ってばかりいる。ひょっとして、さっき引っ張っていたのはこれだったのか。漠然とそんなことを考えているうちに、ふとあることに気づき、僕は胸が引き裂かれるような痛みを感じた。目から涙が流れ落ちた。もう二度とジョンヒの温かい体に触れることはできないんだ。ジョンヒを思い出したり、記憶に留めておくことはできても、彼女の体をもう二度と抱くことはできない。なぜなら彼女は死んでしまったのだから。

「あの……泣いているんですか？」

うつむいてずっと万年筆を引っ張っていた彼が、僕の顔を見た。僕は手を伸ばして、万年筆を見せてくれと言った。

「回せばいいんですよ。こうやって」

僕は彼の顔をじっと見据えながらキャップを外し、差し出した。彼は舌で唇をぐるっと舐めると、僕の差し出した万年筆を受け取った。

「ジョンヒはどこで死んだんですか」

流れた涙は顎の辺りで乾いてしまった。それ以上涙は出なかった。崔ドシクの目が不安そうに震えた。僕はその揺れ動く目を見つめた。得体の知れない怒りが腹の底からこみ上げてきた。

「だ、だから東興中学校*の校門近くにある海蘭江の川辺で、そ、そこに背のあまり高くない柳の木があって……」

僕は右手で目と頬を撫でた。ひとしきり悲しみに浸ったあとは涙も枯れてしまった。ジョンヒが死んだというのに、僕はただ手をこまねいて見ていた。できることは何もなかった。僕は自分がとてつもなくちっぽけな存在に思えた。

「か、彼女が死んだ理由は知らない。それより、今朝私が訪ねていったことをなぜ知っているんです？」

僕は何も答えなかった。その代わり、揺れ動く崔の目をじっと見つめていた。ジョンヒがなぜ死んだのか、僕にもわからなかった。朝、彼が僕を訪ねてきたことも知らなかった。一つだけわかるのは、彼の手にある万年筆は、僕が愛していると書いたように、ジョンヒにもそう書いてもらいたくて僕が贈ったものだということだった。まさか死ぬ前に、その万年筆で「いまどちらですか。私の声、聞こえますか。おそらくこれが私の最初で最後の手紙になるでしょう」で始まる手紙を書くなどとは夢にも思わなかったけれど、たしかに僕が買った万年筆だった。それが領事館警察の補助員の手に渡っている。僕は現実を前にしてあまりに無力だった。僕もせめて崔ドシクのように粗野な手をしていたなら。佐藤のように卑劣な口をしていたなら。

「兄さんがこの眠から永久覚めなかったらさぞ幸福だろうという気がどこかでします。同時にもしこの眠から永久覚めなかったらさぞ悲しいだろうという気もどこかでします」という文章で終わる小説*を読んだことがある。その小説を書いた作家はこんな詩も残している。「私たちは互いに異なる世界に生きている、君と私は。何でもしたいようにすればよい、私たちは一致するはずがない、君と私は。君は自分の世界に生きているから幸せだ、私も自分の世界に満足している*」。幸せは自分の属する世界の中に閉ざされている。悲しみの匂いはその世界の外側から染みてくる。自分が幸せなら偽りの人生だってかまわないと思っていたのに、その匂いには耐えられなかった。英国丘で感じた幸せも、大連の満鉄社宅村で得た充実感も、いま涙がにじみ出てくる痛みに比べると何の意味もなかった。本当にそうだった。

その日、僕は総領事館調査班の一室で、ジョンヒとのあいだにあったことを順番に語った。初めから終わりまで。三十分にも満たない話だった。話し終えた僕に崔（チェ）は、内容が合っているか確認するようにと供述調書を差し出した。僕は過ぎ去った出来事が書かれたそれを読んだ。もっと知りたいと思うことも、僕が知らなければならないこともなかった。矛盾のない完璧な世界だった。ジョンヒと僕がもたれかかったケヤキの切り株の硬さや、夕暮れ時に針のように僕たちの目を刺した海蘭江の小波（さざなみ）、足もとの小さなつむじ風に吹かれて飛んでいったアカシアの花びらが、ありありと目に浮かんだ。僕がどれほどジョンヒを愛していたのか、どれほど思い焦がれていたのか、どれほど彼女の体に触れたかったのかを思い出した。供述調書を読んだあと、僕が記載内容に間違いはないという意味で署名捺印をすると、やるべきことを終えた崔は、じきに佐藤警部が戻ってくるからそれまで待っているようにと言って、書類を持って出て行った。じきに戻ってくるはずの佐藤は、三十分ほど経ってようやく部屋に入ってきた。佐藤は崔の作成した供述調書を机の上に置いて、背広の上着をハンガーに掛けた。

佐藤はあとで供述調書をもう一度確認してみると言ってから、「李ジョンヒとはなぜ会ったんだ?」と尋ねた。質問の意味がわからなかったので訊き直すと、佐藤は「龍井にも女は大勢いるのに、なぜ、よりによって李ジョンヒを好きになったのか」と言い直した。さっき崔ドシクに話したことをまた繰り返さなければならないのかと思っていた僕は、思いがけないことを訊かれて少し戸惑った。なぜジョンヒを好きになったのか。それに答えるためには、銅佛寺の付近で起こった間島臨時派遣隊と土匪との遭遇戦のことから説明しなければならない。でも、どう話せばいいのか僕には見当もつかなかった。僕の心臓がどんな形をしているのか知りたかったから? それとも、死の恐怖から逃れたかったから? 中島に人を愛せば人生が変わると言われたから?

僕はしばらく考えてから、ひとこと、運命だったと言った。「あき空をはとがとぶ、それでよい　それでいいのだ」という詩句*がある。人と人が出会って愛し合うというのはそういうことだ。川の流れのように、すべて自然のなりゆきだ。そう言うと、佐藤は大声で笑った。僕は笑わなかった。その代わりひどく侮蔑されたような気分だった。僕にも心臓があるなら、こういうときにこそ見せてやりたいと思った。佐藤は再びまじめな顔で「ジョンヒを愛していたのか」と訊いた。僕は頷いた。なんて情けないやつだとでも言いたそうに、佐藤が僕の前に書類を放り投げた。この日を境に僕の知っていた世界は完全に崩れ去り、僕は、僕を取り巻く世界の裏面をまざまざと見せつけられたのだった。

それはアンナ・リーという名の女性に関する調書だった。アンナ・リーはロシア共産党に加入したニコライ・リーの妹で、幼い頃から共産主義に傾倒していた。兄のニコライ・リーはモスクワで開かれたプロフィンテルン〔赤色労働組合インターナショナル〕第五回世界大会〔一九三〇年開催〕に朝鮮代表団の通訳として参加した共産主義者で、一九三二年現在、いわゆる「太平洋労働組合書記局〔プロフィンテルンのアジア太平洋支部〕事件*」に関わったことにより、咸興*で公判を待っているところだ。アンナ・リーは、兄を残して家族全員が龍井に戻ってきた一九二六年、当時在学していた明信女学校で、恩真中学*や東興中学など、龍井にある中学校の生徒たちと読書会を行い、マルクス主義の書物を読みふけり、同じ年に組織された間島女子青年会に加入した。またその翌年、東満青年総同盟*の指導のもと、龍井の学生組織である萍友同盟*の一員となった。

一九二八年に第二次間島共産党事件*が起こり、アンナ・リーは検挙された。朝鮮人民会の幹部である父の李ウンシクは、娘をソウルの梨花女子専門学校に行かせたが、彼女は一九三一年、卒業するなり龍井に戻ってきた。アンナ・リーがソウルで朝鮮共産党に加入したという噂が飛び交ったものの、真偽はわからない。少なくとも龍井に帰ってきてからは、共産党の活動をした形跡はない。ただ、龍井の大衆組織で暗躍していた中国共産党員、またの名を「パク・タイ〔朴太〕」

という男のスパイ活動に関わっていたことは確認された。アンナ・リーはおそらくパク・タイの恋人であった——。僕は黙ってその文章だけを覗き込んだ。なぜなら僕はパク・タイではなかったからだ。

「パク・タイというのは誰ですか」

当惑しているところを佐藤に見られたくなかったので、僕はうつむいたまま訊いた。

「それが知りたくておまえを呼んだんじゃないか。俺たちは、最初はおまえがパク・タイだと思っていた。中島にアンナ・リー、つまり李ジョンヒを紹介したのがおまえだということがわかったからだ。それでおまえの過去を調べるために統営（とうえい）、京城（けいじょう）、大連と連絡を交わしているうちに、本物のパク・タイを逃してしまったってわけだ」

佐藤が言った。

「僕はパク・タイが誰なのか知りません」

僕がそう言うと、佐藤は僕をじっと見つめた。

「ちょっと悲しい話をしようか。さっきの人、崔さんのことだが、もともと何をやっていたか知っているか」

佐藤は机の上で両手を組んだ。

「彼はかつて朝鮮共産党満州総局*の党員だった。ＭＬ派*党員。一九三〇年五月三十日に暴動*が起きたとき、放火やら破壊行為を主導した過激分子だった。捕まったら重い罪に問われる。そのとき彼は逮捕されて延吉で監獄に入れられていたんだが、四か月後には出所した。非常に訓練された人間だけあって、組織員と対質尋問をしても嫌疑をいっさい否定した。ここまで連れて来られたら、嫌疑を否定するのは並大抵のことじゃない。ここはありもしない罪を着せて吐かせるところだからな。たとえ筋金入りの共産党員だとしてもだ。どういう意味かわかるか？」

佐藤は顔をしかめて言った。僕は佐藤の喉仏ばかり見ていた。李ジョンヒ、アンナ・リー、李ジョンヒ、アンナ・リー……。頭の中はそのことでいっぱいだった。

「まあ、彼の場合は、嫌疑を頑なに否定したから刑が軽くて済んだんだ。他に理由があったわけじゃない。ところが出所してみると、組織員はみなそっぽを向いた。単なる加担者でも六か月から一年の刑を受けているというのに、発電所の放火を指揮した人間が四か月で出てきたもんだから、これはどう考えたっておかしい、と組織も不審に思ったんだろ。密偵にでもなったのか、でなけりゃ走狗か。それからというもの、誰も彼に会おうとしなかったし、会っても疑ってばかりだ。そうなりゃ頭もおかしくなるわな。ひょっとして俺は拷問のときに走狗になるって言ったんじゃないのか？　そんなことも考える。六か月ほど孤立した日々を過ごしたある日のこと、崔さんは、定期的に会って世間話をしていたうちの朝鮮人刑事に、総領事館で働かせてくれと言ったそうだ」

佐藤は僕に煙草を一本、差し出した。僕はもともと煙草は吸わないけれど受け取った。佐藤は僕の煙草に火をつけながら言った。

「世の中ってのはそんなもんだ。ふとしたきっかけで世界を見る目が変わったら、すべてが変わってしまう。おまえはジョンヒを愛し、ジョンヒもおまえを愛したと思っているらしいが、俺たちの目にはまったくそう映らない。少なくともアンナ・リーは、だ。彼女はたしかに朝鮮人だが、満鉄に勤めているおまえを利用しようとした。必要とあらばおまえを殺しただろう。共産党ってのはそういうものだ。おまえがジョンヒを愛したのは運命なんかじゃない。間違いなく誰かの緻密な計画があったからだ。それが誰だか、もうわかるだろ？　さあ、パク・タイについて話してもらおうか。こんな丁重な扱いもここまでだ」

そのとき僕はようやく、自分が供述した世界がどれほど空虚なものだったのかに気づいた。それは偽りのない完璧な世界どころか、完璧に偽りの世界だったのである。

一九三二年八月中旬、総領事館特殊捜査班は特務を通して、「大成村（テソンチョン）に集まった共匪たちが鶏林（ケリム）村にいる鉄道護衛隊の武器を奪おうとしている」という諜報を入手した。これを受けて、間島臨時派遣隊と賀洞自衛団で構成された混成討伐隊が、日没後、大成村討伐に乗り出した。ところが討伐隊を待ち受けていたのは、無惨にも殺された特務の屍（しかばね）だった。首を切られ、目の玉をえぐられ、舌は抜かれていた。そのとき、目を覆うばかりの惨状に動揺している討伐隊のもとに、鉄道護衛隊が共匪の奇襲を受けたという知らせが入った。急報が入るなり兵力を鶏林村に移動させた。討伐隊の一部は、逃げ遅れた住民五十人あまりを集団虐殺し、村に火を放った。村に残っていた住民のほとんどが老人と女、子どもたちだったが、若い共産主義者も三、四人交じっていた。討伐隊は特務がやられたのと同じ方法で、目玉をほじくり、舌を抜いたあと、首を切って殺した。そうやって殺した主義者たち以外の屍は、一か所に集め、石油をかけて燃やしてしまった。

　この事件をきっかけに、総領事館特殊捜査班は討伐隊の内部にスパイがいると判断を下し、内偵に着手した。まず、討伐隊の内部に本物の情報と偽の情報を交互に流してみたが、スパイを見つけ出すことはできなかった。その代わり、吉林にある三浦ゴム工場の罷業（ストライキ）を主導した人物を尋問する過程で、龍井の大衆組織で暗躍しているという共産主義者のパク・タイ（朴太）と、その恋人であるアンナ・リーに関する諜報を入手した。パク・タイの正体はなかなかつかめなかったが、アンナ・リーはニコライ・リーとの関係ですぐに身元が明らかになった。太平洋労働組合書記局事件を主導し、咸興刑務所に収監された李ビョンゴンの妹、李ジョンヒがアンナ・リーだったのである。ようやく事件の全貌が明らかになった。つまり、間島臨時派遣隊の情報は李ジョンヒを通して共匪側に伝わっていたのだ。あとは彼女の恋人を捜せばいい。佐藤の言うように、特殊捜査班はジョンヒを中島に引きあわせたのは僕だと疑っていた。だが、僕はパク・タイではない。僕は英国丘でたまたま文学と音楽を愛するジョンヒと知り合い、彼女と二人で過ごした時間（とき）を人生で一番大切な思い出として胸に秘めている、ただの哀れな男なのだ。僕がいくら運命的な出会いだったと言い張ったところで、虚しい叫びにすぎない。そう。佐藤も言ったように。

「おまえの言い分を尊重してだな、仮におまえがジョンヒと出会ったのは運命だったとしようじゃないか。だが、ジョンヒが計画的に中島を誘惑して同衾（どうきん）した事実は変わりはせん。その同衾によって、帝国の秩序と安寧のために服務している警察が、目玉と舌を抜き取られ、生きながらにして首を切られたんだぞ。こんな現実を前にして、おまえは運命的な愛がどうだとぬかしやがる。本気でそう思っているのか」

　佐藤から事件の全貌を聞いて、僕はうちのめされるほどの大きな衝撃を受けた。衝撃のあまり、話を聞く前にいた明るい世界から永久に追放されたような気分だった。僕の向かった所は、信じられるものなど何もない暗い世界、自分すらも信じられない夜の世界だった。いつだったか、雑誌で四季の誕生について読んだことがある。それによると、はるか昔、宇宙の彼方を飛んでいた星がたまたま地球と衝突し、そのときの残骸が地球の周りを旋回しているうちに固まって月になったらしい。この衝突が原因で地球は南北の軸が二十三・五度傾き、季節の変化が生じた。春が過ぎて、夏がやって来るとき、そこにはずっと昔、ある星と地球が衝突した影が残っているというわけだ。それと同じく、佐藤の話は僕の中に死ぬまで消えることのない影として残るだろう。

　夏が過ぎ、秋になった。僕は、小枝にとまった一羽の鳥のように寂しかった。ひょっとしたらあの年の春もそうだったのだろうか。だから人を愛せば人生が変わると言った中島の言葉に耳をそばだてたのだろうか。だから新聞で「民生団」の発起人として名前が挙がっていた同級生を見つけるなり、わざわざ朝鮮人民会にまで足を運んで、彼の住所を調べたのかもしれない。中学の頃から夜の路地で麦餅を売って学校に通っていた彼は、工業高校時代の同級生だ。いまは八道溝*鉱山で働いている。彼は何かにつけ、すぐ「それはそうだけれども」と反論するので、あだ名も「ドモ」だった。久しぶりに会って「ずいぶん苦労してるんじゃないのか？」と訊くと、「それはそうだけれども、転地療養だと思って……」と言うので、二人でひとしきり笑った。鉱山には粗暴な男たちも多く、赤色組合の力も強かったので、転地療養なんてとんでもないということくらい僕たちは学生の頃から聞いて知っていた。しかし「ドモ」は口ではそう言っていても、自力で必ず成功してみせると野心を燃やしていた。やつが満州の鉱山に志願したときからそのことを知らない人はいなかった。

　二人で高校時代の話に花を咲かせたその翌週、ドモが「知り合いになっておけば何かのときに役に立つだろう」と言ってその人を連れてきたのも、もしかするとやつの野心によるものだったのかもしれない。その人が中華料理店に姿を現す前に、ドモは僕にこんなことを言った。

「もともとは上海を騒がせていた過激派だったんだ。一九二〇年代の末にソウル経由で西間島（ソカンド）の地に足を踏み入れたんだが、再び左派団体に加入して、しばらくは共産主義者のふりをしていたらしい。国民府*で暗躍しながら、じつは朝鮮革命軍を勝ちとろうとしてたんだ。満州でもなかなかお目にかかれない傑物さ。北間島に来てからは、朝鮮人の民生を安定させる自治促進会に入って、中国当局を相手に公民権獲得運動を起こしたんだけど、満州国ができてからは日本軍に帰順して……」

ドモはそこでいったん話を切ってから、周りを見まわし、こうささやいた。

「これは噂だけどね。その人、事変前に哈爾巴嶺（ハルバれい）*近くの庵（いおり）で『周易（しゅうえき）』を見て時代を占ったんだけど、そのとき満州事変を予見したんだって。それで日本軍に偽装帰順したって話でもちきりさ。それはそうだけれども、満州で何でも真に受けるのは馬鹿か洟垂（はなた）れくらいのもんだよ。鉱山にいる旧国民府のおやじさんたちの話だと、その人、自分が共産主義者のふりをして左派の地下組織に潜っていたときの幹部たちを興京（こうけい）県*で逮捕したり、率先して拘禁したりしたらしい。そのせいで銃殺された若者たちは、かつて国民府を赤化させる任務を命じられて偽装していた人たちだったんだって。だから、国民府のおやじさんたちは怒りに震えてるんだよ」

国民府とはいったい何なのか、朝鮮革命軍というのはまた何なのか……。僕にとっては『周易』を見て満州事変を予見したという話は、小説にでも出てくるようなエピソードで、まるっきり実感が湧かなかった。風土はやはり大事なんだと思った。ソウルにいるときは野心満々の真面目な苦学生だったのに、満州に来るとやつまで荒唐無稽なことを言うようになる。満州にいるかぎり、僕のような人間でもいつかは人を殺すだろうと中島が言ったのはこういうことなのか？　でも、僕はそういう方面にはまったく興味が湧かなかった。そもそも僕は書物の中の一節に慰められたり、仕事の帰り道、頭上に浮かぶ三日月を見て幸せを感じるような人間だ。だから、ハンカチで額の汗をぬぐいながら遅れてやって来たその人が、僕の手をがっしりと握ってこう言ったとき、僕はうれしくも何ともなかった。

「満鉄とはたいしたものですな。一度お会いしたいと思っていました。私は朴（パク）キリョン（朴吉龍）と言います。縁起のよい龍という意味です」

彼は、ぽかんとしている僕の顔を見て、肩をトントンと叩くとこうつけ加えた。

「冗談ですよ。好的（ハオダ）、笑一笑（シアオイーシアオ）」

いいですよ、笑って。何かに憑りつかれているが、それが何であるかは隠しているような眼差しだった。大げさに笑い、大げさに物を言い、大げさに行動する。正面からだと多少膨らみがあるが、横から見ると驚くほど鋭利だ。それが彼の第一印象だった。僕が機械なら、彼はさしずめ整備工だろう。言ってみれば、日常の些細な出来事に幸せを感じる僕のような人間の取り扱い説明書を持っていそうな人。どこに触れたら反発するのか、どこをいじれば同調するのか、生まれながらにして知っていそうな人。

「最近はここもずいぶんと治安がよくなったよ。けれども、ほんの一年前までここに住む朝鮮人の命なんて蜉蝣（かげろう）のように儚（はかな）かった。そもそも俺たちが生きているのは互いに手を取り合って平和に暮らしていくためなのに、あんな状況じゃ一日たりとも生き延びられないだろ？　間島で暮らす四十万人の朝鮮人にできることは、せいぜい平和を叫ぶくらいだから、こだまが返ってくるはずもないよ。幸いにも昨年、日本軍が進駐してその状況にいちおう終止符を打ったけれど、これからが肝心なんだ。満蒙（まんもう）に新国家が作られたいま、俺たちが中心になって、この地に朝鮮の延長としての特別自治区を作りたい。それでこの春、この方が中心となって民生団が結成されるのさ。俺は正しいことだと思うね」

　龍井での僕の生活について二言、三言交わしたあと、話は時局談へと移った。ドモがひとりでペラペラしゃべった「間島の四十万朝鮮人」だの「満蒙に新国家」「朝鮮の延長」などは、僕にはさっぱりわからなかった。

「僕はいつも図面ばかり覗いているから、君の話は三角関数よりも難しいよ」

「そりゃあ、日本軍と生活しているおまえは治安問題を肌で感じたり、生活苦という面では俺たちと違うだろうよ」

　苦々しい顔つきでドモが言った。

「われわれ民生団が掲げている言葉は三角関数よりも難しいかもしれないが、中身は素朴なものですよ。つまり、一に民族、二に民族。民族のために力を合わせようというわけです」

　僕たちの会話を黙って聞いていた朴キリョンが口を挟んだ。

「満州国はまた違うでしょう?」

　僕が訊いた。朴キリョンは僕をじっと見つめた。

「満州国は五族協和を旗印にした新しい形の国家です。異なる民族同士が力を合わせてともに生きていこう、という。そうなれば今後、民族なんて何の意味も持たなくなるでしょうね」

僕はそうつけ加えた。

「だからこそ民生団を組織したんですよ。ともに力を合わせていくためには、わが民族も力をつけなければならない。建国はまたとない機会です。われわれはこの地で新しい楽土を、自由天地を作ればいいのです。もし、われわれ民族が自活できる基盤を作れるのなら、別に民生団でなくてもかまわないんですよ。団体というのはただの形式ですから。大事なのは、さっきこの方が言ったように、朝鮮人が願ってやまない平和なのです。しかし、形式がなければ砂上の楼閣になってしまう。だから平和が力を発揮するための団体が必要となるのです」

「だから俺も発起人になったってわけさ。おまえも俺たちと意をともにしないか。間島の多くの有志たちが民生団に関わっている。おまえにとってもいい機会だぞ」

僕はようやくドモがこのような席を設けた理由がわかった。

「僕らが工業高校で学んだのは、せいぜい定規を当てずに直線を引くことだろ？　僕みたいな工学徒に政治のことなんかわからないよ」

僕は言った。

「それはそうだけれども、おまえは卒業文集に詩を三つも載せたじゃないか。工学徒というのは俺みたいなのを言うんだよ。文集を編集したヘギョンもそうだけど、おまえの筆力はなかなかのものだった」

酒の肴を箸で突っつきながらドモが言った。

「他にすることがなかったからね。でも、満足のいくものは書けなかったよ」

朴キリョンの前で昔の話はしたくなかった。ドモが、いつかは新生満州国で高位顕職に昇り志を遂げたいと思っているように、僕もまた、いつか詩人になりたいという夢を捨てきれないでいた。

「いいでしょう、わかりました。それでいいのです。それぞれ自分の場所で一所懸命に実力を養うことが、結局は民族のためになるのです。よくわかりましたから、こんな話はもうよしましょう」

初めの勢いとはうって変わり、意外にも話はそこで締めくくられた。彼はそれ以上、民生団だの、わが民族だのと言わなくなったので、僕は急に肩の力が抜けてしまい、そのうえ、彼が語って聞かせてくれた上海の租界でアナキストとして活動していた日々のことや、満州に戻ってきたあと国民府で活躍していた頃の、あたかも活劇を思わせるような緊迫した話にすっかり夢中になり、やがて泥酔してしまった。僕が最後に記憶しているのは、朴キリョンが高らかに詠んだ、僕にとっては初めて耳にする詩だった。

男児 志 を立てて郷関を出ず
学若し成る無くんば復還らず
骨を埋むる何ぞ期せん墳墓の地
人間〔人の住む世界〕到る処青山〔墳墓の地〕有り＊

その後、僕は朴キリョン――佐藤の言葉を借りると、龍井の大衆組織で暗躍する大物共産党員、パク・タイ――に再び会うことはなかった。その代わり、彼と会ってまもなく、僕のもとに「朝鮮文芸普及会」という団体から一通の招待状が送られてきた。招待状には四月十二日、英国丘にある明信（ミョンシン）女学校の講堂で「文芸の夜」を開催し、詩の朗誦、演劇、声楽などの公演を行うのでぜひ参席してほしいと記されていた。何より僕の目を引いたのは、龍井の詩の同人「麥郷（メッキャン）」だった。プログラムに李ジョンヒという女性がショパンのピアノ曲を演奏すると書かれてあったことを、行事に参加したあと知った。

アヘン（阿片）はまだ熟していない芥子（ケシ）の実に傷をつけ、そこから流れる乳液を天日に干して作る。これを俗に生アヘンという。この生アヘンをさらに日干しにしたり、摂氏六十度以下の温度で火力乾燥させたりして粉末にしたものをアヘン末というのだが、これは薬の原料として使われる。吸煙用のアヘン軟膏を作るためには、生アヘンに麦粉・大豆油・アヘン剤などを混ぜ、そこに水を入れて沸かし、濾過（ろか）させなければならない。さらにそうしてできたアヘン軟膏を吸うには、軟膏を加熱するための特殊なランプと、熱を加えることによって蒸気として出てきたモルヒネを吸い込むための煙管（きせる）など、いわゆる吸煙用の「七つの道具」が要る。ただ、煙管がどれだけ精巧でも、肺に吸い込めるモルヒネの量は限られているので、アヘンは空気の淀んでいる洞窟のような閉鎖された所で吸うのがよい。そこで作られたのが阿片窟（あへんくつ）だ。

日露戦争後、大連は日本の植民地下に置かれ、満州や華北地方に持ち込まれるアヘンの供給窓口となった。関東軍は、関東都督府陸軍部だった頃からアヘンの専売に反対し、実質的にアヘン事業を掌握した。関東軍がアヘン事業を掌握したことで、二つの効果があった。一つは中国人民の心身を蝕（むしば）み、反抗心を衰えさせたこと。もう一つはその収益をすべて関東軍の秘密資金として使えたことだ。つまり、アヘンは日本の大陸政策に陰に陽に寄与したのだ。そのなかでも大連ではアヘンがわりと自由に吸えた。味見をしたければ逢坂（おうさか）町遊郭通りの裏にある阿片窟に行けばよかった。何でもそうだが、阿片窟も初めは慣れなくて怖い気がする。だが、いったんそこの雰囲気に慣れてしまうと、最高に居心地のよい場所なのだ。

一九三二年十月、待機辞令を受けて大連に復帰したときには、満鉄社宅村のアカシアの木はすっかり葉を落としていた。夏のあいだ大連の街を埋め尽くしていたであろう女性たちの日傘の波は姿を消し、フロックコートを着たサラリーマンが現れた。彼らはみな「秋は思索の季節」とでもいわんばかりの顔をして歩き、街は陰気で鬱陶しかった。数か月ぶりに会った西村はもう恋愛の話などしなかった。その代わりにアジア民衆の希望について、真の国際主義について、博愛によって外部と内部を同時に修養することについて語った。彼は満州国という新しい国家体制に強く期待をしていた。

恋愛が終わるなり転向した元共産主義者は、いま建設中の国がアジア民衆の希望になるだろう、と言う――つまりは、中島と同じ結論に向かって突っ走っていた。僕は毎日、会社で始末書を書かされた。僕の恋愛の終末はひたすら幻滅に向かっていた。僕には希望なんてなかったし、内部と外部は極めて断絶していた。

時折、大連の大広場に行き、よく整備された街路の風景を見ると、顔じゅうに白粉を塗りたくった女のように見えて吐きそうになった。そんなとき僕はタクシーに乗って、黄海と渤海の境界にある海辺に行き、しばらくぼんやりと海を眺めた。遼東半島の最南端に位置するそこは、左側には黄海、右側には渤海があった。陽が暮れるまでその二つの海を同時に眺めながら、僕は二つの世界について考えた。昼間の世界と夜の世界。光の世界と暗闇の世界。しばらくして街に戻ってきた僕の目には、華やかな灯りが耐えられないほど虚しく見えた。真実なんてなかった。すべて幻だった。そんな夜は居ても立ってもいられなくなり、遊郭に駆け込んで娼婦の体をいつまでも弄んだ。そうでもしないことには不安で仕方なかった。僕は一晩じゅう女たちを苦しめた。そうすることで自分が生きていることを確かめたかった。

そんなある日、女に名前を尋ねると、ジンジン（今今）だと言った。

「ジンジン？　へんてこな名前だなぁ」

「作った名前だから」

「自分でつけたの？」

「幼い頃、在理教でね」*

「いいのか？　宗教団体でつけた名前をこんな所で使ったりして」

僕がそう言うと、ジンジンはけらけら笑った。

「何が違うの？　こことそこで。あの頃も、いまも、あたしの願いごとはたった一つだけ」

「おまえの願いごとって？」

僕は山東省出身の女の黒い肌に触れながら尋ねた。

「いつの願いごと？」

「さっき一つしかないって言っただろ？」

「願いごとは一つだけど、コロコロ変わるのよ」

「だからジンジンって名前なのか？　いまが一番大切だから？　ならば昔の願いごとは何だっ

た？」

「聞いて笑わないでね。昔は……」

シー・ジエ・フ・ピン（世・界・和・平）

「何だって？」

「世界の平和よ。在理教にいた頃だけど。笑わない約束でしょ」

「いや、それで笑ってるんじゃない。じゃあ、いまは？」

僕は笑いをこらえながらもう一度尋ねた。

「それよりあなたはどうなのよ」

「僕は願いごとなんかないよ。おまえの体があれば充分だ。これが僕の望むすべてだから」

ジンジンはからから笑った。

「こんなのただの皮じゃないの。それに願いごとのない人間なんているかしら」

「本当にないんだ。それにこんな世の中で、僕は平和なんか望まないね」

「いいわ。なら賭けをしない？」

「賭け？」

「何も望まない人間はアヘン中毒にならないものなの。だってアヘンに酔いしれる理由がないでしょ？　とりあえず、あたしと一緒にアヘンを吸ってみない？　もし、あなたがアヘンに溺れなかったら、季節が四回めぐるあいだ、あなたのすべてだっていうこの皮を好きなようにさせてあげる。でもあなたが負けたら、一日でいいからあたしの旦那さんになって、ロシア通りのカフェで食事して、サロンでお酒飲んで、ヤマトホテルで宿泊させて」

「それがいまのおまえの望みなのか?」

「そう」

「つまり世界の平和というのは、夫とロシア通りのカフェで食事して、サロンで酒飲んで、ヤマトホテルで泊まることなのか。よし、わかった」


僕はジンジンの提案を受け入れた。そして一週間後、僕は彼女の望みどおりにしてやった。これで世界はもっと平和になった。ナイフでステーキを切りながらジンジンは、やっぱりアヘンよりもお金の方がいいわね、と言った。でも僕は、女の体よりアヘンの方がよくなった。

アヘンを吸うようになってから女の体は必要なかった。アヘンさえあればよかった。阿片窟に入り、仕切りのある部屋で中国式のベッドに木枕をして横たわり、沸かしたアヘン軟膏を何度か吸い込めば、だんだん意識は遠ざかり、いつもと同じ風景が目の前に広がった。太陽の光がまぶしい五月の英国丘に、僕はジョンヒと並んで座っている。僕たちはマクシム・ゴーリキーの『ジェーツトヴァ』について、ニコラエフスク港の風景について、日々の仕事や同僚たちのおかしな行動について、それ以上話すことがないときは、ゲーテの小説や北原白秋の詩についていつまでも語る。アヘンに酔っているあいだは、彼女はあの頃と同じように生きて僕のそばにいた。手を伸ばせば彼女の体に触れることができ、近寄るといい香りが漂ってくる。僕がハイネの詩を詠めば、ジョンヒは静かに耳を傾ける。

みじめな女よ　うらみはしない
おまえも　おれも　みじめ同士だ
死んで　心の　血が止まるまで
おまえも　おれも　みじめ同士だ

わかるよ　おまえの　口の　嘲笑
わかるよ　おまえの　瞳の　挑戦
わかるよ　おまえの　心の　傲慢
でも　みじめだよ　おまえも　おれも

口は　痛みに　かすかに　ゆがみ
おさえる　涙で　瞳は　くもり
そらした　胸には　傷を　かくして
おまえも　おれも　みじめ同士だ*

アヘンに酔いしれているあいだ、陽が昇り、陽が沈み、春が過ぎ、夏が来て、僕たちは永遠の世界の中で何度も愛し合い、かぎりなく愛し合った。アヘンに酔いしれているあいだ、僕たちは永遠に――一九三二年の春から秋にかけての英国丘で、いつまでも語り合うことができた。アヘンに酔いしれているあいだ、僕は彼女の髪と瞳と鼻と唇、そして腕と肩と胸と下腹と内ももと膝に触れることができた。かつては僕にとって現実だったように、生々しく。かつて僕が体じゅうで感じた幸せが本物だったように、生々しく。英国丘に座っている僕たちの上にはらはらと花びらが舞い散り、時は止まっていた。それが僕の知っている世界のすべてであり、僕の知っている世界の平和だった。その美しい世界も、アヘンが醒めると消えてしまう。耐えられなかった。だから僕は一日じゅうアヘンに酔っているしかなかった。会社は最終的に懲戒委員会を開いて僕を解雇した。でも……、あき空をはとがとぶ、それでよい　それでいいのだ。

一九三二年十二月のある日、僕は龍井に戻った。今度は鉄道を利用した。僕はもう満鉄の職員ではなかった。大連から伸びた線路は長春*〔満州国の国都とされ新京に改称された〕で枝分かれし、吉林を通って龍井まで続いている。いわゆる満蒙の生命線である運輸体系が出来上がったのだ。鉄道は満州から匪賊たちを追い出し、荒野の瘠地で生きる人々に時刻表を提供した。それは日本帝国の首都である東京の時刻表であると同時に、アジア文明の時刻表でもあった。線路に沿って建設された都市の賑わいに新しい時代への期待が感じられた。しかしそのぶん、過ぎ去った春の日々は、砂嵐に吹き飛ばされた風景のごとく、僕の記憶の中で薄れていった。僕は心臓に鎧でもつけたかのように冷たい目をして、窓の外に広がる風景をぼんやりと眺めた。

二昼夜ほとんど飲まず食わずで汽車に揺られた僕は、龍井駅で降りたあと、いまにも倒れそうな体を引きずるようにして人力車の方に歩いて行った。日本語で、あるいは朝鮮語で、どこに行くのか尋ねる漢族の車夫に、間島臨時派遣隊まで行ってくれと言い、饐えた臭いのする椅子に体を埋めた。そのあとも車夫は何度も目的地を訊き返した。僕の声が小さかったからだろう。やがて僕は眠りこけ、その眠りの中に、夢すらも引き裂いてしまいそうな激しい風が悲鳴をあげながら潜り込んできた。秋にそれぞれ憲兵隊と総領事館に連行されて以来、中島とは会っていなかった。中島がどうなったのか知るよしもない。僕が知っているのは、朴キリョンは遊撃区に逃げ、ジョンヒは自殺し、中島は情報を漏らした疑いで憲兵隊に連行されたことだけだった。でも、そうなった理由を僕だけが知らなかった。もし僕が誰かに起訴されたとしたら、その罪は何にも知らずに自分は幸せだと思い込んでいたことだろう。

　中島は間島臨時派遣隊の中隊長を続けていた。僕の頼みで中隊長室に電話をかけた衛兵所の哨(しょう)兵(へい)〔見張り兵〕は困った顔をして、受話器から聞こえてくる声に耳を傾けていた。哨兵が電話をしているあいだ、僕は体じゅうを震わせながら、所々凍っている水たまりの上を舞う白っぽい砂嵐を眺めていた。十二月の龍井は、熱い血をたぎらせている生命にとっては過酷な土地だ。衛兵所の窓から顔を突き出している石炭ストーブの錆びた煙突のように、僕の気持ちも激しく揺れていた。でも、哨兵が開けた戸の隙間から顔に飛んでくる砂埃くらいで、自分がどれだけつらい世界と向き合っているのかを語ることができるのだから、僕は幸せな人間だった。

　相変わらず銅(あかがね)色に焼けた中島は、机に座ったまま僕には見向きもせず、万年筆で何かを書きなぐっていた。ストーブの上にやかんが置かれた温かい部屋に入った途端、空咳(からせき)が出た。風に打たれた顔はあかぎれて痒(かゆ)かった。僕は右手で口の周りを一度ぬぐった。唇が乾いてパサパサになっているのを感じた。曇った窓の外で吹く風は、母親の乳を奪われた子牛が鳴いているかのように哀しく、闇の中に轟(とどろ)くオオカミの咆哮(ほうこう)のように恐ろしく、僧侶たちが吹き鳴らす貝の音のような温もりも感じられた。そんなことを思っているそばで、ペンが紙を掻(か)く音が聞こえた。ストーブの上のやかんはまだ静かだった。

「とっくに朝鮮に帰ったとばかり思っていたさ」

中島は僕の顔を見ずにそう言った。

「こんなみっともない姿で故郷に帰れませんから……」

僕は右手で左腕のひじを掻いた。のどが渇いた。唾を吐きたかった。僕は下を向いたまま床を見まわした。そのときだった。

人を愛したこともないようなつまらん表情だな。

僕はキッと顔を上げた。でも、中島は同じ姿勢で何かを書いていた。ということは、さっきのは風の音？

「風が……」

「ずっとああだ。この満州の原野であの風は避けられないからな。こんな日にここまでやって来るとは、おまえにとっては最悪の選択だ」

「この世界には明るいものだけが存在するわけじゃない。僕も夜の世界を知ってしまった」

「ふん、一人前の口をきくじゃないか。大連の生活はよっぽど気楽だったんだな」

中島が嘲(あざけ)るように言った。

「大連とは関係ありませんよ。僕が憎しみを学んだのはこの龍井ですから。同情心など爪の垢ほどもない感情を」

僕がそう言うと、中島はペンを置いて顔を上げた。

「ならば言ってみろ。おまえの言う憎しみとは何だ？」

「どうしても許せないという感情。何より僕自身を、それから僕をこんなふうにした人を」

「おまえがどうしても許せないのは一人だけだろ。だが、そいつも死んでしまった。だからいま、おまえが憎悪する人間はここにはいない。この世のどこにもいない。俺はおまえと一秒たりとも顔を突き合わせていたくないから帰ってくれ。もともとおまえのいた場所に」

中島は再び下を向いて書類を作成した。どこからともなく規則的に繰り戸がガタガタ音を立てているのが聞こえた。雲。黒い雲。僕は振り返って、曇ったガラス窓を、窓の外のどこか遠い野原で、見当もつかないほど遠い所で生まれて、僕に近づいてきている黒くて深い雲を、その雲を動かす風を、目に見えない風のことを考えた。やがてその風が黒くて深い雲を引き連れて、僕の空を覆い隠す光景を想像した。そのあと雪片(せっぺん)が落ちてくるだろう。それぞれの重さで落ちてくるだろう。ストーブの上のやかんが蓋(ふた)をガタガタいわせながら湯気を噴き始めた。

「あなたはなぜここにいるんです？　監獄にいるべきでしょう。情報を漏らしたのはあなたなのだから……」

そこまで言ったとき、中島は手を止めた。

「ジョンヒと寝たくせに。娼婦扱いして」

名月や座に美しき顔もなし。

また、風が言葉を運んでくる。

「やはり面白い朝鮮人だ。おまえの憎しみというのはたかがその程度のものか」

中島は僕を見ながら訊いた。

「あなたは僕のすべてを葬(ほうむ)ってしまった」

「あの女のことか?」

「いや、愛を」

中島はすっくと椅子から立ち上がると、腰につけていた拳銃を取り出し、机の前に放り投げた。けたたましい音を立てて沸いていたやかんの傍に、拳銃がドスンと落ちた。

「愛も知らないやつに憎しみがわかるはずがないわな。愛も憎しみも感情だけでは存在しない。行動で見せてこそ存在するんだ。おまえの体でもって人を愛するとき――それが愛だ。口であれこれ言ったところで無駄だ。誰かを憎んでいるんだったら、どれだけ憎いのか体で見せてみろ。頭をひねったり、そのご立派な舌を使ったりせずに、体で見せてみろ。誰の目にもはっきり見えるように」

引き金を引けば火薬が爆発して弾が飛び出し、狙いを定めた標的の人生に終止符を打てるよう考案されたそれを――生命体のすべての新陳代謝の活動を止めるだけでなく、過去の記憶、未来への希望も完全に消すことによって、僕の憎悪と敵対心を形にできるように作られたそれを、僕は見下ろした。

「俺が憎くてここまで来たんだろ? またとない機会じゃないか。この銃で俺を撃て。殺せるのに殺せないのは憎んでいない証拠だ」

それがわからないのなら、おまえは生きていても半分死んでいるようなものだ。

でも僕は拳銃を拾おうとしなかった。中島の言ったことは正しかった。そのとき僕は半分死んでいた。欲望を体で見せることのできなかった僕は、誰も愛さず、誰も憎んでいないということになる。

僕が拳銃を握れないでいると、中島がぐるっと机の前に回ってきて、拳銃を手に取った。やかんが沸騰しているのになぜ下ろさない？　そんなことを思っているうちに、あの春の記憶のように何もかも僕から遠ざかっていった。

「愛どころか憎悪もできない愚か者めが。恥を知れ。おまえが娼婦だと言うあれは、少なくとも俺の頭に銃を向けられる女だったぞ。俺が一番憎むのはおまえのようなやつだ。俺の言っている意味がわかるか」

中島は右手を伸ばして拳銃を僕の頭に向けた。僕は目を閉じた。けたたましいやかんの音。その音のはるか彼方から聞こえてくる風と雲の歌。怖いものは何もなかった。同時に何も信じられなかった。世の中が百八十度変わってしまったかのように、何ひとつ。

「だからジョンヒは自殺したのか？　あんたを殺せなかったから？　共産党員としての任務を遂行できなかったから？」

「おまえは自分のことはおろか、愛した女のことをまったく知らないんだな」

「どういう意味だ？」

「あれは鉄の女だ。自殺などしない」

僕は銃口を塞ごうとして左手を振り上げた。

その瞬間（とき）、中島が引き金を引いた。

僕は目を覚ました。転がり込んだ旅館で二日間、飲まず食わずでただモルヒネに頼って生きた。ある意味では、僕はとっくに死んでいた。過去にばかりしがみつき、高い杉の梢に上ったカラスは、もう二度と庭に下りてくることはないでしょう——そんな激しく吹きつける北風のような言葉の中だけで生きている人間。決して真実になることのない言葉、空虚な言葉、口からこぼれるなり宙に散っていく言葉の中で。目を覚ましたとき、僕には「いまどちらですか。私の声、聞こえますか。おそらくこれが私の最初で最後の手紙になるでしょう」という言葉があった。これほど謎めいた言葉を、僕は聞いたことがなかった。この言葉を忘れるために、さらにたくさんのモルヒネを必要とした。僕は旅館を飛び出した。薬局ではなく総領事館に向かうために。この言葉からもう二度と抜け出せないように。永遠の愛というものを信じてみるために。

崔ドシクは少し驚いた様子だった。幻覚から醒めた僕は、立っていられないほどふらふらしていた。僕は彼に、ジョンヒが首を吊った所に連れて行ってほしいと頼んだ。崔はぽかんと僕を見ていたが、やがて机の上を整理しながら何かをポケットに入れ、それから外套を着て、中折れ帽をかぶって表に出た。僕は彼のあとについて車に乗り込んだ。動いているのは車なのに、風景の方が流れているように見えた。ずらっと並んだ電信柱のあいだに道行く人が幽霊のように過ぎった。上着一枚で人力車を引いている中国人の苦力、店のガラス窓越しに行き交う人たちを眺めている商人、埃を立てて走っている自動車、壺を頭にのせて歩いている女たち。彼らの愛、幸福、苦痛、絶望、喜び、怒り——すべてが通り過ぎていった。

海蘭江の畔に車を止めたあと、崔は凍りついた土手に沿って歩きだした。そして東興(トンフン)中学の脇道に入り、川辺の木を数え始めた。一つ、二つ、三つ、四つ。五つ、六つ、七つ、八つ。ジョンヒが首を吊った木は九つ目だった。僕はどの枝かも教えてほしいと言った。彼はあらぬ方を見ながらしばらく考え込んでいたかと思うと、やがて九つ目の木の、頑丈な枝を指さした。僕は頷き、彼に礼を言ったあと、ポケットに入っていたありったけの金を差し出した。

「僕にはもう必要ないんです。これで結構ですから、僕のことは気にせずお帰りください」

川に向かって伸びた丈夫な枝を見ていると、ふと向こう岸の彼方にある英国丘が目に入った。僕は木の下に座って、凍った川辺で何かを探している一匹の黒い犬を長いこと眺めた。崔が僕のそばに来て座った。

「ここで死ぬつもりですか」彼が訊いた。

「銃を貸してくれるわけでもないのに、放っといてください」僕が言った。

「死のうとしている人間に銃は渡せませんからね」

それから彼は何も言わなかった。僕は凍りついた川の前でどうしてよいかわからず、傾斜のある土手に沿って歩いている犬を見やった。そのとき僕は、あの黒い犬は自分だと思った。

「どうして日本の警察の補助員なんかに？」

白い風の吹く凍った川の向こうにある村を眺めていた崔は、少しためらってからこう答えた。

「私は取り調べを受けているとき、仲間を売ったり密偵じみたことをやった。この先どの面（ツラ）さげて人に会えようか、そう思って犬畜生にも劣る補助員を買って出たんですよ」

　僕も崔の顔を見た。

「それはあなたの思い違いでしょう。あなたは仲間を売ったことも、密偵を引き受けたこともない。ただ自分のことをわかってくれない仲間たちを恨んでいて、そのうち本当にそうなんだと思い込んだだけですよ」

　彼は僕の目をじっと見つめた。

「その話、誰に訊いたんです？」

　僕が答えるよりも早く、彼は話を続けた。

「それはまだ共産主義に心酔していない者を丸め込むときに、佐藤が好んでつくお定まりの嘘です。私は共産主義というものをようく知っている。彼らは誰かに強いられたからって世界観を変えたりはしない。なぜなら本物の世界がどういうものか、一度は経験したことがあるからだ。私は自分で望んでこうなったんだ」

　崔が言った。僕は彼の目をじっと見つめた。また何もかもが曖昧になった。これで僕の知っている世界が、本当に僕の経験した世界なのか確かめようがなくなった。でも、まあどうだっていい。いずれにせよ、僕が生きてきた世界は一つしかないんだから。

「時には見たままを信じたらいい。いまさらこんなことを言ったところで無駄かもしれないが、この手紙に書かれていることは本当だ。私が保証しよう。だから死のうと思っているなら考え直した方がいい」

そう言いながら彼はくしゃくしゃになった紙を差し出した。総領事館に連行されたときに佐藤に取り上げられた、ジョンヒの最初で最後の手紙だった。

「この手紙は宛て先が間違っていたんです。そもそも朴キリョンか中島に行くはずの手紙だった」僕は冷たく言い放った。

「しっかりしろ。ジョンヒは女として死んだんだ。これはひとりの女としてジョンヒがあんたに書いた手紙だ。だから、ほら」

崔は再度、僕に手紙を突きつけた。

「俺たちは誰もあんたほどにジョンヒを愛せない。誰ひとり。誰も自分の手についた血を洗い流すことなんかできない」

そう言って彼は車を止めてある所へ歩いて行き、無彩色の風景の中に消えてしまった。僕は彼が最後に言ったことを考えた。俺たち？　誰ひとり？　俺たちとは誰のことなのか。凍った冬の川辺に立って、僕はジョンヒの手紙を読んだ。読み終えると、もう一度読んだ。四回読んだけれど読み足りなかった。初めて手紙を読んだときとは別物のように思えた。僕は辺りが暗闇に包まれるまで、ジョンヒの手紙を何度も何度も読み返した。目に見えない部分と、読み取れない部分がわかるようになるまで。

辺りは暮色に包まれていた。薬が切れて悪寒（おかん）が走った。僕は体をガクガク震わせながら鞄の中からモルヒネ注射を取り出し、腕に刺した。もう少しで泣いてしまうところだった。恐怖と羞恥心は次第に薄れ、再び一九三二年春の英国丘に戻った。ジョンヒと僕は並んで腰を下ろし、いろんなことを語り合う。やがて僕は思い出したようにポケットから指輪を取り出す。ジョンヒは意外だとでも言うように目をまん丸くする。彼女は指輪を受け取ったものの、撫でてばかりいる。ひょっとして嫌がっているのだろうか、と思い始めた頃、ジョンヒが口を開く。

その表情からすると……、もし私がこの指輪を受け取らなかったら、日曜日の午後、こうして一緒におしゃべりすることはもうないってこと？

それができる男は僕以外にもいっぱいいる。僕はただ、自分にだけできること、自分にしかできないことをやりたいだけなんだ。嫌ならよすよ。

でも……、指輪はいただくわ。いまのあなたはグリニョフに似てる。愛のためなら何だってやる、そんな眼差しね。でも私は、あなたがグリニョフよりもプガチョフになってくれることを望んでいるマリアなのよ。だから私のことを愛さないで。あまり深く愛さないで。

夜も更けた頃、僕はジョンヒが首を吊ったという九つ目の木の枝に縄をかけた。その枝は川に向かって伸びていた。僕は傾いた土手の上から目の前のジョンヒの方に身を投げた。枝にぶら下がって揺れている僕の目に再び、英国丘に一枚、二枚と花びらが舞い散っている風景が映った。

雪片（せっぺん）はそれぞれの重さで落ちていった。ずっしりと、あるいは軽やかに。遠くの方に、頭に白い暈（かさ）をかぶったカラマツ林が見えた。遅く、あるいは速く、雪片は川と森と野原に落ち、沈黙する大地の中に消えていった。その年初めての雪だった。

そんなことも知らずに。

それが初雪だということも知らずに。

ジョンヒと僕は、舞い散る花びらをただじっと眺めていた。

一九三三年四月　八家子（パルガジャ）

おお、きみたち、暗いもの、闇のものよ、
夜がきた。
すべての愛する者の歌は
いまようやく目ざめる。
わたしの魂もまた愛する者の歌である。

——ニーチェ*

一九三三年。冬。夜になると耳を澄ませなくても、柳の木の泣く声がほんのりと漂う菊の香りに乗って、かぎりなく暗闇を埋める。冬の夜に菊の匂いがするのは、去年の秋に、障子紙を張るときに菊の花を挿し込んだからだ。北間島(ブッカンド)の冬は風の支配する国だ。春の花が咲き始めるまでは、風が起こるたびに菊の香りが部屋の中を埋め尽くした。夜が長くて耐えられないとき、僕は右手の、一日じゅう暗室で焼き付けをするためアンモニアと氷酢酸(ひょうさくさん)の匂いが染みついてしまった指に、鼻を当ててひくひくさせた。その匂いを吸い込み、また吸い込んでも、なかなか眠れなかった。体は眠っていても、指は目を閉じようとしなかった。一九三三年。再び春がやって来た。ふと目を覚まして周りを見まわすと、ずっと眠れないでいる指があった。

　その頃から、柳の泣き声が聞こえてくることも、菊の香りが漂ってくることもほとんどなかった。明け方には、この世の音がすべて消えてしまったかのように静まり返った。僕が布団の中でじっと外の風景を思い浮かべながら耳を澄ませていると、少しずつ、春の大地が眠りから覚める音が聞こえてくる。はるか遠くの方から、あるいはすぐ近くから聞こえてくるその音は、いつも真っ先に僕の胸を目覚めさせる。僕はじっとしていられなくなり、夜のあいだに熱くなった布団を跳ねのけて、障子戸のそばににじり寄る。障子戸の外側には冬の風をさえぎる一枚戸がついていたが、どの家でも封窓（ボンチャン）*の紙を剝がす清明の頃〔春分から十五日目頃〕になると、外しておくことも多かった。それでも、外を見るためにわざわざ障子戸を開ける必要はなかった。ちょうど取っ手の部分に葉書大のガラスがついていて、戸を開けなくても外の風景が見えるようになっていた。

僕はその頃、写真館の暗室で寝起きしていた。部屋が欲しいと言う僕に、近所に住む定州宅（チョンジュテク）*〔定州から嫁に来た女性〕は、ちょうど舎廊房（サランバン）〔男主人の居室〕が空いているから使いなさいと言ってくれた。そして女中のヨオクに、その部屋の戸の取っ手に透明のガラスを入れるようにと言いつけた。すらっと背が高くて色の浅黒い、それでいてまだどこかあどけないヨオクは、障子紙を切り抜いて、そこにガラス屋で切ってもらった葉書大のガラスを貼りつけると、真っ黒な瞳で僕の顔を見つめながら、大げさに唇を動かして、見て！　鏡を貼ったのよ、と大声をあげた。僕は初め、どうしてそれが鏡なのだろうと思ったけれど、紙と万年筆を取り出して訊くのが億劫だったので、黙って部屋に入り、そのガラスの外に見える風景を眺めた。ガラスには人には言えないいろいろな事情が書かれていた。思わずまた涙が流れた。ヨオクはそんな僕を眺めていた。定州宅の夫は商売をやっているとかで遠い地方を渡り歩き、家にはほとんど寄りつかなかった。だからだろうか、長いこと使っていない舎廊房を占めていたのは、人間の体臭ではなく菊の香りだった。涙が乾いて頰に貼りついた頃、突っ立っていたヨオクが歌を歌いながら台所の方に走って行った。「昔話は昔話、本当と嘘。田んぼには金色の穂、穂が実って豊年だ。革靴はエッヘン、草鞋（わらじ）はペタペタ。大門（テムン）はギィーッ、筵の戸はドスン。銀の匙はたっぷり、真鍮の匙はからっぽ」。彼女のふくらはぎはその歌声に負けないほど頼もしかった。

冬のあいだじゅう小さなガラス窓から外の風景を眺めているうちに、僕はそれが鏡でもあることに気がついた。ガラス窓は僕の姿を映すだけで、風景は見せてくれなかった。僕の顔が映る理由は、冬という季節がまだ僕に見せてくれないものがたくさんあるからだった。灰色の山や干上がった小川、痩せ細った木がずらっと並ぶ通りや、心を閉ざした人たちの胸の内に隠された気持ちが、世の中の透明なガラスをすべて鏡にしてしまった。鏡に映る短い髪をした僕の顔は、初めて見る風景のようだった。冬のあいだ、僕はその葉書のようなガラス窓にハーッと息を吐きかけて、いろいろな話を書いた。でも書いたものはすぐにぼやけてしまった。その後、冬から春にかけて、ガラス窓に少しずつ風景が現れるようになり、見知らぬ風景を思わせた僕の顔は、鏡の中から少しずつ消えていった。三月の光は現像液に長いこと浸けた映像みたいに真っ暗だったのに、月が一度欠け、再び満ちてからは、トンボの羽のように透明になっていった。僕の姿が消えていくにつれ、その光が透明になるにつれ、僕の胸は高鳴った。足の裏が焦り始め、体じゅうがむずむずした。

菊の香りは薄れ、雨の降る音が庭を埋めたある日の明け方、あまりの静寂に目を覚ました僕は、迷わずガラスの中の風景を見た。ガラスは明け方の青白い光に染まっていた。僕はその光に誘われるように布団を抜け出し、ガラス窓に目を凝らした。刺し子の布団は、こんもりと僕の体ほどの暗闇を作っていた。窓に僕の寝ぼけた顔が映るかと思ったら、オーバーラップされた映画のワンシーンのように、その風景の中にもう一人の姿があった。短いスカートをはいたヨオクが向かいの部屋の縁側で足を広げ、歌を歌いながら主人宅の子どもたちの服を繕っていたのだ。春の訪れを待ち望むあまり、気の早い家ではとっくに封窓（ボンチャン）を取り外していたけれど、実際はまだ燕麦（えんばく）の穂も出ていなかったし、冷たい明け方の雨も降っていた。それなのにヨオクの体からはほのかに湯気が立ち昇っていた。膝がようやく隠れるくらいの短くてぴっちりしたスカートから、ふくらはぎが露わになっていた。明け方の青白い光は海を思い起こさせる。彼女がもぞもぞ動くたびに、まっすぐに伸びたふくらはぎはウミヘビがぬめるように動いた。まるで体から水がほとばしっているかのようだった。深く息をするたびに、ヨオクの胸が上下した。

　彼女は、耳があるなら聞いておくれと言わんばかりに大声で歌を歌った。「長い草の生えている所には草刈り鎌が、好きな人のいる所には目が行ってしまうよ。草刈り鎌は一、二回、流し目は十二回。そんなにチラチラ見てばかりいないで、胸の内をぶちまけてごらん。ようやくつかんだこの手首を死んでも放さないよ。そばにいるのに会えないなら、好きな人じゃなくて仇（かたき）だね」。甲高い歌声が屋根の上にまで響いた。上の部屋で寝ている定州宅（チョンジュテク）が、朝っぱらから何の騒ぎだと金切り声をあげた。ヨオクはすぐに声を落としたが、歌うのはやめなかった。「だらっと垂れた木の枝に、ブランコを二つかけて一緒に漕ごう。あんたが高く飛ばすときにはあたしは下に降り、あたしが勢いつけるときにはあんたが降りてよ。大同江（テドンガン）*に舟を浮かべて二人で乗ろう」。僕はガラスに耳を当てて、彼女の歌声をずっと聞いていた。そのとき、秋からずっと黙っていた僕の体が口を開いた。その日、僕は冬のあいだじゅう筆談をするために使っていたノートを捨てた。

翌日。二日続けて明け方に春雨が降った水曜日。店の前。緑の若芽がいっそう鮮やかになった柳の枝の先の方で、一匹のミツバチが水を得た魚のように、久しぶりに顔を出した太陽のもとでブンブン飛びまわっているのを、僕は見つめた。窓から暖かい陽ざしが差し込んできた午後からずっと、その羽音がやまないせいで仕事がなかなか手につかなかった。写真館の主（あるじ）のソン爺さんはヨンドクを連れて、昼飯を食べたあと、南陽（ナミャン）*に住む某地主の家に妾（めかけ）の写真を届けてくると言って出かけた。二人一緒だし、おまけに裸体を撮った代金として相当の金額をもらえることになっていたので、夜更けに酔っぱらって、馬糞の落ちている道をフンコロガシのようにふらふらしながら帰ってくるのは目に見えていた。僕は昼のあいだ、何枚か余分に現像してあった妾の写真を眺めながら、ぼんやりと時間を過ごした。満服を着た妾が扇（おうぎ）を持ってベッドに横たわっていた。印画紙にまで光が透過しなかったために乳房は白っぽかった。まだ体に恥じらいが残っている彼女は、上着を脱ぎ捨ててはいなかった。これまで春を十五、六回ほど迎えただろうか。まだ穀雨〔四月二十日頃〕も迎えていない幼い桜の木のように痩せていた。

　昼間はごろごろしていたけれど、先週の日曜日にソン爺さんと和龍（ファリョン）*で撮ってきた写真を暗室で焼き付けているうちに、僕はすっかり夜更かししてしまった。人手も足りないうえに恩返しをしなければならない立場だったので、僕のような者でも暗室に入れてもらえたが、秒時計はまだ手放せなかった。陽の入りの時刻が少しずつ遅くなってきているのに、人々の習慣はなかなか変わらないもので、西の空がまだ明るいうちに道路沿いの家々のガラス窓には灯りがつき始めた。夕方は、写真の焼き付けをするときのように分節的に過ぎていった。外ではヒヤカシ連中らが道に敷かれた石を開化杖（ステッキ）で叩きながら酒を飲んでいるらしく、どこからともなく蓄音機の音が聞こえてくる。その音が聞こえてくるあいだは、北間島での苦難の生活が体に染みついた人たちの顔も、印画紙の上に黒い花を咲かせるのである。

　暗室と事務室の灯りをすべて消し、手さぐりで表に出て戸を閉めた途端、鍵の内側でガチャリと音がした。低くてずっしりとしたその音を聞いたとき、僕は、午後から夜更けにかけて自分がしたのは焼き付けではなくて、傷跡を覆った瘡蓋（かさぶた）を剥がすことだったのではないかと思った。薫風（くんぷう）が吹き、大地が再び膨らみ始めるのを見ると、あれから一年が過ぎようとしているらしい。あのとき僕は、自分に訪れた幸せがなぜあれほど苦しかったのかわからなかった。きっと自分の体の発する声に耳を傾けられなかったからだろう。僕自身を地図にして描いてみる。一つは地上で測量して描き、もう一つは空から写真を撮る。二つの地図は同じものなのに、まったく違う経験をする。おそらく僕は一つの地図ばかり見ていたのだ。苦しみはまさにそこから始まった。僕はもう一度、戸を引っ張ってみた。開かなかった。ようやく何もかもはっきりした。閉ざされた戸のようにはっきりした。

　地平線まで落ちた星たちを眺めながら、数日のあいだ解けてはまた固まった黒い道を歩いた。ちょうど下宿のある路地にさしかかったとき、少し離れた所で猫の足のような軽い気配を感じた。僕は立ち止まり、しばらく暗闇を見つめてから尋ねた。ヨオクかい？　すると、影も立ち止まった。僕たちは互いに見つめ合った。暗闇の中の顔がにっこり笑った。まるで長いこと僕と話をする瞬間を待っていたかのように、彼女はごく自然に、お帰りなさい、と言った。それからこくりと会釈して僕のそばをすり抜けようとしたヨオクの前に、僕は立ちはだかった。こんな夜更けにどこへ行くんだ？　ヨオクは平然と、もうすぐお嫁に行く姉さんが中南村（チュンナムチョン）に来てるの、と答え、別の方向にすり抜けようとした。僕はまた行く手をはばみ、両手でヨオクの肩をつかんで片側に押しつけた。ヨオクは目を閉じた。何するの？　そう言うと、目をつり上げて僕を睨みつけた。急いでるんだからね。八家子（パルガジャ）*市街の灯りが彼女の目に映った。いつもしっとりと濡れているその目に映るものはすべて、灯りさえも、キラキラ輝いていた。ヨオクは右手で僕の左の胸を鷲づかみにすると、突き飛ばしてすり抜けた。急いでるんだからね。ヨオクが走って行った路地の向こうから歌声が聞こえてきた。「幼いときに結った髷（まげ）〔結婚した男性の髪型〕、いつになったらあたしのお婿さんになってくれるの？　川辺に雨が降ったところでどうなるの？　幼いお婿さんがいたところでどうなるの？」そして大声で笑った。一晩のうちに桜の蕾（つぼみ）が一斉にほころんでしまいそうだった。僕は長くため息をついた。二度目の春、僕の体も桜の木のようにほころび始めた。

にこっと笑うヨオクの浅黒い顔を見ていると、本当はとっくに僕の耳が聞こえ口もきけるようになっているんじゃないかと思った。大陸の人間らしく背が高くて肌の浅黒いソン爺さんは、もっと前から気づいていたかもしれない。僕が初めて外出した日のことだ。電報を打ちに龍井へ出かけようとしたとき、隣家の籬〔竹や柴などで目を粗く編んだ垣根〕ごしに見える梨の木がふと目に留まり、ぼんやり眺めていると、後ろから「枯れた木に花が咲けば醜い枝はないものよ（老樹着花無丑枝）」という梅堯臣*の詩を詠む声が聞こえてきた。振り返ると、夏物のチョゴリを着たソン爺さんが立っていて、僕を見ながら高らかに笑った。ソン爺さんはそのとき気づいたに違いない。本当は僕の耳が聞こえていることに。ソン爺さんは、まだ本調子ではない僕がひとりで龍井まで行くのは無理だから、この辺りの地理に詳しいヨオクに道案内をさせたらいいと言った。僕はひとりで大丈夫だと手を振ったが、ヨオクもちょうど龍井に行く用があるから気にしなくていいと、ソン爺さんは言った。

　ヨオクと僕はかなり長いあいだ、龍井行きの荷馬車が来るのを待った。ぼさぼさ頭の漢族の馬子が操る荷馬車にはキビが山積みになっていたので、僕たちはその上で向かい風を避けるようにして後ろ向きに座った。まだまだ寒かったが、陽が昇ると道のあちこちで氷が解けていた。荷馬車はそこを通るたびにガタンと大きく揺れ、落ちそうになったヨオクは僕の腕につかまった。龍井に向かうあいだ、僕の胸は激しく震えた。それは龍井に行くからだろうか、それともヨオクがずっと僕の腕をつかんでいたからだろうか。

峠を越えて、平坦な道にさしかかった頃、ヨオクはいつものように歌を口ずさんだ。「おなかすいたってあたしが泣いて暴れても、母さんはご飯もくれないし、古びた麻袋の脇でため息ばかり」。久しぶりに長いあいだ冷たい風にさらされたせいで、手も足もちぎれそうなほどかじかみ、痒かった。僕は手袋を外し、青紫色になった両手を擦り合わせた。「陽が西の山に沈んで辺りが暗くなっても帰ってこない。向かいの金持ちの家に米をもらいに行った母さんを待っている小さなあたしの首は、敷居ごしに一尺伸びてしまったよ」。手足の痛みがひどくなるにつれ、僕は死の恐怖に包まれた。暗闇が体をすっぽり呑み込んでしまったようだった。僕は両手を掻きむしりたくてたまらなかったが、脇の下に入れて体をよじった。「母さんはまだ帰ってこない。悲しくて池に飛び込んだんじゃないよね？　だったらごはん食べたいなんて言わなかったのに。母さん、はやく帰ってきて」

僕が急に横に倒れたので、ヨオクが僕の体にもたれかかって大丈夫かと尋ねた。ヨオクの息が耳介を白く覆った。僕はこくりと頷いた。ヨオクは、目を閉じて必死で苦痛に耐えている僕の右手を引っ張り出し、自分の手に包んで息を吐きかけた。荷馬車がゴトンと大きく揺れるたびに、息を吐きかけているうちに乾いてしまったヨオクの唇が僕の手に触れた。手をつかまれたまま、苦痛に歪んだ顔で倒れている僕の目から一筋の涙がこぼれた。やめてくれ。この手に同情しないでくれ。愛する人が死んでも何もできなかった手なんだ。そう言いたかったけれど、声にはならなかった。

龍井駅の見える通りで、僕たちは運賃を払って荷馬車を降りた。龍井では西の方ばかり見て歩いた。東側に英国丘があったからだった。ヨオクは郵便局の前に着くと、僕たちがさっき荷馬車で通ってきた方向を指さしながら、自分は龍門橋（ヨンムンタリ）近くで用があると言った。龍井の地理なら僕もよく知っていた。ひとりでも郵便局に行けるのだから、ヨオクは先に降りればよかったのに、僕が郵便局に入るのを見届けるためにわざわざ市内にまでついてきたのだった。ソン爺さんがヨオクに命じた道案内というのはこういうことだった。いずれにせよ、彼女のおかげで無事に着いた。ヨオクは、あとでここに戻ってくるから用事が済んだら郵便局の前で待っているようにと言い残し、信義洋行のある大通りの方に走って行った。

僕の記憶の中でヨオクはいつも走っていた。でも、そのときは走って行く彼女を見守ってやれなかった。どうしても龍門橋の方は見たくなかったのだ。郵便局に入り、京城（キョンソン）〔現在のソウル〕と八道溝（パルドグ）などに電報と手紙を送った。他に行くあてもなかったので、僕は郵便局の前の階段に座ってヨオクが戻ってくるのを待った。日本軍や巡査が通り過ぎるたびに頭（こうべ）を垂れた。三十分ほど経った頃だろうか。ヨオクは息を切らしながら走ってきた。

僕たちは八家子（パルガジャ）へ帰る荷馬車に乗るために龍井駅の方へと歩いて行った。駅の前にはあちこちの村へ行く荷馬車や牛車、自動車、人力車などが並んでおり、車夫たちは大声で目的地を叫びながら客寄せしていた。僕たちが乗った荷馬車の馬子はずいぶん欲張りな朝鮮人で、客がぎっしり埋まるまで出発しようとしなかった。僕たちは初め少し離れて座っていた。ヨオクは僕に、そういえばアジョシ（オジサン）は耳が聞こえないんだよね？　と言いながらも、ひとりでぼそぼそと話を続けた。僕はあたかも耳も聞こえず口もきけないかのように、両手を脇に挟んだまま背もたれに寄りかかって、龍井駅の前を行き交う毛皮の帽子をかぶった車夫や、蒸しパンなどを売る行商人、真っ赤に燃える石炭から噴き上がる黒い煙、二階の軒先にぶら下がった氷柱（つらら）、漢族の家屋に貼ってある赤い文字などを眺めた。去年の秋までは世界が死んだように見えたのに、この日の風景はとても鮮やかだった。ヨオクは初めてひとりの人間として自分に接してくれたという男の話をしていたのだが、途中でうっかり、その人に革命の原理を学んだのよ、と口走ってしまい、慌てて両手で口を塞ぎ、僕の顔色をうかがった。僕が聞こえないふりをしてあらぬ方を見ていたので、左手で口を覆ったまま、右手でしまったと言うように頭を小突いた。

　北間島で生まれた朝鮮の娘はたいてい、舌で自分の鼻を舐める駱駝（らくだ）よりも劣る動物だった。彼女たちは男の所有物にすぎなかった。アヘンと引き換えに売られたり、麻雀牌（ぱい）をどこに置くかによって将来が決まったり、春に借りた穀物が返せなければ見知らぬ所で秋を迎える境遇にあった。とくにヨオクのように器量がよくて、リスのような丸い目をして、ノロ鹿（じか）のような丈夫なふくらはぎで走りまわる、落ち着きのない娘の行き着く所は、火を見るより明らかだ。南陽の地主の家に囲われて、写真機の前ではにかみながら胸をさらけるあの妾のような人生か、あるいは体を売っても金をくれない馬賊に連れて行かれ、二度と戻ってこられなくなるか。運がよければ龍井の飲み屋で金持ちの男たちを弄ぶ（もてあそぶ）女になるかもしれない。ヨオクの言う革命の原理とは、そういう境遇にある自分に気づくことを意味するのではないだろうか。

荷馬車に客が乗り込んでくるたびに、僕たちは肩をくっつけ合い、席を詰めた。ヨオクは僕の耳もとでささやいた。ここにいる人たちはアジョシ（オジサン）の耳が聞こえないって知らないから、あたしひとりでしゃべっていても独り言だとは思わないよね。それを聞いて、僕は思わずプッと吹き出してしまった。しまった、と思って振り向くと、ヨオクと目が合った。僕は怪しまれそうだったのですぐ視線をそらした。ヨオクはまたひとりでぶつぶつ話し始めた。ヨオクは聡明な娘だった。両親にせがんで夜学に通った。生徒たちは石油灯の煤（すす）がゆらゆら揺れる暗い部屋の中で丸く輪になって座り、「新しい階級が古い支配階級による統治に抗（あらが）うためには、古い人生観に縛られてはならない」、「人間は何のために生き、どのように生き、人間として何をすべきか」というような言葉を聞いた。

革命の原理はそういう言葉そのものではなかった。ヨオクたちにいろいろと興味を持たせた夜学の教師の目と耳にあった。その教師の故郷は清津（チョンジン）*だという。北間島の子どもたちにいつも海のことを語って聞かせた。彼はヨオクの言葉に耳を傾け、ヨオクの顔や体をじっと見つめた。そうやって見つめられ、話を聞いてもらううちに、ヨオクは初めて自分もひとりの人間だということに気づいた。革命の原理を悟ったのだ。新しい階級の新しい人生観とは、他人に視線を向けること、耳を傾けることだということを知った。彼の視線によって自分の体がどれだけ美しいのかを、彼の耳によって自分の魂がどれだけ幸せなのかを感じるようになった。ヨオクは声高らかに叫ぶのだ。人間は畜生ではない、それぞれが高貴な存在なのだ、と。

やがて荷馬車の中は人で埋まり、馬子はようやく、さあ行くぞと叫んだ。八頭の馬が一斉に歩き始めた。ヨオクの肩と僕の肩がぶつかった。荷馬車がガタンと大きく揺れるたびに席が狭まった。僕は胸が張り裂けそうになった。過ぎ去った春のことを夢中で思い起こした。ヨオクの言ったことは本当に正しいのか。人間は何のために生き、どのように生き、人間として何をすべきなのか。去年の春、英国丘で僕と肩を並べて、いろいろなことを語ったジョンヒも同じ思いだったのだろうか。

　そのときのことを思い出すとまた胸が苦しくなった。僕は脇の下に入れていた両手を目の前に広げてみた。手は冷たい風に吹かれて青白くなった。一時は絶望していた手。また、一時は疑っていた手。いまでは何も信じられなくなった手。ジョンヒは本当に僕を愛していたのだろうか。ヨオクのように、僕と出会って生きているという実感が湧いただろうか。あれこれ思いに耽っているとき、ヨオクが両手で僕の右手を包み、自分の方に引き寄せた。その人ね、死んだのよ。あたしに海の話をしてくれた人、死んだの。去年の八月、大成村（テソンチョン）で。あたしもそのあと、季節が変わるまで言葉を失ってた。話を聞いてくれる人がいなくなったから。

　荷物と人をいっぱいに積んだ荷馬車は、夕日の沈む山道に向かって走って行った。

龍井から戻った数日後、僕宛てに電信為替が届いた。八道溝鉱山にいる同級生が送ってきたもので、思ったより大きな金額だった。その頃から写真館の人たちは僕を避けるようになった。僕はずっとそれを現金に換える気になれなかった。彼らは、僕が自分たちとは違う人種だと思っているようだった。僕は相変わらず耳が聞こえず口もきけないふりをしていたので、話しかけてくれるのはヨオクしかいなかった。でも、ヨオクもじつは僕と話しているのではなかった。大成村で日本軍に虐殺された夜学の先生と話しているのだった。夜になって冷気に包まれた部屋に戻ってきても、人の匂いはなく、菊の匂いがするだけだった。僕は布団をかぶって、手についたアンモニアと氷酢酸の匂いを嗅いだ。けれどもなかなか眠れなかった。眠っていても手は起きているのだ。ときどき耳もとで声が聞こえた。杉の梢に上ったカラスは、もう二度と庭に下りてくることはないでしょう。そんな夜は、どうしても耐えられないときにソン爺さんがくれたアヘンを弄(いじく)った。しかし、僕はもう二度とその世界に戻りたくはなかった。

再び数日後。写真館で住み込みで働いている人は、主(あるじ)のソン爺さんの助手をしているキルソン兄さん、ヨンドク、それと雑用を任されているサニの三人だった。いつだったか、英国丘で会った出張写真師はキルソン兄さんだった。彼は写真館にはほとんどいなかった。切れ長の目に頬骨の出た、典型的な朝鮮人の顔をした彼は、三十五歳。間島一帯の写真館ではなかなかお目にかかれないドイツ製のライカと三脚を持ち歩き、村の男たちを相手に写真を撮った。一方、ソン爺さんは六櫻社（ろくおうしゃ）の日本製パーレットを使った。キルソン兄さんは外にいることが多かったので、小さくて手軽なライカを使ったのだろう。

彼らが渡り歩きながら撮った写真は、ふつうの大きさで一枚二ウォンだった。たとえば運よく一日に一人撮り、余計な金を使わなかったとしても、二食分の五十銭と宿代十銭を合わせると六十銭が出ていく。だから写真師たちは、田舎で撮影するときは携帯用の現像装備を持っていき、一か所に留まってできるだけ多くの写真を撮ったあと、布団を頭からかぶって一度に現像しようとした。ところがキルソン兄さんは、そんなケチくさい真似ができるかと言っていつもフィルムを持って帰ってきたので、往復の車代を差し引くと、かえって損な商売だった。ただし、彼の言うケチくさい真似というのは、布団をすっぽりかぶることだけを意味した。彼は田舎から戻ってくるとすぐに暗室に入って写真を現像した。僕も工業高校で測量の勉強をしたので、写真機はある程度使えた。キルソン兄さんは写真を撮るのがうまかった。もちろん、僕が見た写真はほんの一部だったけれど。

その日は安図からフィルムを持って帰ってきた。二週間ぶりに帰ってきた彼が暗室から出てくるなり、酒盛りが始まった。ソン爺さんは定州宅（チョンジュテク）が不憫だから呼んでこいと言っておいて、酒の肴を急かすものだから、罪もないヨオクが料理をしたり運んだりした。そのうち酒に酔っぱらった定州宅は、声高らかに歌を歌った。「長男の嫁は舅（しゅうと）の墓を建てようと雌（めす）キジ畑を買ったのに、あとの三人の嫁は豆畑で遊んでばかり。明け方に飯を炊けと言われたら火かき棒で拍子を取り、水を汲んでこいと言われたら腰をふりふりするだけだ。明太(めんたい)の漁に出かけたうちの旦那、どうか激しい嵐に見舞われておくれ」

するとソン爺さんは立ち上がり、興に乗って踊りながら答えた。「水車はぐるぐる水を抱き、あの男は村の外であたしのことが忘れられなくてうろうろしている。木綿の花はいつも咲いているのに、向かいの南山(ナムサン)の芍薬(しゃくやく)の花が咲くのは一年に一度だけ。ユスラウメの木の下で一対のひよこが遊んでいたのに、ハゲワシが飛んできたせいで影も形もなくなった」

歌い終わった途端、ソン爺さんが大声を出した。「くそっ、女房を奪われる心配はせんくせに、国が奪われることばかり心配しておるやつらめ。まとめて地獄に堕ちて炎で体をあぶってもらえばよかろう」。すると定州宅がソン爺さんの前で手を振り上げて、自分の胸を指した。「ここがその地獄だよ、慰めてくれる男もいないからね。アイゴー、千年万年、あたしは炎にあぶられて死んでしまう」。ソン爺さんは休みなく調子を合わせた。

彼らの話に入っていけない僕は、黙って酒を飲んでは唐辛子のジョンを突っついていたが、こっそりその場を抜け出した。米粒ほどの雪が風に巻かれて、通りへと押し流されていた。僕は両手を脇の下に挟んだまま、軒の下にうずくまって押し流されていく雪を眺めた。ふと、白く光る点々とした雪片が一斉に黒い波の中へと落ちていく統営(トンヨン)の海が目に浮かんだ。そのあと、ヨオクが生まれて一度も海を見たことがないと言ったことを思い出した。初めてヨオクに会ったとき、僕は深い海の中を泳ぐ、色の濃い鱗(うろこ)がぬるぬるした魚を想像した。そんなヨオクが一度も海を見たことがないと言うのだから不思議な感じがした。ヨオクに海を見せてやろうと言ったその夜学の教師も、僕と同じような気持ちだったのだろうか。ところで、僕はなぜ内心むしゃくしゃしているのだろう。まったくおかしなことだった。

　そのとき、誰かがトントンと肩を叩いた。酒で顔が赤くなったヨンドクが僕の後ろで、ほんとに駱駝（らくだ）みたいに耳が聞こえないんだな、と言うと、右手の人さし指でついて来いと合図した。いくら呼んでも聞こえなかったようだ。周期的に禁断症状が襲ってくるので、ときどき気を失ったようにぼうっとすることがあったが、そのときは他のことを考えていたからだった。

　中に入ると、さっきまでとはうって変わって、みんな口をつぐんで深刻な顔をしていた。どうしたのだろうと思いながら突っ立っている僕に、キルソン兄さんが自分の向かいに座れと手招きした。僕は言われるままに座った。彼は酒杯にあふれるほどの白酒をついだ。乾杯をしてくるので飲み干すと、キルソン兄さんはまた酒をなみなみとついだ酒杯を差し出した。酒杯をぶつけたあと、僕はもう一度熱い酒を飲み干した。凍傷にかかった頬骨と手足にはよくないけれど、酔えるのなら、しかも一気に正気を失うほど酔えるんだったら、拒むつもりもなかった。

　僕たちが六杯の酒を飲んでいるあいだ、周りの人たちは誰も口を開かなかった。いつもなら僕に、もうそのくらいにしろ、もう少し養生して花が咲く頃になったら生きる道を探してみろ、と言うはずのソン爺さんも、なぜか固く口をつぐんでいた。この世の中のすべての風が集まってくる所なんてあるだろうか。僕はひとりですべての風を受けとめているような気分だった。急に酔いがまわり、箸でカッキムチ〔からし菜のキムチ〕をつかもうとしたとき、キルソン兄さんが僕に、なぜここに来た？　おまえは誰だ？　と訊いた。その声がすぐ耳もとで響いたので、思わず箸ではさんでいたカッキムチを落としてしまった。僕は手から滑り落ちた箸の先を二度、ちゃぶ台の上でトントンと揃えてから、またカッキムチをつかんだ。そのとき、キルソン兄さんが興奮して、中国語で罵声を浴びせた。おまえは誰だ？　なぜ黙ってる！　この馬鹿者め。おまえは誰だ！

僕が聞こえないふりをしたままカッキムチを口に入れた途端、キルソン兄さんはすっくと立ち上がり、左手で僕の胸ぐらをつかんで顔を殴りつけた。どのみち体もろくに支えられなかったので、僕はそのまま後ろに倒れてしまった。その拍子に床に頭を強くぶつけたが、呻き声すら出てこなかった。キルソン兄さんがそんな僕を引っ張り起こして、もう一度殴った。恐ろしい拳に鼻血があふれ、唇が裂けた。僕の方こそキルソン兄さんに訊きたかった。あなたは知っているのかと、僕が誰なのか、僕がなぜここにいるのか、知っていて僕を殴っているのかと。そう思うと目が血走った。

僕が目を剝いて睨みつけると、キルソン兄さんはさらに殴った。やがて僕は血だらけになって床に倒れた。僕にとってはとても慣れた姿勢だった。去年の十二月、僕は海蘭江の畔の、枝の折れた柳の木の下に倒れたまま、僕を過ぎっていくありとあらゆるものを体で受けとめていた。怖いものは何もなかった。そのとき酒の肴を持って入ってきたヨオクがキルソン兄さんの前に立ちはだかった。何なの？　どういうこと？　おじいさん、兄さん、何てことするの？　まだ体調もよくなっていない人に。これが道理を悟った人のすること？

ヨオクは料理の入った皿をちゃぶ台に置き、僕の方に駆け寄ってきて両手で僕を引っ張り起こすと、前掛けで僕の顔に流れる血をぬぐった。彼女の体から卵が傷んだような、つぶれた玉ねぎのような饐えた臭いがした。僕は裂けた唇でにじみ出る血を舐めながら、薄目を開けてヨオクの顔を見つめた。心の片隅が、夕立に濡れた天幕のように力なく垂れていた。憐れむようなその目を見るのが嫌で、僕はヨオクを押しのけ、右手で顎に流れた血の跡をぬぐって起き上がった。酒に酔っていたので痛いとは思わなかった。足の力が抜けてふらふらした。僕はちゃぶ台の方に歩いて行った。もういい、やめろ。ソン爺さんが言った。僕は倒れた酒杯をつかみ、向かいのキルソン兄さんに差し出した。僕は酒を一気に飲み干すと、また酒杯を差し出した。僕は次から次へと酒を飲み干した。ソン爺さんが酒杯を取り上げるまで、キルソン兄さんのついだ白酒をあおり続けた。

僕の体には何の希望も残っていなかったので、死ぬのはちっとも怖くなかった。怖いのは涙だった。老いた木に咲く花のように、僕の乾いた体から涙のようなものが出てくるかもしれないと思うと、それで周りの人たちが僕のことを人間だと思って親切にし、道理を悟っていない僕のような人間を、——人は何のために生き、どんな人になり、人としてどうするべきかも知らない僕のような人間を、心を開いて受け入れるかもしれないと思うと怖かった。ソン爺さんに酒杯を取り上げられた僕は、よろよろしながらキルソン兄さんを見据えていた。キルソン兄さんがもう一度僕に訊いた。おまえは誰だ？　そのあとのことは覚えていない。果たして僕は口を開いて話したのだろうか。もし話したとすれば、何と言ったのだろう。自分は何者だと彼らに話したのだろう。何と言って彼らに僕を受け入れさせたのだろう。

花木のように僕が口を開いた次の日。ヨオクに胸をつかまれた翌日。雨がやみ、青空に絶え間なく春の風が吹いた木曜日。ソンギ餅*のように膨らんだ春の大地とともに、僕の体を再び世の中に向かって花開かせた穀雨が降り、百穀を肥らせる春雨の降った日。南瓜（かぼちゃ）と唐辛子と若大根とじゃが芋を大地に植え、茶葉を摘んだ日。猫の手も借りたいほど忙しい農繁期がめぐってきたことを知らせる、そんな日。僕は腕抜きをし、午後から暗室にとじこもって焼き付けの作業をした。ブリキ缶に入れた現像液に手をつけて、現像したフィルムを引き伸ばし機にはめ込んだあと、光と闇の模様が印画紙に染みていくあいだ、秒時計をじっと見つめた。時間の流れを感じながらゆっくりと作業をし、暗室の片隅にある椅子に座っては時折静かに暗室灯〔セーフライト、赤色灯〕を見上げた。直視できる光と、目で見ることのできる闇。暗室灯は光でも闇でもないけれど、同時に光であり闇だった。英国丘にいた頃、僕は光の世界しか知らなかった。でもいまは光の世界の中に闇が存在することに、薄々だけれど気づいている。陽画には陰画が必然的に含まれる。だから、真実は現像したフィルムにも焼き付けた写真にもなかった。真実は陰画と陽画、二つの世界にまたがっているのだ。僕は椅子から立ち上がり、拡大機の灯りをつけた。光が印画紙に染み込んだ。僕は光と印画紙のあいだに手を入れた。手は光と闇のあいだに置かれた。

印画紙は僕の手を半透明に受け入れた。まずは光が、その次に闇が染み込んだからだ。僕はその印画紙を氷酢酸水溶液に浸(つ)け置き、それから定着液に移した。僕はその日、焼き付けた写真を一枚一枚ピンセットで取り出し、紐に吊るした。半透明な僕の手が、間島の人たちのこわばった顔写真のあいだにあった。印画紙に写った僕の手もまた、光でも闇でもなかったが、光であり闇だった。そこまで思ったとき、去年の秋の苦しみはすっかり癒やされたような気がした。いまここで僕にないものは、どこか別の場所で僕と一緒にいるのだろう。もし、ここではない別のどこかが存在するなら、もしそうだとすれば、僕たちはいつかまた会えるのだ。光でも闇でもないけれど、同時に光であり闇である世界で僕たちは再会するに違いない。暗室灯の薄暗い灯りの中で、僕は初めてジョンヒを失った喪失感から逃れることができた。ようやく、悲しまずに怖がらずに、ジョンヒを恋しく思えるようになった。

ふと、半透明の手の隣に掛かっている写真が目に留まった。街路樹に並んだ柳の木の下で、黒い外套(トゥルマギ)を着て中折れ帽をかぶった朝鮮人の男が、こわばった表情でカメラを見ていた。本当の顔はきっと、長い長い梅雨のあと水たまりになった山道のように皺(しわ)だらけだろう。男の皺を想像するしかなかったのは、ピントが合っていなかったからだった。合っていないのは他にもあった。被写体の位置もずれていたし、左肩も切れていた。つまり、男は長方形の写真の中の右下の隅にいた。間違いなくキルソン兄さんのライカから取り出したフィルムだが、キルソン兄さんが撮ったものとは思えなかったので、他の写真にも目をやった。片方の手で頭にのせた荷物を押さえているために丈の短いチョゴリの裾から脇が覗いている若い女もいれば、華やかな紫色の模様が入った満族の衣装を着て煙管(きせる)を口にくわえた漢族の男もいた。ただ、どの人も写真の中心から外れているのだった。ピントがずれ、みんなが片方の隅にぼんやりと写っていた。それらの写真の中央には軍服を着た人たちがいた。ところが、その中に僕の知っている顔があったのだ。中島龍樹（たつき）。僕はもう少しで大声を出すところだった。

　そのとき、誰かが暗室の戸を激しく叩いた。黒いカーテンを開け、入り口の戸を開けると、キルソン兄さんが立っていた。暗室に入ったときよりもずっと傾いた午後の陽ざしが僕の目を刺した。キルソン兄さんは昨日、通行証もなしに討伐地区に入ったため、延吉警察署に連行されたのだとソン爺さんが話していた。ソン爺さんは警察にこっそり金を渡して、とりあえずカメラを取り戻した。僕が見た写真はすべてそのライカの中にあったものだ。

「おまえ、俺のフィルムを焼き付けたのか」

「ソン爺さんのフィルムを焼き付けるのに液を入れたから、そのついでに……」

「口がきけるようになると、やることまでちゃっかりしてやがる。誰がおまえにこんなことまでしてくれと頼んだ？　生意気なやつめ。どこだ？」

　警察署で相当ひどく殴られたらしく、顔が腫れていた。キルソン兄さんは僕を押しのけて中に入ると、紐に吊るした写真を見た。

「今回の写真は売り物にならないと思います。どれも人間が隅の方に寄っているし、ピントも後ろの人たちに合っています」

　僕が言った。キルソン兄さんはいつもと違う深刻な面持ちで、視線も絡まったかせ糸のように複雑だった。僕も、キルソン兄さんも、互いの目をくまなく見つめた。しばらくそうやってじっと見つめていたが、キルソン兄さんの方が先に口を開いた。

「別に売るつもりで撮ったんじゃない。腕を磨きたかっただけだ。言ってみりゃ、俺の芸術作品さ。写真の隅にぼんやり写っているのは間島の人たちで、中央にはっきりと写っているのは日本人。まさにいまの満州の風景だろ？」

僕はそう言うキルソン兄さんの顔をまじまじと見た。キルソン兄さんは、ハハハと乾いた笑いを漏らした。僕はなおも彼を見つめた。

「それより、これは何だ？」

話題を変えるかのように、僕の手が半透明の影になった写真を指さして、キルソン兄さんが尋ねた。

「それは僕の芸術作品です」

「ハハハ。引き伸ばし機に手を入れたんだな？　なかなかの才能じゃないか。うん、たしかに芸術作品だ。こういうのをフォトグラムっていうらしい。何かの本で読んだことがある。だが、もうよせ。俺のフィルムには触れるな、絶対に。死んでしまうぞ。おとなしく養生したら、さっさと出て行くんだな」

そう言いながらキルソン兄さんはポケットから紙を一枚取り出した。僕に送られてきた電報だった。どうしてここがわかったのだろう。工業高校時代の恩師である中村先生が送ってきたもので、いますぐ京城に帰ってこいとあった。おそらく八道溝にいる同級生が、満鉄を解雇されてからの僕の事情を先生に知らせ、そのときに住所も教えたのだろう。大連にいるときにも先生から手紙をもらったことがある。几帳面で厳格な人柄がうかがわれる彼の手紙には、感情表現を極度に抑えたちまちました文字が、息もつまりそうなほどぎっしりと縦に並んでいた。手紙は、朝鮮総督府の営繕課で働いている朝鮮人が肺病にかかり、辞めざるをえない状況だ、もし彼が辞めたら総督府に僕を推薦するつもりだからいますぐ京城に帰ってこい、という内容だった。異国の生活も寂しいことだし、規定上、朝鮮人社員を差別する満鉄よりも、職場としては総督府の方がずっといいに決まっている。

その肺病にかかったという人は、僕の工業高校時代の同級生でとても親しかった。絵を描くのがうまくて、ユーモアがあってハンサムで、恋愛上手な、才能あふれる友人だった。才能ある人の不幸は、凡人の場合よりも残酷に思えるものだ。僕は友人の不幸に乗じて自分の利益を図るのがどうも心苦しくて、できるだけ失礼のないように断りの返事を送ったことがあった。ところが、折り返し先生から返事が来た。手紙にはこう書かれていた。君の言う心苦しさはよくわかるが、周りが何と言おうと気にしなくていい、それだけ君のことを大切に思っていないということなのだから、こちらの用意ができ次第、連絡するからすぐに帰ってくるように。でも僕はそのあと龍井に派遣され、その後もいろいろなことに巻き込まれてすっかり忘れていた。そんなとき、先生から思いがけない電報が舞い込んできたのだった。

「ここに写っている日本人、写真代を払ってくれないでしょうね」

僕は電報から目を離してそう言った。

「写真代はあとで、俺が血を流したぶんまでまとめて払ってもらうさ。おまえはここにいるあいだ、何も言わず、何も聞かず、おとなしくしてろ。何にも見なかったことにしろ」

キルソン兄さんは僕の方を見ながらニコニコして言った。僕は無表情な顔でキルソン兄さんを見た。彼が僕の素性を知りたがったように、僕も彼の素性が気になった。僕たちは互いに同じ方向を見ているのか、それとも正反対の立場にいるのか、わからなかった。ジョンヒが僕に送った、あの最初で最後の手紙がなかったら、キルソン兄さんも僕も、いまのように曖昧な状態でいつまでも互いの存在に耐えることはできなかっただろう。

その日の夜。障子のガラスに白い月の光が砕けるあいだ、僕はずっと眠れなかった。海蘭江の畔にある九番目の木の枝は、ひとりの人間を死なせるほど丈夫ではなかった。去年の十二月、半分死んだ状態で雪に埋まったまま、なぜ僕は死ねなかったのか、ジョンヒは死んだのに。そんなことばかり考えていた。その問いに答えるには一つだけ方法があった。しかし、僕にはキルソン兄さんみたいに彼らに血の代価を要求することができるだろうか。果たして。いろいろな考えが次から次へと頭に浮かぶ一方で、夜の暖かい波はそんなことはおかまいなしに、僕の方に押し寄せてきては引いていった。次第に体が流れに慣れてきて、うっかり眠ってしまいそうになったとき、ガラスの外で何かが野良猫のようにさっと過ぎった。温かい月の光はこの世界を照らし続けている。僕はもう一度目を閉じてみたが、なかなか眠れそうになかった。しばらく寝返りを打っているうちに、床から起き上がって窓の外を見た。びっくりした。ガラスの真ん中に人が座っていたのだ。

「こんな時間に何をやってるんだ?」

ガラス越しにヨオクが見えた。縁先に座っていたヨオクが僕の方を振り返った。

「見える？　月があたしの体にイタヤカエデの影を描いたの。ほら、見て」

さっきガラスの外を過ぎったのはイタヤカエデの枝だったようだ。しかし、まだ葉が出ていないイタヤカエデの枝が風に揺れるはずがない。

「さっきおまえが木の枝を揺らしたのか？」

「誰かが揺らさなくても、勝手に揺れることだってあるのよ。枝がひとりでに揺れる夜だってあるんだから。ほら見て。あたしの体にイタヤカエデの影が映ってる」

ヨオクは右腕を回して、自分の肩先を僕の方に向けた。当然のことだが、彼女の右腕に垂れていたイタヤカエデの影は、その瞬間消えてしまった。なのにヨオクは無邪気に、腕をさっと動かせばその影も一緒についてくると思ったらしく、何度も腕を振りまわし、やがて声高に笑った。その笑い声が大きすぎたので、ヨオクは両手で口を塞いだ。黒い手の上に二つの目が見えた。黒い夜の中に浮かんだ白い月の陰画（ネガ）のように、白目の中の黒くて丸い影が冗談っぽく光を放っていた。ヨオクは右手を静かに離すと、こっちに来いと僕に手招きした。僕は言われるがままに縁側に出て、ヨオクの隣に座った。ヨオクの顔から笑みが消えた。

ヨオクが左手の人さし指で、自分の右側の肩先を指した。そこには月の光を浴びたイタヤカエデがくっきりと影を落としていた。南方のイタヤカエデの体は、穀雨〔四月二十日頃〕が過ぎると、立春〔二月四日頃〕のあたりから樹液を抽出されて水分がなくなっているため、火をつけるとぼうぼう燃えてしまうほど痩せている。それに比べ、ここ豆満江（トゥマンガン）*の北側で育ったイタヤカエデの体の中には水がだぶだぶしている。黒い樹皮からじっとりと水がにじみ出ているのだ。想像するだけで、口の中がカラカラになった。僕がためらっていると、僕の視線を避けて籬(まがき)や、その向かいのアカマツや、いまにも空から降ってきそうな瞬(またた)く星を眺めていたヨオクが言った。

「そっちには関係ないでしょ。あたしは急いでるんだからね」

その瞬間、僕はヨオクの右肩を覆っているイタヤカエデの影に手を伸ばし、その輪郭を指でなぞった。影はヨオクの肩先から胸まで続いていた。胸の手前で手を離すと、それまで息を止めていたヨオクが深いため息をついた。

「やめてよ、急いでるんだからね」

僕の顔を見ずに、ヨオクは喘ぐような声で言った。僕は自分の手を月の光にかざしてみた。何か変だと思ってその手を口に当て、舌で舐めてみた。イタヤカエデの影を触っているときはじっとり濡れていたのに、いまはすっかり乾いていた。あっというまに舌の先も乾いてしまった。そのときまたヨオクが言った。

「やめてよ、急いでるんだから。夜が明ける前に漁浪村(オランチョン)*に行ってこなきゃ」

僕は我慢できなくなってヨオクを抱き寄せた。ヨオクの体は、樹液あふれる、しなやかなイタヤカエデのように後ろに反(そ)った。僕はヨオクの胸もとを解き、乾いた舌でヨオクの体からにじみ出る水を吸った。ヨオクはそのまま縁側に倒れてしまった。ヨオクは僕の頭を抱えてつぶやいた。

夜が明ける前に漁浪村に行ってこなきゃ。

去年の秋に突然の手紙を受け取って以来、初めて深い眠りについた金曜日。夕暮れ時の陽ざしが薄かった冬から、おだやかな光が押し寄せる春に移り変わる頃。みぞれの舞う不安な夜から、目もとが赤らむほど心温まる昼に変わる時間。大地に染み入った穀雨を根から枝の先まで吸い込んだ木々のように、心と体がいますぐ花を咲かせそうなほど膨らみ、日照時間もめっきり長くなった春の日。僕はとっくに目が覚めていたけれど、しばらく布団の中でごろごろしていた。勢いよく起き上がろうとしても、拳が握れなかった。へなへなと座り込んだ僕は、天井を見ながら昨夜のことを考えた。ところが、降ってもすぐ乾く真夏の天気雨のように、きちんと思い出せるものはほとんどなかった。僕はぐったりした右手を顔の前まで持ち上げて、振ってみた。やはり力なく揺れるだけだった。

頭は昨夜のことを記憶していなくても、手は覚えていた。昨夜、僕はヨオクを愛した。朝、拳が握れなくなるほど。ヨオクがとても恋しくなった。なのにヨオクの顔がさっぱり思い出せない。思い出せるのは、月の光に照らされて白く輝いたかと思うと、次の瞬間、黒く染まって滑らかに光っていた太もも。弓なりになった背中。体のほかの部分は恥ずかしがって暗闇の中に隠れようとするのに、これ見よがしに月光の中に入り、月よりも明るく輝いていた胸。唇が触れると一斉に起き上がった耳もとの産毛。いつしか僕の体の上で悪戯(いたずら)っぽく僕を見下ろしていた深い瞳。一つではなく二つあることで僕をほっとさせた丸い瞳。そしてその瞳の彼方にある数え切れないほどの星と、たった一つしかない月。

僕は布団の中で仰向けになったまま、それらをゆっくりと思い出した。ヨオクが恋しくてたまらなかった。僕の体に切れ目を入れたら、きっと樹液がほとばしるだろう。僕は我慢できなくなって跳ね起きた。戸を開けて庭に下り、辺りをきょろきょろ見まわした。家の中には人の気配がなかった。僕は庭を横切って、ヨオクが寝起きしている離れの方に向かった。踏み石の上に履物がなかった。それでも僕は部屋の前で咳払いをした。人の気配はなかった。僕は煙突をぐるっと回って、甕(かめ)を置いてある裏庭に行ってみた。立夏〔五月五日頃〕が近づくと短くなる裏庭に落ちる影が、萩(はぎ)の木を切り取った跡ぐらいに僕の気持ちを不安にさせた。

もう一度裏庭を回って戻ってくると、籬(まがき)ごしに歌声が聞こえてきた。「戸があっても鍵がなきゃ、目があってもあなたの顔が見えなきゃ」。僕は急いでまた裏庭に回り、土塀にもたれた。「水車があっても水が流れなきゃ、笛(ピリ)があっても唇がなけりゃ」。声が次第に消えると、僕はまた表の庭に戻り、台所に向かってそうっと歩いて行った。台所でヨオクは水甕を地面に置き、手を伸ばして木製の釜の蓋を取ろうとしていた。僕が台所に入った途端、ヨオクは驚いて蓋を地面に落とした。僕はヨオクのもとに駆け寄って、抵抗する隙も与えず彼女を抱いた。そのとき、部屋の中から定州宅(チョンジュテク)の声が聞こえてきた。いったい何の騒ぎだい？　ヨオクは深く息を吐いたあと、うっかり釜の蓋を落としてしまったと答えた。僕はヨオクの腰を抱いて、飢えを満たすかのように激しく首筋を吸った。

「まったく男の子みたいに落ち着きがないわね」

「気をつけます。気をつけますから」

定州宅が叱ると、ヨオクがつぶやいた。僕は右手で綿入れ服の中に隠れているヨオクの胸をつかみ、振り返って答えているヨオクの唇に僕の唇を押しつけた。ヨオクの口からは青臭い草の匂いがした。

「口だけは達者なんだから」

定州宅が声を張り上げた。ヨオクは目を閉じ、僕を抱き寄せて激しく僕の舌を吸った。

「なぜ、うんともすんとも言わないの？」

定州宅がもう一度大声を出した。その声が聞こえてくるなり僕は唇を離した。

「わかりましたって」

ヨオクが息を切らしながら答えた。その声が変だったのか、定州宅はしばらく何も言わなかった。僕はそうっと戸口の方に後ずさりした。ヨオクが僕を見ながら唇を動かして「今夜ね、今夜」と声を殺して言った。僕は頷いて台所の外に出た。そのとき、定州宅が台所とオンドル部屋のあいだにある戸をさっと開けた。台所の戸で影になったヨオクの頬が、冬至の夜に火鉢の中で燃える炭のように赤く火照っていた。

その日の朝、僕は久しぶりにひどい空腹を感じた。僕がヨオクから二杯目の茶碗を受け取り、口に入れようとしたとき、奥の間で朝からずっと粧(めか)し込んでいた定州宅が出てきた。僕はこんもりと盛られたキビ飯に匙を入れたまま、定州宅に、ちょっと話があるからここに来て座ってほしいと言った。彼女は顔を左に背(そむ)けたまま、片膝を立てて向かい側に座った。僕は、じつは京城にいい仕事口があるという連絡を受けた、数日悩んだ末、近いうちにここを引き払って京城に戻ることにした、と告げた。思いがけない話だったのか、定州宅はじっと僕を見つめていた。そのとき台所で真鍮製の器がドスンと床に落ちる鈍い音が聞こえた。定州宅は何か言いかけてから、外に向かって叫んだ。

「ろくに仕事もしないで何をやってるの」

何の返事も聞こえてこないので、定州宅はもう一度台所に向かって声を荒(あら)らげた。

「いつもみたいに、気をつけますって言わないの?」

それでも台所からは何も聞こえてこなかった。

定州宅は声の調子を整えると、僕の方を見て頷きながら、それは思ってもみなかったうれしい知らせだと、僕がこの村の人たちと違うのは去年の冬、酒を飲んだときから知っていたと言った。

「酒を飲んだとき?」

僕が訊いた。

「ほら、キルソンとさしで飲んだときよ」

定州宅は凛々とした声で言った。

「あのとき、僕は何て言ったんですか」

「何って、キルソンがおまえは誰だってしつこく訊くもんだから、胸もとを開けて心臓でも取り出しそうな勢いで胸を掻きむしっていたけど、そのうち声をあげておんおん泣きだしたじゃないの。その泣き声の大きかったこと。みんな耳が聞こえず口がきけないとばかり思っていたけど、それだけ何か胸につかえていれば声も出ないはずだと、そのときわかったのよ。溜まり水だって足で踏んだら飛び散るからね。そもそも胸の中にあれほどのものを溜めている人を刺激しちゃいけなかったのよ。キルソンが悪かったね」

僕はうつむいて匙で飯をすくった。飯の中にゆで卵が入っていた。僕は飯をゆっくりと噛みながら、定州宅に見えないように匙で飯をぎゅっぎゅっと押し込んで、ちらっと見えていた卵を隠した。

「京城に行く前に一つお願いがあるんだけど」

顔を上げると定州宅が僕の顔をじっと見ていた。彼女は意外なことを言った。

「たしかにジョンヒ先生の死は無念だと思うし、あの日、あなたも酔っぱらって復讐するって叫んでいたけれど、何の悲しみもなく生きている朝鮮人なんていやしない。だから復讐なんて忘れてしまいなさい。ジョンヒ先生も安（アン）セフン先生〔ヨオクの夜学の先生〕もいい人だった。お似合いだったわ。でも、もうこの世の人じゃないのよ。ジョンヒ先生のことは、あなたが京城に戻っても忘れないでくださいな。毎日じゃなくていいから、少なくとも季節がめぐって、風が変わったら、北間島の方を見てあげて」

「僕がそんなことを言ったんですか、あのとき?」

定州宅は頷いた。

「復讐するんだって、大声で」

「だからいままで京城写真館にいられたんですね。李ジョンヒ先生のことがあったからなんですね？」

僕は頷いた。

「わかりました。季節がめぐって風が変わるたびに、必ず」

僕は京城を思い浮かべた。京城に戻ったら僕は夕暮れ時に鐘の音を聞きながら、ハイネの詩を思い出すだろう。夏の青い夜、多くの人と出会ったり、新しい恋をしたりして明るい気持ちになるかもしれない。京城郵便局前の銀杏の木の陰を歩きながら、ふと、龍井にいる人たちに銀杏の葉ほどの話を葉書にしたためて送りたくなるかもしれないし、長谷川町の喫茶店に座って角砂糖を撫でながら、英国丘でいろんな話をいつまでも僕に聞かせてくれたジョンヒの声がどれほど甘美だったか思い出すかもしれない。風が変わったら、そのたびに。たとえ季節が変わらなくても。

僕は写真館に行き、暗室に暗室灯をつけ、薄暗い光が目に慣れるまでそこに突っ立っていた。暗室の片隅の、定着過程まで終えた印画紙を乾かす紐には、たった一枚の写真――僕の手の写真がかかっていた。二つの世界が重なる瞬間の僕の手。その瞬間、僕の手は光であり闇だった。僕はキルソン兄さんが撮った写真の中の主人公を思い出した。僕に、人を愛せば人生が百八十度変わると言った人。僕のような者でもいつかは人を殺す日が来るだろうと言った人。殺したいほど憎んだ人。僕は木のピンを外して紐にぶら下がっていた僕の手をポケットに入れた。

暗室を出ると、ソン爺さんが椅子に座って、丸い缶の中に入っている煙草の葉を薄い紙で巻いていた。くるくると紙を巻き、ていねいに唾をつけて煙草を作ると、目の前に立っている僕を見上げて一本差し出した。僕はアヘンをやめてから煙草は口にしなかったが、拒まずに受け取った。ソン爺さんはもう一本巻き煙草を作ったあと、懐からマッチを取り出して火をつけてくれた。僕は煙を深く吸い込んだ。ソン爺さんの唾がついた巻き煙草の先がジジジッと音を立てて赤く燃えた。ある春の日曜日。坂の下から薫風(くんぷう)が吹いてきた。僕は一瞬にしてけだるくなった。ソン爺さんは煙に酔ったのか、煙草をくわえたまま僕の腕をつかみ、写真館の外に連れて行った。

　写真館の前にある柳の木は、半透明な薄緑色の服を着たように鮮やかだった。ソン爺さんは早くも写真館の前に木の長椅子を出した。綿の入ったチョゴリを脱ぎ捨て、薄手のチョゴリを着る季節になると、ソン爺さんはその椅子に座って巻き煙草を吸いながら、道行く人を眺めるのが日課だった。通りすがりの人がうっかり道でも尋ねた日には、ソン爺さんから、大韓帝国の滅亡後に平壌(ピョンヤン)を離れて西間島(ソカンド)や北間島、沿海州を渡り歩きながら、将軍や美女、悪党、売女たちと交わった話をえんえんと聞かされることになる。滅びた国とはそういうものだった。ありとあらゆる目に遭った末に、ようやく長椅子に腰を下ろすことができた老人の口からこぼれ出す終わりのない昔話みたいなものだ。

　僕はソン爺さんの隣に座って、昨日届いた電報のことを話し、そろそろ京城に戻ろうかと思うと言った。すっかり情の移ったソン爺さんと別れるのは名残惜しくもあり、申し訳なくもあったので、冬のあいだずっと考えた末に決めたことだとつけ加えた。ソン爺さんはしばらく黙って聞いていたが、鋭く言い放った。

「バカ者。そんなことを決めるのにひと冬もかけるな。花も冬のあいだじゅう、この春は何がなんでも花を咲かせようと考えて咲いたりはせん」

ソン爺さんは不機嫌そうに煙草を揉み消した。それから店に入って煙草をもう二本巻いて出てくると、一つを僕に渡した。一瞬ためらったけれど、僕はまた巻き煙草を口にくわえた。再びジジッという音を立てて煙草の先が燃えた。

「君は何年生まれだ？」

「庚戌年（一九一〇年）です」

「本当に滅びた国に生まれておるな。あの頃、若いやつらは怒り狂い、銃を背負って山へ野原へと入って行った。そりゃそうさ。日本人の僕になるくらいなら、野原を敷き布団にし、夜空を掛け布団にしてでも、大手を振って生きたいさ。いまはもうそんな時代じゃないことを、わしだって知っておる。わしは今年で五十九歳だ。越えがたい六十の坂を上っているところだ。ここまで生きてきてわかったことだが、血気だけではうまくいく場合といかん場合がある。満州事変後の世の中を見ていると、もう無理だという気がしてならない。子どもたちはわしらの二の足を踏まんように、幸せに暮らしてほしいと思うがね」

「お爺さんにも子どもがいるんですか」

僕がそう言うと、ソン爺さんは顔を赤くして怒鳴った。

「満州の女たちはみな不憫じゃ。この地で育った子どもはわしの子どもみたいなもんだ。ああ、そうだとも」

ソン爺さんはしばらく複雑な目をしてゴム靴を見つめていたが、指が焼ける寸前まで巻き煙草を吸った。

「だから京城で生きていく道があるのならいますぐにでも行け、というのがわしの一番言いたいことだ。冬のあいだじゅう考えるまでもない。君はもし死ぬほど好きな女が現れても、冬のあいだじゅう考えてからその尻を触るのか？」

ソン爺さんの言葉に僕は声を出して笑った。ソン爺さんは、僕に渡したいものがあると言って店の中に入って行った。ところが戻ってきた彼は突拍子もない話を始めた。

「わしが愛したロシア人娘の話をしてやろう。ウラジオストクにいた頃だったから、はて、いつだったか。琿春(フンチュン)*韓民会と内密に連絡を取り合うために、琿春河を渡って間島の地にやって来た頃だったかな。わしを歓迎してくれているのか、両側の岸に赤い旗がずらっと並んでおった。わしは胸が高鳴って居ても立ってもいられなかった。赤い旗はどの村にも金(きん)があふれているという意味だったからの。金掘りらは金鉱を掘るとき、真っ先に赤い旗を立てた。だから琿春河のことをいまも紅旗河と呼ぶんじゃよ。紅旗河。どうだ、聞くだけで胸が震えるだろ？」

何が言いたいのかわからず、僕はじっとソン爺さんを見た。

「ともあれ、それを見たソン爺さんは正気を失った。だから任務なぞどうでもよくなって金を掘りに行ったんだ。結局、おんなじことだ。戦争をして新しい世を作るのも、金の塊を掘って新しい人生を開拓するのも。それから三日間、わしはすっかり浮かれて溝を掘ったり、箕(み)でふるったりしたよ。それがある日、金鉱山に行く途中で偶然、沿海州から避難してきていた白系ロシア人の一家に出会った。わしは片言のロシア語でウラジオストクの様子を彼らに聞かせてやったんだが、わしの拙いロシア語がよほどおかしかったんだろう。少し離れた所で聞いていたすらりと背の高いその家の娘が、わしが何か言うたびにキャッキャッと笑うんだ。彼女の笑っている姿を見ていたら、今度は金のことなどどうでもよくなってね。地面を掘るのも仕事をするのも嫌になったよ。腑抜けたように歩いているうちに、気がつくといつも白系ロシア人の馬車の前に来ていた。そんなある日の夕方。彼らの馬車の前を通りかかったとき、娘と目が合ったんだ。もし目に口がついていたら、見えるものをすべて呑み込んでしまわんばかりの勢いがあったね」

「それでまた見境もなく飛びついたんですね」

「もちろんだ。彼女の一家が哈爾浜(ハルビン)に発つまでの三日三晩、わしは彼女のそばから離れなかった。わしの目から光が消えるまでずっと。別れの日、わしはロシア語で言ったよ。スパシーバ、スパシーバ。そしたら娘がまたキャッキャッと笑うんだ。別れ際だというのにキャッキャッと。その笑い声が何とも言えなかった。見ているわしまで浮かれてくる。女とはそうやって別れるもんだ。おそらくジョンヒ先生もあの世でキャッキャッと笑っているだろうよ。君もやれるだけのことはやったんだから」

そう言ったあと、ソン爺さんは懐から写真を取り出した。

「君の言っていた写真だ。昨日、引き出しを片づけているときに偶然見つけたよ」

それは一年前の春、ジョンヒと僕が英国丘で撮った写真だった。写真の中にはかつて僕たちが一緒に過ごした時間がそっくりそのまま詰まっていた。遠くの方から体をくねらせながら流れてくる川の水や、雪のようにはらはら降っていた春の白い花びら。十字架に向かって続く曲がりくねった英国丘の道など。つまり、ジョンヒの宝物。僕たちが一緒に、飽きもせず眺めていた宝物。ジョンヒと僕が、一緒に。僕はその写真の中のジョンヒに言った。ありがとう。涙を流しながら、笑いながら。

短くて長い、三度の雨が降った金曜日から日曜日にかけて。長く垂れ込めた雲の後ろで、紙のような透明で蒼白な満月が再び欠け始めた陰暦十六日の昼と夜。世のすべての柳の枝が僕に話しかけてきた四十八時間。心臓に生えた耳が、暗闇の最も深い所で鳴り響く言葉を熱心に聞いていた土曜日の夜。最後に降った激しい夕立でずぶ濡れになったヨオクが、去年の秋に海蘭江の畔で起こったことや、女を愛したら人生が変わるだろうと僕に言った男のことや、もしかしたら自分は変節したのではないかと疑っているうちに変節してしまったもう一人の男の運命が雑然と書かれた僕の部屋に入ってきた。濃い闇が立ち込めるなかで、戸が開く気配はしたけれど、誰なのか知るよしもなかった。ひんやりとした夜の風に乗って押し寄せてきた生臭いにおいで、ヨオクだとわかった。春の木に口づけをしながら、一つ、また一つと蕾(つぼみ)をほころばせる春雨に濡れたヨオクの体から、白い湯気がもくもくと立ち昇るのが見えた。僕も春雨を真似て、湯気の立ち昇る所に口づけをした。ヨオクの体が完全に花開くまで。ヨオクの暗い体が目覚めて歌を歌い出すまで。そして僕の体の夜が再び明るくなるまで。

横を向いたヨオクの後ろで背骨に舌を這わせていると、ヨオクは僕の右手を自分の胸に引き寄せた。僕が彼女の背骨の形をなぞるたびに、ヨオクは低いため息を漏らした。釣竿にかかった魚のように、ヨオクは胸が赤らむほど喘ぎ声を出しながら、海とはいったいどんなものなのか見せてほしいと言った。僕はじっとりと濡れたヨオクの黒い体を撫でながら、夏の炎天下で石が乾いて白く光る光景を思い浮かべてごらんと言った。海とは、その乾いた石が泣きながら眠るときに見る夢だと言った。ヨオクは寝返りを打ち、私たちは違う場所で育ったからお互いの言葉がなかなか理解できない、言葉だけで海を思い浮かべるのは無理だから波を見せてほしい、と言った。ひと握りの月の光があれば半月(はんげつ)の夜を、一枚の花びらがあれば春の風を見ることができるように、大きな波を一つ見せてくれと。僕は暗闇の中で、滑らかなヨオクの体に南海(ナメ)〔朝鮮半島南側の海域〕の青い波を一つ押し込んだ。僕たち二人はすべての裸の魚たちを優しく包み込む、世界で一番大きな青い布団になった。僕たちは何度も何度も互いに押し寄せては押し返し、上下に波打ち続けた。僕の中のさざ波から波打つ音が聞こえてきたかと思うと、部屋の中に南海が押し寄せてきた。

　空中に漂う白い帆のついた濡れた船たち。集まってきては波しぶきを上げる真っ青な滴(しずく)たち。星座の道をゆっくりと、そうっと歩いて行く数羽の鳥たち。開いては閉じる数千個の小さな窓たち。できるだけ遠くの浜辺まで押し寄せていき、そこに悲しみの境界線を刻みつけると、また引いていく波たち。いまにも泣きだしそうな子どもの目を通して見た風景たち。海というもの。その日、僕がヨオクに見せた海。海の風景が僕たちの黒い睫毛(まつげ)をよぎったあと、ヨオクは僕の胸に頰(ほお)ずりをしながら言った。革命の原理を学んで連絡員の仕事を始めてからは、それだけがあたしの知ってる世界だったの。露(つゆ)に濡れるのもうれしくて、夜通しノロ鹿のように山を駆けまわってた。野アザミや山菊の鋭い葉があたしのふくらはぎに、あんたはこういう人間なんだよって書き留めた。ヨオクはしばらく話をやめて、じっと僕の心臓に顔を当てて耳を澄ませた。まるで僕が生きているのかどうか確かめるかのように。ヨオクはもう一度長く息を吐くと、僕の左の胸に長いあいだ口づけした。あたしを連れてって。本物の海を見せて。人は何のために生きるのか、どんな人間になって何をするべきなのか、あたしはよく知っている。だから本物の海を見せて。あたしはこの命が尽きるまで、あなたという海に入る小さな路になるから。

　暗闇の中で僕は頷いた。暗闇の中で僕の顔は何度も明るくなっては暗くなった。何度も季節がめぐっては去っていった。僕はヨオクの手を握った。そのとき僕は、ヨオクがいなければ僕も二度と海を見ることはないだろうと思った。ヨオクは十五夜の過ぎた月のようにやつれた顔をして、白い軌道を描きながら僕の胸の上で眠った。僕は暗くなるほど光を放つ彼女の体を撫でながら、二人で一緒に京城へ行こうと決心した。ゆらゆらとうねる波のように、ヨオクは一晩じゅう僕の胸の上で寝返りを打った。だから、三日経ってもキルソン兄さんの撮った写真を漁浪村（オランチョン）ソビエト*に届けられなかったのは、すべて海のせいだと言ってもいいだろう。

僕が龍井に派遣されてから、偶然なのかそれとも計画されていたのかジョンヒと出会い、英国丘でいつまでも語り合い、そして恋に落ちていくあいだに、九・一八事変〔一九三一年満州事変〕で満州一帯を掌握した日本軍は、北間島地域に散在する匪賊――つまり、抗日武装勢力の掃討に全力を尽くしていた。日本軍による第一次大討伐は、僕が龍井に着いた一九三二年の春に始まり、僕がジョンヒの死によって受けた傷が癒えた一九三三年の三月に終わった。この討伐によって、羅南駐屯の朝鮮軍第十九師団の兵力で構成された間島臨時派遣隊が、一九三二年四月三日に龍井や延吉などの地に入り、同じ月の十七日には長春〔国都新京〕にいた関東軍平賀部隊が間島臨時派遣隊と合流、また関東軍鶴見部隊も永安(えいあん)*から間島に入ってきた。この三つの部隊が中心となり、さらに北間島の地に駐屯していた軍隊と警察、自衛団を合わせた討伐隊が、琿春、延吉、和龍、汪清*などの抗日地区を集中的に攻撃し始めた。一九三二年の秋まで続いた討伐によって、日本の満州侵略に抵抗した中国軍、独立軍*、共産遊撃隊〔パルチザン〕は深刻な打撃を受けた。中島の部隊が大成村(テソンチョン)を討伐したのも、この頃だった。

一九三二年十一月から日本軍は冬期大討伐を始め、和龍県の漁浪村、延吉県の依蘭溝*、石人口、三道湾、琿春県の大荒溝、烟筒拉子の地を包囲し、討伐した。もちろん、日本軍の攻勢に対し抵抗しなかったわけではないが、抵抗勢力の軸が国民党系列の救国軍、共産党系の遊撃隊、土匪系の山林隊、朝鮮人独立軍部隊など、いくつかに分かれていたため、戦闘機を動員して組織的に圧迫してくる日本軍の前ではあまりに無力だった。一九三三年三月、共産遊撃隊が発表した「抗日兵士らに告ぐ文」に出てくる「決してこれで終わったわけではない。ましてや満州全域において抗日戦争が失敗したのではない。満州労農兵の抗日戦争と、すべての中外の搾取者に抗(あらが)う闘争は、必ずや勝利を収めることであろう。同志たちよ！　いまこそ君たちは革命精神に則り、失敗の教訓を生かして立ち上がらなければならない」という文章は、北間島内の抗日勢力の境遇を逆説的に物語るものでもあった。

一九三三年一月二十六日、コミンテルン駐在の中国共産党代表団が、中国共産党中央委員会（以下、中共中央）の名義で満州の共産党員たちに送った「一・二六指示書簡*」は、日本軍によって占領された満州の特殊性を認めたうえで、前年の北方会議*での左傾的誤謬を正す内容が記されていた。つまり、日本軍の討伐によって深刻な危機に瀕していた抗日闘争の情勢から見て、各民族間の葛藤こそが根底的な問題であるとみなし、日本に対抗しうる統一戦線の結成を要求したのである。これによって都市における労働者の罷業(ストライキ)、農村での地主の土地没収、救国軍内での紅軍の組織、ソビエト建設などの極左的な方針は撤回され、より幅広い見地に立った抗日民族統一戦線の樹立が最も重要な課題とされた。抗日民族統一戦線の樹立——それは抗日という共通の目標のもと、各派閥、各党、各民族を結合するものであると同時に、いったん抗日民族統一戦線に加わった者は、右傾、派閥主義、民族主義といった名目でいつでも粛清されうることを意味した。

「一・二六指示書簡」は、一九三〇年代の満州における抗日運動のありとあらゆる喜びと悲しみを抱えたまま、一九三三年四月、中共満州省委員会に伝えられた。その指示に従って満州省委員会は同じ年の五月、省委拡大会議を召集し、五月十五日「反帝統一戦線の執行と無産階級の指導権を勝ちとることに関する決議」を採択した。一九三三年五月下旬、中共満州省委員会は楊波(ヤンパ)と潘慶友(パンギョンウ)の二名を工作組に派遣し、この二つの指示事項を中共東満州特別委員会に伝達した。省委共作組と東満特委の書記である童セヨンは、汪清県で県委拡大会議を招集した。そして「一・二六指示書簡」の精神を他の県委に知らせるために、六月十日「民衆に告げる中共東満特委の文」を発表し、「広範な大衆の全民族的統一戦線」を結成して、「中韓民衆は必ずや連合し、共通の敵である日本という強盗に対抗せねばならない」と指摘した。九月十四日、中共東満特委は、汪清県遊撃根拠地で開いた第一次拡大会議において、過去三か月の活動を総括し、今後の課題を検討した。この第一次拡大会議で出された決議文に、「派閥主義と民生団の間諜に対し、妥協的な態度を取ることにともに反対すべき」、「派閥主義と民生団は、各県の指導部を占めているだけでなく、特委の領土も包囲している」という件(くだり)があり、一九三二年より問題になっていた民生団について、中共の公式文書でも触れられるようになった。一九三三年三月に終わっていた日本軍による討伐が再開したのは、一九三三年十一月十七日。この間、「一・二六指示書簡」の精神は満州全域に広がり、さまざまな派閥が抗日民族統一戦線の傘下に入った。したがって、朝鮮人武装部隊もごく自然と加わったのだった。

　表面的には、満州国という新しい国家が樹立し、匪賊の討伐も終わり、すべてが平穏に見えた。しかし、目に見えない所で「一・二六指示書簡」の精神が満州の各県委へと急速に広がっていた。

そんな一九三三年四月のある晴れた日曜日、僕たちはソン爺さんが借りてきた荷馬車に米と塩と木綿などを積んで、ヨオクの姉さんの婚礼が行われる和龍県二道溝近くの小さな柳亭村(ユジョンチョン)という所に向かった。写真を撮りに依蘭溝に出かけたキルソン兄さんを除いた、ソン爺さん、ヨンドク、サニ、僕、定州宅(チョンジュテク)、定州宅の子どもたち、それとヨオクが荷馬車に乗った。いつものように自分がかつて馬子だった頃を自慢しながら手綱(たづな)を操るソン爺さんのおしゃべりは、馬の蹄(ひづめ)の音よりも勇ましく、少し肌寒い朝の空気をかき分けていった。彼の冗談に合いの手を打つ定州宅の腕前もなかなかのもので、みんな楽しそうに大声で笑った。僕は声を出して笑いながら、ときどきそっと手を伸ばして隣に座っているヨオクの手を握った。ヨオクの色黒の手が僕の手の中にすっぽり入ったかと思うと、恥ずかしそうにすり抜ける。僕はソン爺さんの話を聞いているあいだじゅう、右手を鼻に当てて匂いを嗅いでいた。すると、顔を赤らめたヨオクが僕の服の袖をこっそり引っ張った。荷馬車は満州国の建国とともに新しく敷かれた道をゆっくりと走った。荷物を肩に担いで歩いている中国人の苦力(クーリー)、背負(しょ)い子に薪をいっぱいのせて八家子(パルガジャ)に売りに行く樵(きこり)、遠くの方から鈴を鳴らしながら近づいてくる牛車などが、ひょろっと伸びた電信柱や新芽が顔を出し青々としている柳の木と、遠くの方で、あるいは近くで重なり合っては、黄土色を放つ峰を背景に通り過ぎていった。そうしていると今度は後ろから、エンジンの音を轟(とどろ)かせながら走ってくる日本軍のトラックが追い越し、それらの風景は頭からすっぽり埃をかぶってしまった。トラックが立て続けに数台通ると、馬車の荷台では笑いが消え、おのずと罵言が飛び交うのだった。

二道溝方向の山道にさしかかった頃、要所を守っていた満州国の兵士たちが行く手をさえぎった。ソン爺さんは手綱を引っ張って荷馬車を止め、彼らの方へと歩いて行った。牛の鳴き声が聞こえてこないのをみると、近隣には人家もないのだろう。山道を苦労して上りながら息を切らしていた馬たちが、しっぽを振り、鼻を鳴らした。兵士たちはソン爺さんを押しのけて荷台に近寄ると、僕たちに全員降りろと言い、荷台に積んである物を一つひとつ調べ始めた。ソン爺さんは、柳亭村で婚礼があるので祝いの品を持って駆けつけるところだと、中国語で言った。ほんの二年前まで中国の陸軍だった満州国の兵士たちが、しきりに「不行（ダメだ）！　不行（ダメだ）！」と大声をあげて、ソン爺さんを押しのけた。僕の語学力では彼らがなぜ通行禁止だと言っているのか聞き取れなかったので、ヨンドクに尋ねた。ヨンドクは不機嫌そうな顔をして、あいつら、口では柳亭村が赤色地区だから民間人の立ち入りを統制していると言ってるが、腹の底ではどうせ金が欲しいんだろ、とつぶやいた。案の定、まったく話にならないと思ったのか、ソン爺さんは兵士たちの頭（かしら）に会いたいと言った。兵士の一人が大声で何か言うと、茂みの中から怒鳴り声が聞こえてきた。ソン爺さんは腰紐を引き上げながら、草木をかき分けて怒鳴り声のする方へと歩いて行った。

しばらくして、再び怒鳴り声とともにソン爺さんが上気した顔で茂みの中から出てきた。行ってもいいということだった。荷台にいた僕たちは歓声をあげた。ソン爺さんは遅くなってはいけないから急ごうと言った。僕たちの乗った荷馬車は、そのあと同じような検問所をさらに二つ通過し、そのたびに賄賂を渡した。ただ、日本軍がいなかったのは不幸中の幸いだとヨンドクが言った。おかしいな、日本軍がいないなんて。僕にはそれがなぜおかしいのかわからなかった。三つ目の検問所を過ぎてからは、道はよくなかったが、行き交う人もいなくてのどかだった。背の高い原始林と、山に吹く爽やかな風を満喫していると、僕はふとヨオクが恋しくなって、隣にいる彼女の手をぎゅっと握った。またすぐにすり抜けようとする手をさらに強く握った。ヨオクが低い声で、ああっ、とつぶやいた。ヨオクは生きている。僕のそばで生きている。そう思って感動に浸っているとき、ヨンドクと目が合った。ヨンドクはすぐに僕の視線を避けた。そのとき僕は、荷台にいるすべての人に、ヨオクも僕と一緒に京城に行くんだよーと叫びたくてたまらなかった。

柳亭村は、新しく敷かれた道から荷馬車で一時間ほど奥に入った谷間にあった。人家はせいぜい二十軒ほどの小さな村で、住民はみんな朝鮮人だった。柳亭村の背後には険しい峰々が立ちはだかっていた。村の人々は前方に開けている山道を通って二道溝に行き、生活の必需品を手に入れたり、農産物を売ったりして暮らしていた。村の人たちは僕たちがいつ頃着くのかあらかじめ知っていたのか、村の入り口で僕たちを待っていた。ヨオクは僕の手を振り払って、すっくと立ち上がった。そして米俵によじ登り、手を振りながら大声で、お母さーん、と叫んだ。とんびが一羽飛んでいるだけの、のどかな春の午後、山里の風景にヨオクの声が鳴り響いた。その声に、草色のチョゴリにピンクのチマ、それからチョゴリの上に華やかな色のチョッキを着た女の人が手を振った。ヨオクのお母さんらしい。ヨオクは荷台からひょいと飛び降り、山道を駆け上がって行った。一方、ソン爺さんは手綱を握って馬たちを急かせた。馬たちは鼻息を荒らげながら、力いっぱい急な山坂を登って行った。急に速度を上げたせいで、荷馬車がいまにもひっくり返りそうなほど揺れた。荷台にいる僕たちは悲鳴をあげた。僕は手すりにつかまり、のけぞって空を見上げた。ガタガタガタ。荷馬車が揺れるたびに僕の頭はガクガク揺れた。太陽は赤く、空は青かった。その日、世界はまた一変した。赤い太陽と、青い空だけはそのままで。そして僕を残して。

太陽は赤く、空は青い。風は涼しく、大地は熱い。柳の葉は風に揺れ、雲は流れていく。一本の細い黒煙が、笛の音(ね)のごとく空気に染みていく。いつかのように、僕は横たわって空を見ている。いまここには僕ひとり。僕の他にも、赤い太陽と青い空と涼しい風と熱い大地と揺れる柳の葉と流れていく雲と……、すべてのものが渦巻いている。僕を残して自分たちだけで。僕は我慢できなくなって目を閉じる。とっくに涸(から)びてしまったはずなのに、目から思いもよらぬ水が流れてきたかと思うと、またすぐに乾いてしまう。これは涙なんかじゃない。液化した怒りだ。僕の体から何かが流れ出したとしたら、すべて怒りだろう。いま僕に必要なのは、涙でもアヘンでもない。体の中で鼓動する、心臓ぐらいの大きさの怒りだ。目が開かない。そんな僕を見下ろしながらソン爺さんが言う。

男という生き物が天国に行くにはどうすればよいか。まあ、そうやってひとり寝転がっていては絶対に無理だろう。これだけ長生きしてりゃ、このソン爺さんにも四、五回はあの世見物をする機会があってな。あの世とやらに行ってみたら、痩せてひょろひょろとした男どもが一列に並んでおるんじゃ。酒飲んでモルヒネ打って即死したアヘン中毒者やら、会寧(フェリョン)で私塩を密輸しているのが見つかって海関(かいかん)*のやつらに殴り殺された貧乏人、警備隊に捕まって群衆の前で首をはねられた共産党員、妓生(キーセン)の腹の上でのんびり舟を漕いでいるときにうっかり黄泉(よみ)の国に転がり込んだ地主。そんな男たちをずらっと並べて閻魔大王さまがこう言うんだ。よくもまあ、こんなに集まったものよ。飢死年*を境に、朝鮮の男どもがわんさかやって来るもんだから、俺は休む暇がない。俺の境遇もおまえらと似たようなもんだ。よく聞け。左の戸は天国に、右の戸は地獄に続いておる。おまえらの悪事をいちいち読み上げておったらこっちの口がもたん。よって各自好きな所に行くなりなんなり勝手にしろ、ってな。ヨンドク、おまえだったらどっちの戸をくぐる？

「玉の門だったら、中が地獄だってわかってても入るなぁ」。ヨンドクがそう言うなり、定州宅が甲高い声で言い返す。「まったく男ってのは、目の前に死神の刀がぶら下がっていても気づかないくせに、自分の股座にぶら下がっているモノからは一時も目が離せないんだから。豚の首に真珠が似合うわけないでしょ。あんたみたいな男のために粧して玉門で迎えてくれる女がいると思う？」するとヨンドクがけろっと受け答える。「俺の首が豚の首か麒麟の首か測ったこともないくせに、この婆さんが何を言ってやがる」。「婆さんがどうのと選り好みするくらいなら、おまえもずいぶん暇人だな。もうそのくらいにして、ソン爺さんの話の続きを聞こうじゃないか」。いつもは穏やかなキルソン兄さんがそう言って、ソン爺さんの話に耳を傾ける。「ソン爺さんってのはたいしたやつでな」、まるで他人のことを話すようにソン爺さんがまた口を開く。

　閻魔大王がそう言うなり、並んでいた男どもはどっと左の方に押し寄せたが、ソン爺さんは突っ立ったまま動こうとしない。龍を浮き彫りにした玉座に体を斜めにして座っていた閻魔大王は、片目をじっと閉じたまま首をかしげた。おまえは天国も拒むのか？　ソン爺さん曰く。男どもがみな左の門に詰めかけて行ったのに、そこが天国と言えますか。すると大王は面倒くさいとでも言いたげに目をぎゅっとつむった。命長ければ則ち恥多し、と言うが、まったく年寄りはさっさと死ぬにかぎる。ああ、頭が痛い。何もかも面倒でたまらん。おまえのしたいようにせよ。おまえにとってどこが天国なのか知らんが、好きな所に行くがよい。その言葉を聞いて、わしはまたはっと目を覚ましたんじゃ。

「それで目を開けたら、定州宅の乳の前にいたって話だろ?」ヨンドクがそう言ってくすくす笑う。「この谷間で百八人の豪傑が遊んだそうじゃないの、あんたも麒麟みたいに首を伸ばして探してみたらどう? どこに水泊梁山があるのか」。そう言いながら定州宅が興奮して胸を突き出すと、それにあわせて踊りだすかのようにヨンドクは両腕をぱっと広げる。「よし、こんな時代に生まれては英雄豪傑になれっこないが、俺も水泊梁山の水がどれだけ深いか測ってみるとするか」。すると定州宅が高らかに笑いながら言う。「そんな豚みたいな首で飼い葉桶に鼻を突っ込めるの?」それを聞いたみんなは一斉に大笑いする。笑い声が空高く鳴り響く。「起きろ、起きるんじゃ」、ソン爺さんがまじめな顔で僕に言う。僕は目を開ける。笑い声とともに僕が愛した人たちが、だんだん消えていく。

今度は指のない男が僕の顔を見下ろしている。数か月のあいだ部屋に閉じこもって自分は変節していないと叫んでいるうちに、もしかしたら本当は変節したんじゃないだろうかと疑うようになり、しばらくすると自分はとっくに変節したのだと思い込み、やがて変節したのかしていないのかわからなくなって、結局は日本の警察の手先になった男。崔ドシク。彼が僕の顔をじっと見つめて言う。「まだ生きてたのか。おまえは生かしてやろう。おまえだけは生かしてやる」。僕は崖の顔をまじまじと見つめる。恐怖心がやがて怒りに変わる。彼と、僕を取り巻く自衛団の団員たちの顔が透明になったかと思うと、次第に消えていく……。

再び、太陽は赤く、空は青い。僕は流れゆく雲を長いあいだ見つめる。その雲をさえぎるようにして一人、また一人、顔が見える。深い夜のような黒い顔と、黒い瞳。彼らは夜の軍隊であり、闇の兵士だ。僕は畦(あぜ)を深く掘った沃土(よくど)のように肥えた彼らの黒い顔を見ながら、その背後に隠れている雲を懐かしむ。僕は久しぶりにハイネの詩を口ずさむ。真夜中は冷たく、沈黙に浸っていた。僕は悲しみに暮れ、森の中をさまよう。眠った木々を揺り起こす。彼らは同情めいたように頷く。夜の軍隊である闇の兵士たちは僕に尋ねる。生きてるのか？　僕は彼らをじっと見つめる。生きてるのか？　彼らがもう一度尋ねる。僕は彼らを真似て言う。生きてるのか？　果たして僕は生きているのか。

一九三三年七月　漁浪村（オランチョン）

おお、汝かくも畜生のごとく
憎悪に燃えて相手を噛みちぎっている霊魂よ、
私にその理由を教えておくれ
もし汝にそれだけの事情があるのなら、
汝らは誰であり、相手の罪は何なのか

——ダンテ*

僕はいったい何を見たのだろう。あの日、柳亭村（ユジョンチョン）に着いたあと、京城（キョンソン）写真館のみんなが荷馬車に積んできた米と塩、木綿、祝いの品などを、遊撃隊に渡すために茂みの中に運ぶのを見た。すでに三度目の結婚式だというヨオクの姉さん夫婦が、あたかも新婚のようにうれしそうに笑いながら婚礼を挙げていた。ヨオクの家に集まった人たちが、まるで遠足にでも来たかのように、陽ざしの中で新婚夫婦ならぬ新婚夫婦を見ながら大きな声で笑っていた。二人にひと言ずつ声をかけ、酒を飲み、ご馳走を食べた。ソン爺さんも、ヨンドクも、定州宅（チョンジュテク）も、定州宅の子どもたちも、サニも、ヨオクも。素朴な顔をした村の老人たちも、飯の支度で大忙しだった女たちも、久しぶりにご馳走の匂いを嗅ぎつけてハエのように群がった子どもたちも。僕も。みんな。そのあと、惨状と銃口と、恐怖を見た。銃声と血と、怒りを見た。白い服を赤く染めた血を、体が引き裂かれ飛び出した内臓を、耳をつんざくような甲高い悲鳴を、見た。遠くの空でぐるぐる円を描きながら飛んでいるとんびたちを、炎に包まれた草葺きの屋根が嘘のように燃えているのを、僕の熱い息を奪い去っていく残忍な風を、見た。

僕は朴（パク）トマンが率いる別働隊が来るまで、そうやって仰向けになったまま、何の意味も、用途も、力もない涙を流していた。初めに恐怖が起こり、それから怒りが湧き起こった。怒りがまだ消えたわけでもないのに、底知れない無気力に包まれた。それはいつも順番にやって来た。恐怖、怒り、無気力。ジョンヒが死んだと聞いたときもそうだった。英国丘の坂を下りる途中で、いまにも心臓が破裂しそうなくらい苦しくて気を失ったこともあったけれど、済昌（チェチャン）病院のカナダ人の医者は、僕の体は何の異常もないと言った。だったらこの苦しみはどこから来るのですか、と僕が訊くと、カナダ人の医者は右手の人さし指で胸を指して、外国人特有の声で、心の中から来るのです、と言った。

他にも生存者がいるか捜していた別働隊員たちは、左手に十メートルほど離れた所でうつ伏せになって倒れているヨオクを見つけた。ヨオクはありったけの力をふりしぼって這ってきたらしく、傷だらけの体で僕の方に向かって右手を伸ばしたまま倒れていたという。ヨオクは右足に銃傷を負って、白い骨が飛び出ていたという。どうせ死んでいると思った隊員たちは素通りしようとした。そのとき、ヨオクは仰向けになって目を開けた。そして胸をえぐるような悲鳴をあげたのを、僕も聞いた。本当に死んでしまうのではないかと思うほど恐ろしい悲鳴だった。

驚いた隊員たちが浮き腰であとずさると、ヨオクは起き上がろうとしては倒れ、また起き上がろうとしては倒れ、それを何度か繰り返すと、今度は両肘を地面につけて、地面から背中を持ち上げた。砂埃が舞い上がった。心の中の苦しみが体じゅうを鷲づかみするかのように。隊員たちがヨオクの肩を押さえて落ち着かせるまで、ヨオクはひたすらもがき苦しんだという。もがくたびに土煙が立ち、ヨオクの心の中から苦しみが湧き起こった。

　なのに僕は何もしてやれなかった。ただその悲鳴を聞いていた。ひ弱な僕の目は、もがき苦しむヨオクを直視する勇気がなかった。空ばかり見ていた。太陽は赤く、空は青い。風は涼しく、地は熱い。僕は倒れたまま、泣き叫ぶヨオクの声を聞いた。遅すぎるよ！　なぜもっと早く来てくれないの？　あんたたち、人民のための軍隊でしょ？　ダメ！　母さん。それは花馬車じゃないんだから。それに乗ったらあの世に行っちゃう……。あの世に行って何するつもり？　泣かないで、姉さん。あっちに行ったら人間らしく生きてね。だからなんでいまごろ来るのよ！　言葉にならないヨオクの叫び声が、灰煙を立てながら熱い竜巻のように舞い上がり、空を覆うのを、僕はただ眺めていた。そうやって僕はただ横たわっていた。

　つらい話を先にしようと思う。ヨオクは苦痛を感じる暇もなく右足を切断した。手術は六号村にある後方病院の、ハゲというあだ名の広東省出身の医者が執刀した。胎内にいたときからカトリック教徒だった人で、明月溝*で平穏に個人病院をやっていたが、満州事変後、何を思ったのか自ら遊撃区に赴き、負傷兵と根拠地の人民のために病院を建てた。彼が共産主義者でないのはたしかだった。かといって宣教のためでもなさそうだった。もちろん根拠地でも宗教を捨てず、日曜日にはどんなことがあっても仕事を休み、聖書を読んだ。満州国ができてからは、負傷した遊撃隊員が治療を受けられる病院がほとんどなかったので、医者であれば、その人がイエスを信じていようが仏を信じていようがどうでもよかった。たとえ彼が漢奸（かんかん）*だとしても、負傷兵を治療するには彼の助けが必要だった。それでも彼を疑っていた区委員会は、数か月のあいだ厳重に監視したが、休みのときには聖書を読んで祈るだけで、とくに不審な点もなかった。遊撃区に入って一年過ぎた頃には、遊撃隊員や根拠地の人民たちとも分け隔てなく暮らしていた。僕は初めてその話を聞いたとき、シベリアで出兵した軍隊から脱走して、遊撃隊について北満州一帯を練り歩いているうちに上海に行ってしまったというチェコの兵士や、馬賊になるために十八のときに満州にやって来て、いまも山林隊で参謀役をしているという日本人の話を思い出した。満州とはそんな所だった。頭の禿（は）げた中年の医者は鼻歌を歌いながら、兵器廠（しょう）で缶詰を切って作った手術用の鋸（のこぎり）で、ヨオクの右足を切断した。麻酔などあるはずもなく、実際また必要でもなかった。鋸が右足の膝下の、膿だらけになって腐った肉に食い込むなり、ヨオクは気絶してしまったのだから。のちにヨオクは、気絶したのは痛かったからではなく、もう二度と連絡員としても少年先鋒隊員としても働けない、だからもう復讐ができないと思ったからだと言った。ヨオクにとって足はすべてだった。夜道を走ったり、僕の腰を抱いたり。いまもヨオクのことを思うと、ノロ鹿のように駆けまわっていた姿しか思い出せない。彼女がどういう人間だったのか、アザミや野菊の鋭い葉が記したあのふくらはぎ。明け方の青白い光が海を思わせるように、ウミヘビを思い起こさせるぬめるようなふくらはぎ。もう二度とノロ鹿みたいに駆けまわるヨオクを見ることができない。その知らせを聞いたとき、僕はもう自分の目が何の意味も持たなくなったことに気づいた。切断した足は、丸太作りの病院の裏に埋めたらしい。月明かりの届かない、暗い場所だ。

　ヨオクが後方病院で治療を受けているあいだ、僕は王隅溝（ワンウグ）にある中共東満特委に押送され、尋問を受けた。敵対的な雰囲気の中で、僕は自分の経歴を何度も繰り返し話した。一九一〇年統営（トンヨン）

生まれ。一九二九年、京城高等工業学校建築科を卒業した。一九三一年より南満州鉄道大連本社営繕課で測量技手として勤務し、一九三二年に敦図線敷設地測量のため満鉄龍井支社に派遣された。同じ年、満鉄を辞職して龍井に戻り、八家子（パルガジャ）にある京城写真館で働いた。彼らはとくに敦図線敷設地測量の過程について質問した。次に僕が接触した日本人について尋ねた。僕は知っているかぎりの情報を彼らに提供した。ただ、自分は警護隊とともに行動したことがあるけれど、その警護隊を率いたのは中島龍樹ではなく、他の人間だったと嘘をついた。京城写真館の人たちが遊撃区に写真を提供していたことと、その写真に中島龍樹が写っていたことを知ってしまった以上、話さない方がいいと思ったからだ。

彼らは何より、僕が満鉄を辞めて龍井に戻ってきたことを不審がった。僕は言った。遊撃隊に行くためだと。それを聞いた彼らは大声で笑った。僕はもう一度言った。遊撃隊に行くためだと。彼らはまた大声で笑った。僕はまた言った。遊撃隊に行くためだと。少し時間が経ってから、僕は誰かに頬を激しく殴られたことに気づいた。顔の肌が裂けて血が流れていた。それでも僕は遊撃隊に行くためだったと言った。そのときはそうだった。人を殺したら、僕の過去はまったく違うものになると思っていた。人生そのものを変えることができると。僕は拷問を受け、そのたびに自分が生きていることを確認した。あの恐ろしい光景を見てしまったあとで、生き残った人間の受ける苦痛など大したものではなかった。その苦痛によって自分はまだ生きていると自覚する方が、僕たちの知っている苦痛に近かった。彼らは結局、僕が遊撃区に潜ったのは日本軍の謀略工作を果たすためではないと結論づけた。でも、僕を遊撃隊に入れるつもりはなさそうだった。

彼らにとって、つまり夜の軍隊にとって、生き残った者は死体よりも厄介な存在だったからだ。生き残った者はつねに問いかけるものだ。あの日、柳亭村にいた人々はみんな死に、ヨオクも大怪我をしたというのに、なぜおまえだけが生き残ったのかと。生き残ってしまったために。僕は何も答えられなかった。どうせ処刑されるだろうと思っていた。

次に入ってきた人は、それまで僕を尋問していた人たちではなく中国人だった。端正な軍服姿に紅い星のついた帽子をかぶったその人は、面長で恰幅がよかった。笑っているように見えたが、目は笑っていなかった。彼は巻き煙草を僕に差し出した。どこで手に入れたのか、安物の「マコー（Macaw）」ではなく「銀河」だった。僕は手も出さずに彼の顔ばかり見ていた。中国人はきまり悪そうな顔をして煙草に火をつけると、大声で外にいる人を呼んだ。見覚えのある男が入ってきた。彼が中国人と僕のあいだに立って通訳をした。中国人が何か言った。下手な細工はやめて正直に答えろ。浅はかな真似をしたら殴り殺す。また中国人が何か言った。通訳が僕に、西村秀八とはどういう知り合いなのかと尋ねた。僕は、大連の満鉄本社にいたとき親しくしていたと答えた。

一九三〇年、満鉄内部の日本人共産主義者はほとんどが検挙された。その過程で西村はずいぶん悩み、日本人ではない僕にも悩みを打ち明けた。酒に酔うといつも、朝鮮人のおまえはのほほんとしていられるのに、俺はなぜこうもつらいのか、と叫んでいた。でも僕は、西村が本当に共産主義者だとは思っていなかった。彼は変節の苦しみから逃れられず、その羞恥心を朝鮮人である僕と親しくすることで解消していたにすぎなかった。西村は、新生満州国に共産主義思想を吹き込むのだと言った。僕はそれもいいだろうと思った。当時、満鉄にはそういう人が多かった。それどころか、関東軍は独自の党は作れなかったが、のちに満州のあちこちに「協和会」という細胞組織を結成し、計画経済を実施した。それは共産主義的な政策とそっくりだった。ともあれ僕は長々と話したのに、通訳は二言、三言にまとめてしまった。中国人の顔が少しこわばった。そのあいだ通訳は僕に、助けてやるから龍井に帰れと言った。僕は首を横に振った。おまえだけ助けてやる、というのはもうたくさんだと僕は言った。すると、それが嫌なら殺すしかない、という答えが返ってきた。

　そのとき、中国人が大声で叫び、通訳は卑屈な態度で彼に何かを説明した。中国人は早口で怒鳴り、立ち上がった。つられて立ち上がろうとした通訳が、ぼそっと中国人の言ったことを僕に伝えた。俺はおまえが日本共産党の西村秀八のことを知っていると思った。そのとき僕は、通訳は僕の言ったことをきちんと伝えたのだろうかと疑わしくなった。中国人は煙草を投げ捨てて足で揉み消すと、戸の取っ手をつかんだ。おおよその事情を察した僕は、中国人に向かって叫んだ。西村秀八はいまは満鉄調査部にいます。日本語で言った。中国人は僕の方を振り返った。満州国に共産主義思想を吹き込むのだと躍起になっています。中国人はもとの席に戻り、通訳はぽかんとして僕と中国人を見比べた。

　僕たちは通訳を介さずに日本語で話した。ハハハ。天下の西村秀八ともあろう者が満鉄調査部なぞに入っただと？　日本列島を真っ赤に染めてやらんばかりの勢いだったが。ハハハ。東満特委書記であるその中国人の名前は童セヨン。安徽（あんき）省湖東県の出身だ。学生運動を指導していたが、一九二四年、中国共産党に入った。翌年、中国政府の資金を得て日本に渡り、東京帝国大学予科第一高等学校で学び、やがて東京帝国大学に入学した。日本にいるあいだ、彼は中共東京特別支部書記を担当したエリート党員だった。革命に夢中になった不幸な私生児、西村秀八と出会ったのもその頃だった。

大連には一九三一年に来たと言ったな？　童セヨンが尋ねた。正確に言うと一九三一年八月二十五日だと僕は答えた。朝鮮人の通訳は、僕たちが何を話しているのか聞き取れなくて焦っている様子だった。ということは、俺が大連市委書記を辞めたばかりの頃か。西村が大連にいるのを知っていたら、ともに酒でも飲みたかったよ。西村は一九二七年、獄中で転向しました。転向だと？　ハハハ、日本人ならいっそのこと腹でも切ればよかったんだ。そのくせ満州国に共産主義思想を吹き込むのが夢だって？　そうです。馬賊の歌を歌いながらそう言いました。馬賊の歌？はい。俺も行くから君も行け、狭い日本にゃ住みあいた。僕は低い声で歌った。口が乾いた。

すると童セヨンも一緒に歌いだした。海の彼方にゃ支那がある、支那にゃ四億の民が待つ。馬鹿なやつめ。狭い島国にはもう耐えられん、中国革命のために向かうんだと意気込んでいたが、夢は結局叶ったんじゃないか。俺は西村秀八のことはよく知っているし、大連も満鉄もよく知っている。それは君も同じだな。ということは、君にはまだやるべきことが残っている。童セヨンは僕をじっと見つめた。朝鮮人の通訳は、僕たち二人を訝しげな目で見ていた。その日、それぞれが抱いた疑い——つまり、朝鮮人の通訳と朝鮮語で話すと童セヨンが疑り、朝鮮人の通訳が童セヨンと中国語で話すと僕が疑い、僕と童セヨンが日本語で話すと朝鮮人の通訳が疑うという図式は、もしかするとこの先に僕が見ることになる、どうしても納得できないことの最も大きな背景になるものかもしれなかった。

いずれにせよ、大連で偶然知り合った西村秀八のおかげで、僕は遊撃区で射殺されることも追い出されることもなかった。僕が遊撃区の中に入りたいと言うと、童セヨンは、ならばまずは漁浪村（オランチョン）へ行って、遊撃区に入りたいと思っている者たちとともに政治学習をせよと命令した。いまの君の条件では不利だ。朝鮮人が作ったソビエトにはどこも左傾的誤謬がはびこっている。いまこそ救国軍を組織しなければならないというときに、朝鮮人たちは救国軍が中国の軍隊だという理由で協力しようとしない。おまけに民族的な偏見がひどい。中国人の地主に憎しみを抱いているせいで、中間階級まで打倒の対象としているし、半遊撃区*に対しても敵愾心を燃やしているから、反満抗日統一戦線という事業を成し遂げる妨げになっている。党ではこのような誤ちを正すために、「一・二六指示書簡」を出すなどして、あらゆる努力をしているが、朝鮮人は聞く耳を持たないのだ。こんなときに君みたいな知識人は絶対に銃を握ってはならない。銃を握った知識人はみな追い出されている。ただ幸いなことに、君はいまから政治学習を受ける。少なくともこれまでの朝鮮共産党の分派とは何の関係もないわけだ。それでも彼らは君を殺したいと思うだろう。左傾の旋風を正そうと頑張ってはいるが、何しろ白区〔国民党の支配地域〕でひどい目に遭ったのだから、ある意味仕方あるまい。そもそも左傾の旋風は中から起こるのでなく、外から吹いてくるものだ。どうしても銃を握りたいなら救国軍に行きたまえ。そこなら朝鮮人民族主義者の分派勢力がとぐろを巻いている。だが、彼らも君のことを信用しないだろうな。少なくとも赤区〔共産党の統治地域〕

に行ったら君を心から信頼してくれる人間はいないはずだ。

けれども、それは白区でも同じことだった。僕はうなだれて両手を見つめた。無力な手だった。間島の地で僕にできることは、龍井に戻って日本のために働くか、アヘン中毒者になるかだった。どんなに復讐心に燃えても、僕には復讐する方法がなかった。実際、根拠地の中だけでも数百人もの人々が銃をくれと叫んでいた。彼らは僕よりもずっと切実な苦しみを抱いて生きていた。人間の苦しみにも等級があるのなら、僕の苦しみなんか彼らの足もとにも及ばないだろう。僕は本当にくだらない人間だった。どうすればいい？　何をすればいい？　だが僕にできることは何もなかった。そんな僕の気持ちに気づいたのか、童セヨンが言った。君にはやるべきことがあるから、まずは政治学習を受けてから共産主義青年団に入りたまえ。学習の成果を見て、党の方から適切な仕事を割り当てよう。銃のある者は銃を持ち、知識のある者は知識を持ち、金のある者は金を持って、みんなで革命の道を歩むのだ。童セヨンはそう言うと、通訳の朝鮮人に何やら中国語で説明しながら出て行った。僕はまだ自分の両手を見ていた。

東満特委から漁浪村に戻ってきたあと、僕は草葺きの家で赤衛隊の青年たちとともに団体生活を送りながら思想・軍事教育を受け、労働した。春期討伐後は討伐隊の攻勢も収まり、根拠地では敵の統治区域で手に入れた麦、じゃがいも、とうもろこしのような作物を早熟栽培した。「議会主権が来たぞ。赤い主権が来たぞ。無産大衆の血と引き換えに議会主権が来たぞ」。その歌声を聞きながら野原で働いていると、心が温かくなる。ここの人々はみな、白区で共産主義青年団員として、あるいは赤衛隊員として活動していたときに、討伐で家族や家を失って遊撃区にやって来た人たちなので、お互いを心の支えとしていた。心を固く閉ざしているかと思えば、たったひと言で心を開くこともあった。ソビエト区政府が誕生して革命の楽観論が広がるにつれ、人々は閉ざしていた心を次第に開き始めた。

しかし、人生の波は絶えずうねり、静かに生きていたい人々をひとときも放っておかなかった。種蒔きをしていても、遊撃区の警戒任務を負っている哨所(しょうしょ)から銃声が聞こえてくれば、何もかも置いて山の中に逃げなければならない。山の頂上から見下ろすと、梅雨も終わる頃の黄土水を思わせる、カーキ色の軍服を着た討伐隊が遊撃区に向かって押し寄せてくる。遊撃隊は彼らと前線で戦うのだが、騎兵に迫撃砲を先立てた討伐隊に敵(かな)うはずがなかった。討伐隊は漁浪村ソビエトの戦力をさぐるのが目的であるかのように、ソビエトには入ってこず、何度か交戦して帰っていくのだった。そのたびに人々は根拠地に戻って砲弾によって燃えた家を建て直し、畑を耕した。少し開きかけていた心の扉もまた閉まった。人民政府は満州では類を見ないまったく新しい形の政権だったが、未熟なために帝国主義の前ではあまりに無力だった。

　僕たちは共同で耕作し、食べるものがないときは近くの市街地に食糧工作に出かけ、夕方には草葺きの家に集まって政治学習を受けた。政治学習はたいてい、一つの質問と一つの答えに対して自分の意見を述べるというやり方で行われた。たとえば、「共産主義とは何か」「それはプロレタリア解放の諸問題に関する学説である」、「プロレタリアとは何か」「それは一つの社会階級として、もっぱら自分の労働力を売ることによって生計を維持し、いかなる資本も生産手段も持たずに生活する階級のことをいう」というふうに、質問と答えは繰り返された。僕は「プロレタリア独裁」という概念がよくわからなかった。そういうときは、同じ草葺きの家で暮らしている姜(カン)ジョンスクがわかりやすく説明してくれるのだった。

　それは差別と搾取のない、勤労人民のための政府を作るという意味です。早くに革命事業で夫を亡くし、龍岩洞(ヨンアムドン)で地下活動をしていた姜ジョンスクは、両親を討伐隊に殺され、その後、遊撃区に来いという党の命令を受けた。彼女は子どもが大好きで、時間があれば児童倶楽部に行って子どもたちに歌や踊りを教える、心優しい女性だった。彼女には六歳になる娘がいたが、家を焼かれしばらく物乞いをしながら村を歩きまわっているときに行方不明になったと、あとになって聞いた。僕はプロレタリア独裁について、理性ではなく感性で理解していた。人民政府は悲惨な血の報復の上に作られた。大勢の人が死に、苦しんだだけに、彼らに寛容を求める人は、地上にも天上にもいなかった。

政治学習に比べ、軍事教育はもう少し楽な気持ちで受けられた。赤衛隊員たちに倣って立てかけた藁（わら）に槍（やり）を突き刺したり、南部十四年式拳銃、三十八式歩兵銃、大正十一型軽機関銃など、敵の銃についての説明と扱い方を習った。槍と棒だけを持って、夜陰に乗じて遊撃隊と食糧工作に出かけていき、実戦に近い作戦を経験した。理論教育も並行した。僕たちの使った教材は「東満遊撃隊工作要綱」という謄写本だったのだが、大勢の人がまわし読みしたせいで、石油灯の下でもほとんど字が見えなかった。しかし軍事教育を担当している赤衛隊長は内容が全部頭に入っているのか、見えない字もすらすら読んだ。

その本の中にあった「これまで東満の遊撃隊の工作はなぜ発展しなかったのか」という項目を、いまでも覚えている。その教材を作成した匿名の朝鮮人著者によると、赤い五月闘争〔一九三〇年の間島五・三〇蜂起〕後、東満州地域で初めて組織された遊撃隊は、倒木溝（トモック）〔延吉県内の根拠地〕戦闘のとき全滅した。その後、一般の同志たちは誤った観念に牛耳られた。つまり、「広範な中国人大衆が組織され立ち上がらないかぎり、少数の朝鮮人だけを動員したところで遊撃戦争は不可能である」という懐疑論だ。匿名の著者はおそらく、赤い五月闘争で生き残った朝鮮人共産主義者だろう。どの文章も決定論に対して憤り、いますぐに武装せよと要求していた。その人も朴トマンのように、教材を書き終えるなり武装闘争に出かけたかもしれない。そしてどこかで命を失ったのだろう。

草葺きの家での生活を始めて二か月あまり経った頃、僕は少し違う人間になっていた。目は暗闇に慣れ、細かい光にも反応し、鼻はどこに食べ物があるのかすぐに嗅ぎつけ、口は休みなく革命歌を歌った。ときどき自分の体が誰か他の人の体とすり替わったような気がした。にもかかわらず、僕の体には依然として階級的な限界が残っていた。いま思うと、出自の違う僕がいくら努力しても、貧しい農民の階級的正義を完璧に理解するなんてことはできなかった。もちろん頭ではよくわかっていた。だが、正義が実現するのをこの目で見守るのはやはりつらかった。この世界をトルストイとマルクスの世界に分けるとしたら、僕はトルストイ側に立つ人間だったからだ。言ってみれば、貧しい農民たちの階級的正義が実現するのを両目を開けて見られないのが、まさに統営で生まれ、日本の工業学校を卒業した僕自身の階級的な限界だった。

いつだったか、二道溝の市街地に食糧工作に出かけたときのことだ。少年先鋒隊が通信線を切るなり、遊撃隊は分駐所を襲撃し、二道溝の市街地を二時間ほど解放したことがあった。赤衛隊員として僕もまたその戦闘に加わり、地主、資本家たちの商店や倉庫の戸を壊し、米・塩・マッチ・布・服などを手に入れるために戦った。たび重なる討伐隊の攻撃で根拠地にはもう物資も尽きていたため、自衛の措置だった。そのとき彼らは料亭にいた中国人の青年を捕らえた。地主の息子だった。身代金を要求するのにちょうどいい人質だったので、青年を遊撃区に連れて帰った。そして連絡員を介して青年の父親に身代金を出せと迫った。いくら金に目のない地主でも、自分の息子の命には代えられないだろうと僕は思った。ところが地主は、金の代わりに討伐隊を遊撃区に送り込んだのだ。そのため多くの老人が死に、何人かが連行された。討伐隊は二日間、根拠地に陣を張り、火をつけてすべてを焼き払った。

根拠地に戻ってきた農民たちは、いまにも青年の皮膚を剝ぎ、油で揚げて食べんばかりの勢いだった。遊撃隊はそんな彼らに青年を引き渡した。農民たちは何よりも青年の手を呪った。白い手。青年は寄ってたかって殴られ、完全に息の根が止まるまで何度も槍で突き刺された。僕は、苦痛にあえぎながら力尽きた青年の手を見つめた。誰かにとっては大切な手だったかもしれない。もしかしたらその手で、地主の父親に農民のことをもっと考えてほしいと訴える手紙を書いたかもしれない。だが、アヘンや麻雀牌を触った手であれ、誰かにとってかけがえのない手であれ、所詮は白い手だった。それ以上でも以下でもない。彼がどういう人間だったにせよ、状況によっては手が白いということが殺される理由になるというのは、僕にはどうしても納得がいかなかった。討伐隊の攻撃に対する報復ならわかるけれど。

これは正しくないと僕が言うと、姜（カン）ジョンスクは言った。

「あの中国人青年の父親と同じくらい愚かなことを言いますね。同志はいったいこれまで、何を見てきたのですか。私と同じものを見たのなら、そんなことは絶対に言えないはずです。地主の残酷な正義はこれまで何百年も続いてきました。少しくらい農民の正義が守られたからといって、報復と言えるでしょうか。地主に正義があるなら農民にだってあるのです。正しくないというのは、地主側から見ているのでしょうね。いまはとても苦しい状況にあります。それにここは工農ソビエトですよ。少なくともここでは農民の正義が守られなければなりません。あの青年がどういう人間だったにせよ、ソビエトの主（あるじ）である農民が白い手は有罪だと言えば有罪なのです。同志のことをとても気遣っていた特委書記同志が以前、ただ飯を食いながら空（むな）しいことを言う亡命者にだけはなってはならない、と言ったことがあります。地主の正義も農民の正義も尊重すべきだというのは非常にもっともらしく聞こえますが、それはどこにも属していないのに自分の利益ばかりを考える亡命者が言うことです。同志はまだ見ていないものが多すぎます。盲目的な報復なのかそうでないのかは、もっといろいろなものを見てから判断しても遅くないはずですよ」

それでも僕は、遊撃隊が怒り狂っている農民たちに青年を引き渡したのは、政治的な利点を考えて報復行為を助長したものだと思っている。そうやって互いに論争しているうちに、姜ジョンスクは僕の保護者であると同時に、監視役なのだということに気づいた。そのうち僕は大連に戻って地下工作をすることになるだろうと、彼女は何度もほのめかした。僕は痩せて血管の浮き出た、浅黒い手を眺めた。ともあれそのときは、もう二度と無気力になってはいけないと自分に誓った。亡命者になってはいけないと。それからというもの僕は、姜ジョンスクであれ他の誰であれ、遊撃区の人たちに異議を唱えたり、疑問を投げたりしなくなった。群衆大会でも、誰よりも大声で「悪覇(あくは)地主と漢奸走狗(かんかんそうく)を打倒せよ！」「小作制を三・七、四・六にせよ！」などのスローガンを叫ぶようになった。いままで気づかなかったが、一度大きな声を出してしまうと、長いあいだそのスローガンを信奉しているような気分になった。貧農の階級的正義が実現されるのを恐れているのは、それを見守らなければならない僕の目なのだ。

たぶんその頃だったと思う。政治学習の時間に次のような質問と答えを学んだ。「共産主義的な社会秩序は、家族にいかなる影響を及ぼすか」「男女関係とは、社会の干渉を必要としない当事者たちの関係、つまり純粋に私的な関係である」。「純粋に私的な関係」と聞いて、僕は雨の降る春の夜を思い出した。あの頃は「純粋に私的な関係」があった。僕はヨオクのことが無性に恋しくなった。柳亭村（ユジョンチョン）で別れてから、もう三か月も会っていない。一日としてヨオクを思わない日はなかった。遊撃区の病院で右足を切断したあと、薬水洞（ヤクスドン）*にある〔ソビエト区の〕裁縫隊に入って軍服を作っているという話は聞いた。頭の中でいくら思い浮かべようとしても、右足の膝下がないヨオクの姿は想像がつかなかった。そんなヨオクは想像できなかった。

　僕はヨオクに手紙でも出したかったけれど、どうやって薬水洞に送ればよいのか方法がわからなかった。姜ジョンスクにそれとなく訊いてみると、案の定、どういう手紙なのかと訊き返してきた。僕は、ある人に安否を尋ねる手紙を送りたいと答えた。彼女は、ソビエト政権が樹立した漁浪村と薬水洞とのあいだには地下通信網が設けられてはいるが、個人的な用途で使うことはできないと言い放った。それを聞いて僕は、それならどうすればよいのか、どうしても連絡したい人がいるのだが、郵電局まで行って出すしかないのかと問いつめた。姜ジョンスクは僕の顔をじっと見て、同志、なかなかかわいいです、と言った。その胸の熱さだけは認めます、どんなに遠く離れていてもその女性もきっとわかってくれるでしょう、心配いりません、きっと会える日が来ます――。そう言う彼女に僕が、熱いのは胸だけじゃありません、と受け答えると、彼女は僕の体のあちこちを指さしながら、どこ？　どこが？　とからかった。彼女はこれまでつらい思いをしてきたぶん、とても気丈な女性だった。僕は彼女を通して、人間の力について、無産階級の力について、少しずつ学んだ。いい人だった。

　僕自身も、党の文献や情報資料などが行き交う地下通信網を使ってヨオクに手紙を出せるとは思っていなかった。運よく送れたとしても、すぐに批判されるに決まっている。だから僕は木炭を砕いて作った鉛筆で、決して送ることのない手紙を暇を見つけては手帳に書きとめた。いつも同じ話だった。その日の天気やその日見たもの、その日習ったこと、その日僕が言ったこと。それから僕を取り巻く自然に関する話。たとえば、落ちてくる雨の滴(しずく)とか、風に吹かれて一斉に揺れ動くピンク色の野花たち、空いっぱいに広がった綿雲(わたぐも)のこと。こんなに恋しいのに、愛しているのひと言も書けず、いつも故郷の海のことを書いて終わる。平和な世の中になったら、いつか二人で並んで眺めるであろう海について。手帳も残り少なくなったので文字はどんどん小さくなり、しまいにはゴマ粒のような字が重なり合った。姜ジョンスクはそんな僕を恋愛詩人だとからかった。他の人たちも、暇さえあれば何か書いている僕のことを詩人と呼ぶようになった。

　ある日、僕は彼らにしつこくせがまれて詩を詠んだ。警戒任務を任された赤衛隊員たちが野犬を一匹絞めた日のことだった。その晩、僕たちは釜を火にかけ、それを囲むように輪になって座り、一人ずつ歌を歌った。姜ジョンスクは「革命詩人と言える器ではありませんが、まずまずの恋愛詩を書いているキム・ヘヨン同志の詩を一つ、聞いてみましょう」と僕を紹介した。僕は、「自分は革命と恋愛をしています」と冗談を言ってから、即興で詩を作って詠んだ。

　僕は細い小川。
　僕にあるのは穏やかなさざ波と
小さな渦だけ。

しかしいま、僕は絶え間なく流れる川の水となり
生まれながらの習性によって
力強く波打とう！
行く手を塞ぐ高い堰を呑みこみ
道を塞ぐ山脈を押しのけよう！
僕は決して苦痛に息をつまらせたりはしない。

僕は願う、海を、海を、海を……

僕は決して細い小川のままではいない。
僕にあるのは穏やかなさざ波と
小さな渦だけではない。

おお、僕の川！
僕は川の水だ！

空に半月がおぼろげに浮かんだ夜、姜ジョンスクが歌った「母さんのいない鳥」という歌は、静かな夜になるといつまでも耳もとで優しく響いてくる。

母さんのいない鳥がさまよう雪の降る日に
裸になった木にひとり座って
小さな頭(こうべ)を垂れて涙を流し
母さんに会いたいと悲しげに鳴きます。

白玉のような白い雪はいつまでも降り
幼い鳥の小さな体を濡らします。
風、風、冷たい風が吹いてきて
母さんのいない幼い鳥を連れて行く。

か細いその声は風に乗って、雲と雲の合間で瞬(またた)いている星の群れの中に隠れた。僕は空を見上げ、きらめく星たちを眺めた。遠い星の光が僕の目に届いてからも、僕はずっと見つめていた。

ヨオクに手紙を渡す方法が見つかったのは、それから数日後のことだった。根拠地の食糧難がかなり深刻になったため、老若男女を問わず山に入って、エゾクガイソウ、オオバナオケラ、ワラビ、ゼンマイ、ツルニンジン、キキョウ、ヒカゲミツバゼリなど、食べられるものなら何でも摘み取っていたときだった。下の方から僕の名前を呼ぶ声が聞こえた。振り返ると、満面に笑みを浮かべた朴トマンが手を振っていた。彼は、いまから薬水洞に行く用があるから渡してほしい手紙はないかと言った。僕がきょとんとして見ていると、彼は姜ジョンスク同志から話は聞いていると目配せした。僕は慌てて上着を取りに走って行った。汗が風に飛び散った。ケヤキの木陰でどの手紙を送ろうかと悩んでいるうちに、朴トマンがすぐそばに来ていた。いざ送るとなると、どれもこれも気に入らなかった。つまらないことばかり書き連ねて、肝心の愛していると書いた手紙は一枚もない。滴（したた）る汗で字が消えてはいけないので、しきりに汗をぬぐいながら、いますぐ書き直すから少しだけ時間をくれないかと言うと、朴トマンはケラケラ笑った。また用があるときに届けてやるから、今日はあるものだけにしろと言った。しばらく迷った末、他のことを書いてあった前の方のページを破ってから、手帳ごと彼に渡した。それにしても、彼はなぜ僕に親切にしてくれるのだろう。僕はそのわけを尋ねた。

朴トマンはケヤキの木陰に腰を下ろし、君もそこに座れと言い、話し始めた。

「大成（テソン）中学*に通っていた頃、格好いい先輩がいたんだよ。球技もうまかったし、ラッパも上手に吹いたし、かなりの雄弁家だった。秋になると学校対抗の弁論大会があったんだが、恩真（ウンジン）中学はミッションスクールでクリスチャンが多かったからみんなわりとおとなしかったんだけど、東興（トンフン）中学と大成中学はどっちも自分たちの方が上だって争ってばかりいた。東興の生徒が演壇に上がると大成の生徒が騒いで、大成が上がると今度は東興のやつらが騒ぎだす。ところがその先輩が演壇に上がって、怒り狂ったように『諸君！』と一喝すると、東興だけじゃなく、他の学校のやつらもみんな先輩のことが好きになった。言ってみれば、牛にひかれて善光寺参りだな。俺は先輩のいる萍友（ピョンウ）同盟に加入した。そこでは東満青年総同盟の指導のもと、龍井の学生運動の要員たちにマルクス主義を教えていた。先輩が好きだからって革命の道に進むとはな。そこで活動しながらビラを撒いたり、デモを組織したり、英国丘で糾弾大会を開いているうちに、少しずつ革命に目覚めていったんだ。赤い五月闘争のとき、東興のやつらは発電所に、大成の連中は東洋拓殖会社*の間島出張所に乗り込んでいった。とにかく東興には勝たなきゃならなかったから、爆弾を投げることにした。俺は自分がやると名乗り出た。演説では先輩に適わなかったが、物を壊したり潰したりするのは俺の方が上手だったからね。いまもそうだが、あの頃の俺は本当に世間知らずだった。その後一年間、俺には分不相応の西大門刑務所*の見物までしたよ」

　涼しい風が吹いてくる木陰に座って、朴トマンの学生時代の話を聞いていると、夏にはボールを蹴り、冬にはスケートをしていた世界は、山のずっと向こうのはるか彼方にあるような気がした。山菜を摘んでいたときはあんなにひもじかったのに、いつのまにか空腹さえも忘れていた。

「出所して龍井に戻ってきた俺は、検挙の嵐が吹き荒れたとき地下に潜伏していた先輩を、組織の伝手を頼りながら必死で捜した。俺は今後どうすればよいのか訊きたかった。先輩はその頃名前を変えて、和龍地域で反帝同盟と少年先鋒隊などを組織する事業に没頭していた。別人のように憔悴した先輩は、俺を見るなりこう言った。『トマン、俺はもう暴力を伴わない歴史的変革は信じない。おまえも覚えているだろ？　おまえたちを連れて文芸宣伝に出かけた興京県での出来事を。俺の青春はあの日で終わったんだ。ユートピアなんかあるもんか。信じられるのは人民政府だけだ。いまこそソビエト政権を樹立させるときだ。人民の血を犠牲にして立てたソビエト政権が俺たちの新しいユートピアになるだろう。青春はそこからまた始まるんだ。だから武装しろ』。それで俺はすぐさま赤衛隊員を糾合して、地主の家を襲った」

遊撃区は互いに支え合って生きる平和な所だが、それだけ残酷な所でもあった。遊撃区では、できれば他人に心を許さない方がいい。なぜなら、いつ死ぬかわからないからだ。人間は他人に心を許さずには生きていけないが、心を許した人間が消滅していくのを見守ることほどつらいものはない。逆に言うと、だからこそ遊撃区で生きる人々が互いに、肉親よりも深い愛情を注ぐのだ。やがて消滅するとわかっているからこそ、彼らは本能でそのように行動するのだ。新しい人に会うと、この人もすぐに死ぬのではないかと心配する所、だから生きているあいだだけでもありったけの愛情を注ぐ所――それが遊撃区だった。朴トマンがその先輩の話を持ち出したときから、きっとこの世にはいない人だろうと薄々気づいていたが、案の定、彼はこう言った。

「先輩は花蓮里(ファリョンリ)の大成村(テソンチョン)に残っていたが、去年、住民たちと一緒に虐殺された。先輩が死んだあと、俺は途方に暮れたよ。どうすればよいのかわからなかった。だが俺には党があることを思い出した。俺にとって党というのは、ある意味、先輩のことなんだ」

僕は朴トマンに訊いた。

「その先輩という方は、ひょっとして柳亭村で夜学で教えていませんでしたか。清津(チョンジン)が故郷だという」

「そうだ。俺もそこで初めてヨオクに会った。ヨオクの家も先輩を通して拠点になっていた。君と同じように、俺も彼女のことには心を痛めている。これで俺がなぜ君の手紙をヨオクに渡そうとしているのか説明がついただろ?」

そして信じられないことが起こった。あの恐ろしい出来事が伝えられたのは、僕がヨオクの返事を待ち焦がれていた一九三三年七月のことだった。児童倶楽部で姜ジョンスクと一緒に榴弾で壊された軒の修理をしているとき、県委員会から連絡員がやって来て、いますぐ武装して児童団学校の校庭に集まるようにという指令を伝えた。姜ジョンスクは振り返り、遠くの方を見やった。彼女の視線が向かう所は南山（ナムサン）の頂上だった。また討伐隊がやって来るかもしれない。しかし、警戒兵が配置された南山からは煙も立っていなかったし、合図の銃声も鳴っていなかった。木の葉を揺らして太陽の光を見え隠れさせる風も、空に浮かんでいる雲さえも、平和を楽しんでおり、不吉な兆候は何も感じられないのどかな夏の日だった。

武装しろという指示が下りたものの、遠距離通信業務を担う隊員たちの自己防衛のために兵器廠で作った私製の銃と三十八式歩兵銃の弾丸が二発ほどあるだけで、僕たちには槍と農機具しかなかった。とりあえず手持ちの武器を持って校庭に行ってみると、軽機関銃分隊を含むすべての遊撃中隊がずらりと並んでいた。たび重なる討伐に耐えられなくて根拠地を移すつもりじゃないだろうかと、あちこちからヒソヒソ話が聞こえ、落ち着かない雰囲気だった。討伐隊の動向を誰よりも知っている遊撃隊員が驚いているのを見ると、根拠地を移さなければならないほどの深刻な情勢の変化はなさそうだった。主に通信業務を担っている少年先鋒隊が、県委から渡された緊急通知文と関連して、何か重大な決定事項を発表するのではないかと口々に噂していた。

　やがて県委と遊撃中隊の幹部たちが校庭にやって来た。県委書記の姿はなかった。その代わりに粛反部長の河ソンサンが、「さきほど終わった県委員会第一次拡大会議で決定した事項を通告する」と言った。通訳を通して知らされた内容はこうだった。県委はこれまで左傾路線〔極左冒険主義〕のもとで、革命の現状を無視してソビエトを建立し、土地革命を起こそうとした。そして、右傾日和見主義の実体を隠したため、満州に偉大なる抗日民族革命運動を打ち立てることができなかった。このような誤謬には、朝鮮人党員の民族主義的観点や、無政府主義的行動、軍事路線への傾注、派閥主義の残余、李立三路線*が介在している。また、党の内外に深く広範囲にわたって侵入している民生団の働きとも密接な関連があると思われる。よって県委の書記であった李グッキョンと、軍事部長の金テシクらの職位を罷免する。県委組織をより健全なものにするためには、労働者と中国人幹部で党の指導部を固めなければならない。何よりも中国人の指導者が中心になるべきである。党内外における勇敢な闘争を進め、民族主義者に反対し、民生団に反対し、派争主義に反対し、彼らと思想上の、また組織上の関係をすべて絶つ。

　ならばソビエト政権は間違ってたってことかい？　それはそうと三月に終わったはずの民生団事件をどうしていまさら蒸し返すんだ？　梁ドセンが来るというのはこのためか？　河ソンサンが話しているそばで、人々は互いに小声でささやいた。僕が振り返ると、彼らは僕の顔色をうかがいながら口をつぐんでしまった。夏になって討伐が落ち着き、食糧があふれるにつれ、お互い少しずつ心を開いていた雰囲気が一瞬にしてまた消えてしまった。僕は隣でぼんやり突っ立っている姜ジョンスクの袖を引っ張って、小さな声で梁ドセンとは誰かと尋ねた。ところが彼女は、どこも、何も見ていない虚ろな目を僕に向けるだけだった。その目を見て僕も口をつぐんでしまった。姜ジョンスクはまた前を向き直した。河ソンサンはまた、李グッキョンと金テシクは厳しい審問を受けるために監禁されているから、代わりに新しい県委書記を投票して決めるつもりだったが、あいにく条件が揃っていないので挙手で決めたいと言った。

まずは候補を挙げてくれと言うので、みな口々に信望の厚い老幹部の名を挙げた。しかし河ソンサンは、その人は朝鮮共産党で活動していた頃に問題を起こし、いまなお解明されていない、しかも党の査問を再び受けるべき人物として目をつけられていると言った。それを聞いて、何人かは低くため息をついた。それからもう一人は、再度の査問の対象ではないものの、恩真(ウンジン)中学を出た知識人は労働者と中国人幹部を指導者として仰がないだろうと言った。そうなると、もう誰も気軽に推薦できなくなり、みんなトビのような目で他人の顔色をうかがってばかりだった。となると、やはり中国人を推薦するしかない。組織を指導できる中国人といえば河ソンサン本人しかいないのに、なぜか誰も彼を推薦しようとはしなかった。

誰も何も言わないので、河ソンサンは、ならば自分が候補を指名すると言った。まず、六号村の貧農民、孫(ソン)ヨンスの名前を挙げた。孫が前に出ると河ソンサンは、賛成の者は手を挙げろと言った。ところが誰も挙手しなかった。河ソンサンは通訳に何やらつぶやいた。通訳は「頼む。みんな手を挙げてくれ」と言った。それを聞いて一人、二人と手を挙げ始めたが、老幹部の中には最後まで挙げない人もいた。河ソンサンは彼らを睨みつけた。僕はどうしてよいか迷ったが、隣にいた姜ジョンスクを見ると、おずおずと手を挙げていたので、彼女に倣ってそっと手を挙げた。こうして新しい県委書記に任命された孫ヨンスは、河ソンサンを軍事部長に任命した。

「ここ遊撃区はほとんどが朝鮮人だ。なのに中国人が朝鮮人幹部の職位を全部奪ってしまったら、俺たちはどうなるんだ」

遊撃隊の中隊長が叫んだ。彼が中国語を話せることを知っていた河ソンサンは、中国語で話せと要求した。だが中隊長は、その場にいた朝鮮人に向かって話しかけているかのように、中国語は使わなかった。河ソンサンは、労働者と中国人幹部を指導者として仰げという党の命令を受け、遊撃区内に潜(もぐ)っている民生団の領袖と、その細胞を捜し出すために群衆大会を開くことを指示し、次のように言った。

「民生団は民衆の恨みを買っている。誰もが彼らを死ぬほど憎んでいる。民生団が誘導しなければ、傀儡軍が遊撃区を狙うはずもなかった。やつらは遊撃区内の群衆を、誰が走狗なのかそうでないのか見分けがつかないようにした。最高の領導機関や遊撃隊の指揮員ですら振りまわされているありさまだ。民生団は日帝のスパイ組織であり、派争分子は民生団の片腕で、反革命的な組織だ。派争分子らは、ML派だの火曜派だの、上海派、ソサン派、高麗共産青年団派だのと騒がれている。この民族主義派閥や派争の領袖たちは、どいつもこいつも日帝の走狗、もしくはスパイだ。やつらはわれわれと同じように服を着て帽子をかぶり、中国共産党、抗日遊撃隊、抗日会などの群衆団体の中に混じって、中朝民衆連合の革命を邪魔しようとしている。われわれは民生団と、総体的に、徹底的に闘わなければならない」

その日から、苛烈な反民生団闘争が始まった。反民生団闘争とは、貧農と労働者がソビエトの幹部勢力と闘うことである。つまり、樹立したばかりのソビエト政権を攻めることだった。あれほど歓迎されていたソビエトが攻撃の対象となったのだ。無産階級の楽園だったはずなのに、日帝の東北政策に付和雷同（ふわらいどう）する、民族主義者たちの作った日朝自治区へと転落してしまったのだ。龍井で初めて民生団が結成されたとき、主導者だった朴錫胤（パクソギュン）、曺秉相（チョビョンサン）らは、間島を韓人特別自治区にしようというスローガンを掲げたが、このスローガンと、韓人が大部分を占めているソビエトが結びついたのである。

ソビエトの否定に続き、今度は、満州国が作られて以来、ずっと続いている日本軍による討伐は、民生団のしわざではないかと疑われるようになった。遊撃区内部に日本軍と内通する民生団のスパイがいるかぎり、遊撃区はどんなに完璧に武装しても日本軍の討伐を受けるしかないという恐怖に襲われた。たび重なる日本軍の討伐に、人々はもはや疲れ果てていた。討伐が始まると、食糧はもちろんのこと、寝る場所さえ失った。そのため、討伐が続くのは遊撃区の内部に民生団がいるからだという論理は、いささか非理性的ではあるものの、強い説得力があった。自分たちの命を脅かす討伐を食い止めるためには、日本軍と正面から戦うよりは、内部の敵を罰する方が手っ取り早かったのである。一九三三年五月、日本と中国が塘沽（タンクー）停戦協定*を結び、同じ年の六月、関東軍を主軸に日満関係機関が総網羅した治安維持会が組織された。そのぶん余裕ができた関東軍の勢力は、東満州一帯の治安粛正〔抗日勢力の討伐〕に取りかかったのだが、遊撃区ではそのような客観的な条件をすべて無視した。

人々は毎日、民生団分子を見つけるために児童団学校の校庭で群衆大会を開いた。遊撃区内部にスパイがいるのは間違いなかった。なぜなら、反民生団闘争の嵐が吹き荒れてからというもの、討伐は収まっているからだ。遊撃区内で政治闘争が行われていることを、おそらく日本軍は知っていた。皮肉なことに、だからこそソビエト人民は丸太小屋を作り、穀物を植えながら議会主権歌を声高に歌ったのだ。だとすると、ソビエトを建設する時期に歌われた議会主権歌には、左傾盲動主義があるだけで、何の真実もなかったことになる。討伐が収まれば、人々はまた焼け跡に家を建て直す。すべて民族主義者たちに踊らされていたのか。それとも日本軍の地下工作にまんまと乗せられた、つかの間の幸せにすぎなかったのだろうか。

毎日開かれる群集大会では、目に見えない民生団分子たちに自白を強要した。それはある意味では、自分がスパイであることを白状せよ、と言っているようなものだった。ソビエトを作ったのも彼らであり、依然として続く討伐に苦しめられているのも彼らだった。だが、彼らの中に民生団がいるのかといえば、そうではなかった。状況としてはソビエトにいるすべての人民が民生団だということなのだが、実際のところは、彼らは誰も民生団ではなかった。群衆大会を開けば開くほど、人々は次第に、民生団員を見つける前に自分の方が先に狂ってしまうのではないかと恐れるようになった。だから李グッキョンと金テシクを尋問するなかで——実際には自白を強いる拷問の過程で——、次々と容疑者の名前が挙がった。元朝鮮共産党員の老幹部をはじめ、多くの者が民生団員の疑いをかけられた。

やがて人々は、琿春県大王溝（テワング）の遊撃根拠地で起こった惨事が、そもそもの始まりだったことに気づいた。一九三三年六月より、朝鮮人である潘慶友（パンギョンウ）と楊波（ヤンパ）が中共満州省委の代表団として、東満州を巡視することになった。中共中央が出した「一・二六指示書簡」が、満州省委で受理されたからだった。一・二六指示書簡は、東満州に沸き起こった左傾路線の誤謬を正すために書かれたものであり、党は李立三の左傾路線から脱し、正しい政策を立てたと記していた。もし、ソビエト政権の樹立や地主の土地の没収、救国軍内での紅軍の組織などの左傾路線が初めから誤っていたのなら、責任を負うのはかつて李立三の路線に傾倒していた中共中央でなければならない。それなのに汪清県委に着いた彼らは、その責任を朝鮮人指導者に問うた。当然のことながら反発が起こった。汪清県委軍事部長の金明均（キムミョンギュン）はこれに不服を唱え、遊撃区を脱出した。その結果、汪清県委の幹部たちが全員逮捕されたり処刑されるという事件が起こった。琿春県委に行った潘慶友は、その年の五月、日本軍との戦いで死んだ琿春県委書記の徐光（ソグァン）を批判し、新たに県委を組織した。また、嶺北遊撃隊政治委員をしていた朴斗南（パクトゥナム）を派争分子であると批判し、彼の中共の党籍と政治委員の職務を取り消すと宣布した。

　運命の七月二十日。ある人家の裏庭で、一分隊の遊撃隊員たちが食事の支度をしながら、新たに捕獲した日本製三十八式歩兵銃を見せ合っているときだった。潘慶友はその家で昼飯を食べたあと、遊撃隊を見まわっていた。その場にいた朴斗南が、自分にも銃を見せてくれと言った。彼は歩兵銃を受け取ると、弾はどうやって入れるのか、射程距離はどのくらいなのかと尋ねた。彼は弾の入った銃を持ったまま、戸口に立っていた潘慶友に駆け寄り、「罪のない俺を殺そうとしているおまえが先に死ね」と叫んで射殺してしまった。そして潘慶友の腰から拳銃を奪い取ると、数日前まで生死をともにしていた遊撃隊員たちに「近づくと殺すぞ」と脅し、その足で逃走した。金明均の逃走もそうだが、巡視員である潘慶友を射殺したこの事件は、満州省委全体に衝撃を与えた。中国軍との休戦協定、関東軍の増派などでいっそう強化された日本軍の討伐作戦によって苦しんでいた東満州全域の遊撃区に、反民生団闘争の嵐が吹き荒れ始めたのはこの事件が引き金だった。金明均と朴斗南の事件は、東満特委中国人首脳部に民生団というスパイ組織はたしかに実在するとの確信を植えつけた。

琿春県の共産党朝鮮人組織の終末については、のちになって伝え聞いた。朴斗南事件のあと、東満特委は宣伝部長である李相黙(イサンムク)を琿春県に派遣し、反革命分子の粛清運動を指導させた。李相黙は地主や富農家庭で生まれた者、文章の書ける知識人、老幹部、過去に朝鮮独立軍や朝鮮共産党の党派に加わっていた者、工作中に失敗を犯した者、遊撃区の生活難に不平不満のある者、さらには食事中に飯粒を落とした者まで、すべて民生団だと言いがかりをつけた。じつのところ、李相黙が民生団だと疑ったのは、他でもない彼自身だった。なぜなら彼もまた、朝鮮共産党の火曜派だったからだ。李相黙の基準で見ると、当てはまらない者は一人もいなかった。彼は恣意的に、琿春の党組織、革命政府、遊撃隊、群衆団体の七十パーセントが民生団員であると宣布した。その結果、六か月にわたり、六十余名の幹部のうち生き残ったのはたった一人で、あとは全員処刑されるという血の粛清が続いた。それだけではない。一般の党員と群衆の中からも百人あまりの民生団員を見つけ出すという、成果ならぬ成果を収め、彼らを皆殺しにした。

反民生団闘争の真っ只中にいたある日。群衆大会に参加して反民生団スローガンを叫んでいた僕の所に朴トマンがやって来て、こっそり僕の手に何かを握らせた。何かと訊くと、ヨオクからの手紙だと言う。僕はその手紙を奪い取り、誰にも見られないように胸のポケットに入れた。心臓がはちきれそうなほど高鳴った。党の指示により、二道河子(にどうかし)*の深い山奥にこもっている救国軍の上層部と連合する工作活動を推し進めて戻ってきた朴トマンは、遊撃区の様子がどこかおかしいことに気づいたのか、深刻な表情で群衆大会を見守っていた。僕はスローガンを叫ぶふりをしながら、早く手紙が読みたくて胸のポケットに手を当てたり下ろしたりしていた。

　そのうち、心臓が爆発しそうになってポケットに手を入れた。だが、その手を朴トマンがつかんだ。あとでひとりになったときに読めという意味だった。僕は手を下ろして、またスローガンを叫んだ。日本帝国主義と満州国を打倒せよ！　日本帝国主義の走狗、民生団を打倒せよ！　韓人を欺(あざむ)く満州韓人自治運動に反対せよ！　延辺特別行政区に反対せよ！　でも、僕はずっと心ここにあらずで、自分がいったい何を叫んでいるのかわからなかった。朴トマンはそんな僕をじっと眺めていた。韓人民族主義者と朝鮮派争分子たちに強く反対せよ、と叫んでいる僕がニヤニヤしていたのだから、彼の目には奇妙に映ったのだろう。

　群衆大会が終わってからもずっと、粟(あわ)を植える畑の草取りをしたり、敵の統治区から運んできた食糧、布、塩などの物資を山の中の倉庫に移したりしていたので、夕方、飯を炊く頃になってようやく手紙を見る暇ができた。僕はとうもろこしを茹でている釜のそばに腰を下ろし、紅潮した顔で胸に手を当て、フーッと息を吐いたあと、ポケットから手紙を取り出した。

こんにちは。

党の配慮で裁縫隊に入って、あたしは元気でやっています。遠く離れてるから余計な心配はしないでください。

こんなに暑いと夏もイヤになります。あたし、前よりずっと器量が悪くなったみたい。いろんなことを忘れてしまったけど、手だけはときどき思い出して、冷たい水でよく顔を洗います。それでもいつも思い出します。そのことで裁縫隊の隊長によく叱られます。おまえのせいでみんなやる気がなくなるって、わがままというあだ名をつけられました。座って軍服を縫ってばかりいるのが悔しくて、ほっぺたを流れる涙を飲みました。むしゃくしゃして、裁縫機でも染物の桶でもいいから蹴飛ばしたくなります。

裁縫隊の仲間たちは、だいじょうぶ、だいじょうぶ、人はそうやって成長するんだよって言うけど、いちばん悪いのは隊長です。すぐに、ここから出て行けってあたしをいじめます。だからあたしが杖をついて本当に出て行こうとしたのに、道を塞いで、どこに行くんだって訊くから、漁浪村だって言うと、あたしのほっぺたを叩いて、バカヤローって言うんです。十回以上も殴られました。

もうすぐ夏もおしまいです。南山（ナムサン）が見たい。気持ちはとっくに山を越えているのに。そこはそんなにいいですか。そんなもの習ってどうするの。はやくここに来て。陽が暮れるまえに。海を見せて。さあ、はやく。

初めから終わりまで全部暗記してしまうほど、何度も何度も読み返した。どのくらい時間が経ったのだろう。僕は空を見上げた。一日じゅう晴れ渡っていた空に一つ、二つ、綿雲が集まってきたかと思うと、下の方が夕焼け色に染まり、赤い雲を背景にツバメが羽を広げ、滑るようにして飛んでいた。とうもろこしの煮える匂いを嗅ぎながら、いますぐ行こう、どんなことがあってもヨオクに会いに行こう、と決心した。

そのとき誰かが僕の肩をトントンと叩いた。振り返ると姜ジョンスクが立っていた。僕は慌てて手紙をポケットにつっこんだ。彼女は胡散くさそうに僕をじっと見つめた。僕は視線を避けた。

「同志、それを出しなさい」

僕はわざと知らないふりをした。彼女はあきれたような顔で詰め寄った。

「聞こえないのですか。早く出しなさい」

僕は下唇を嚙みしめたり、唾を呑み込んだりして黙っていたけれど、結局、ポケットから取り出して彼女に渡した。彼女は僕の方をキッと睨みつけると、深刻な顔つきで手紙を読んだ。手紙を読む彼女の顔がだんだん暗くなっていった。

「どういうことですか、同志。いまこんなときに」

「そ、そ、それは……」

僕は何か言い訳をしたかったが、それも卑屈な感じがして黙っていた。わけもなくそばにあった石ころを拾って、目の前の空き地に投げた。

「僕は何も間違ったことはしていません。それは僕の手紙ですから返してください」

声が少し震えた。でも、手紙を取り戻したい一心で、断固とした口調で言った。すると姜ジョンスクは手紙を自分のポケットの中に入れた。

「何も間違っていないのでしょう？　自分の過ちを認めるまでこの手紙は没収です」

僕はすぐに答えた。

「ごめんなさい。ごめんなさい」

するとあざ笑っているのか、彼女の口角が少し上がった。

「返さないと言ったら？」

「返してくれないのなら……」

「返してくれないいなら？」

僕はすっと立ち上がった。目が血走った。

「同志！」

僕が立ち上がるのを見た姜ジョンスクは、二、三歩あとずさりして叫んだ。

「なんてことですか。この前まで私のことが好きだと言っていたのに、今日は他の女性同志からの恋文を読むのに夢中になって、とうもろこしが焦げついているのにも気づかないなんて。口があるなら答えなさい。男が一度言ったことを取り消すのですか。答えなさい」

そう言うと彼女はケラケラ笑いだした。ようやく彼女にからかわれていることに気づいた僕は、はやく手紙を返してくれと手を伸ばした。姜ジョンスクは、ヌニム(姉さん)と三回言ったら返してやると意地を張った。僕は矢のごとく、ヌニム、ヌニム、ヌニムと三回叫んだ。それでも彼女はケラケラ笑ってばかりで返してくれない。少し腹が立った僕は、手紙を返してくれないなら釜の中に放り込んで煮つめるぞと言って、彼女を抱き上げた。そのとき気づいたのだ。間島に来たばかりの頃の僕はまだ少年だったのに、遊撃区に来てから見違えるほど健康な男の体になったことに。姜ジョンスクはくすぐったいと言って体をひねりながら、ポケットの中から手紙を取り出した。僕は彼女を下ろし、手紙を奪い取った。

姜ジョンスクは笑いすぎて目に涙を溜めたまま、話があると言って、手紙を握ってあとずさっている僕を手招きした。また何かいたずらされるのではないかと思い、おそるおそる近づくと、彼女は驚くべきことを僕に告げた。三日後、僕は光栄にも中国共産党に加入し、そのあとは新たな工作に関する教育を受けるために特委に行くことになるだろうと言うのだ。僕は手紙を持ったまま、じっと彼女の顔を見つめた。

「うれしくないのですか」

僕はゆっくりと首を縦に振った。

「うれしいです。とてもうれしいです」

「同志はおそらく白区に行って、地下で活動することになるでしょう。日本語もできるし満鉄にもいたから、大連に行くことになるでしょうね。ずいぶん親しくなったのに寂しくなります。でも、これだけは言っておきます。次からは男たるもの、一度口にしたことは守るように」

僕は姜ジョンスクが差し出した手を力なく握った。

三日後、僕は姜ジョンスクの紹介で県委の事務室に行き、赤い旗の前で中国共産党に加入した。外では関東軍による第二期治安粛正工作が本格化し、内では反民生団闘争が深刻化していくにつれ、遊撃区では夜になると白区へと、または白区でも赤区でもない深い山奥へと逃げる者が続出した。討伐隊に封鎖されて食糧が手に入らなくなり、しかも連日のように開かれる群衆大会と政治学習に誰もが疲れていた。何より、自分たちも民生団とみなされるかもしれないという不安があった。彼らはもともと満州事変の起こった激変期に、日本人と中国人の狭間で生きる道を失って遊撃区に入ってきたのだから、生きるために遊撃区を出て行くのも頷ける。漁浪村の人民政権はそのようにして消滅していった。

なかには一族を連れて逃げる党員たちもいた。遊撃区の人民はほとんどが朝鮮人だったので、逃げるのは百パーセント朝鮮人だった。当然、彼らは民生団とみなされた。途中で捕まると、例外なく投獄されて裁きを受けた。ただし、民生団だと疑われても証拠は何もなかったので、裁きというのは拷問を意味した。拷問に耐えられず罪を認めたら必然的に民生団だとされ、白状しなければ徹底して教育を受けた民生団の領袖だとみなされた。そんななかで僕は中国共産党に入ったのだった。

特委に行く数日前、僕は朴トマンを訪ねていき、近いうちに間島を出て行くことになりそうなので、その前に一度、ヨオクの所に連れて行ってくれと頼んだ。その頃、朴トマンの顔色はよくなかった。長いあいだともに働いてきた元朝鮮共産党員たちが民生団の疑いをかけられ、職務を退いていたからだった。そんなときにのんきなことを言うのは申し訳なかったが、僕はどうしてもヨオクに会いたかった。道案内を頼める人は彼のほかにいなかった。

ところが朴トマンは話をはぐらかした。その年の五月、日本と中国が塘沽（タンクー）協定を結び、休戦したこと。その後、兵力に余裕ができた関東軍を主軸に、日満の関係機関が総網羅した治安維持会が作られ、東満州に関東軍が押し寄せてきたこと。そのためソビエトが脅かされ、遊撃区の情勢が日に日に悪化していることを、僕は彼から聞いて初めて知った。朴トマンは、東満特委に広がっている主観主義に問題があるのだと言った。つまり、民族的な偏見にとらわれすぎていると言うのである。でも僕は朴トマンの話には興味がなかったので、一緒に行くのが無理ならヨオクのいる場所だけでも教えてくれと言った。朴トマンは僕の顔をじっと見ながらため息をついた。

その頃の真実について僕は何ひとつ知らない。果たしてこの世界に客観主義など存在するのか。たとえば、陽が暮れる前にヨオクの所に行きたいと言い張る僕を連れて出かけた日、朴トマンが心の中で何を考えていたのか、いまとなっては知るよしもない。彼もまた、自分も民生団だと疑われる前に遊撃区を去ろうと思っていたのかもしれない。彼の苦悩はよくわかる。それは一九三三年、遊撃区に残っていた朝鮮人の共産主義者なら誰でも共感できるものであり、間島に住む朝鮮人なら一度は悩んだことがあるからだった。

こんな質問はどうだろう。「一九三三年の夏、遊撃区にいた朝鮮人共産主義者とは誰か」。それに対する正しい答えはない。彼らは朝鮮革命を成し遂げるために中国革命に乗り出すという、二重の任務を負っていた。彼らは中国救国軍が日本軍に敗退したあとも最後まで闘った、強硬で勇敢な共産主義者であり、国際主義者だった。同時に、民生団の疑いをかけられひどい拷問を受けても、絶対に自分の正体を明かさない日本軍の手先でもあった。誰も、彼ら自身でさえ、自分が何者なのかわからなかった。だからその日、朴トマンが遊撃区を出て行っても、命をかけて守っても、僕はそのどちらも、あるいはどちらかを、信じたり疑ったりするしかなかった。一九三三年に間島の遊撃区で死んだ朝鮮人共産主義者、間島の朝鮮人はそういう人間だった。彼らに客観主義などなかった。あるのは主観によって決まる、過酷な世界だった。

その日、僕たちは日暮れ前にヨオクの所に着けなかった。その代わり、遊撃区を出て三時間ほど歩いたときに、漁浪村に向かっている少年先鋒隊員と出会った。朴トマンの顔を知っていた彼らは、いま討伐隊が漁浪村の遊撃区を攻撃しようと頭道溝*の日本領事館分館に集まっていると伝えた。兵力の規模などを確かめた朴トマンは、支援を要請するために同行していた部下をすぐに救国軍に送り、僕にはヨオクのいる薬水洞(ヤクスドン)まではあと少しだから一人で行けと言った。でも、僕は彼の好意を無視して、彼と一緒に漁浪村遊撃区に行くことにした。

はじめ県委は朴トマンの言うことを信用しなかった。じきに討伐隊が襲ってくるという偵察隊の報告を受けてようやく信じたのだった。ところが県委はその場で、朴トマンと僕、それから別働隊員を民生団の嫌疑をかけて拘束した。僕たちが討伐隊の道案内をしたというのだ。朴トマンはすぐに免職され、別働隊員たちは武装解除を強いられた。赤衛隊員に両手を縛られた朴トマンが叫んだ。

「救国軍が来るまで待ってください。砲弾攻撃があっても、下手に発砲しないでください。敵の斥候兵〔少数の偵察部隊〕が谷間の奥深くまで入ってきたときを狙って、一列に並んだ騎兵隊と討伐隊の真ん中を引き裂いてください」

県委書記の孫ヨンスは、赤衛隊員に僕たちを早く連れて行けと合図したあと、年寄りと子どもを除く住民を総動員して、村に残っている物資をすべて山に運ぶように指示した。県委を出るなり、朴トマンは赤衛隊員に手首の縄を解いてくれと頼んだ。いますぐ処刑されるのでなければ、自分も住民たちと一緒に物資を運びたいと言った。赤衛隊員たちは困った顔をした。避難するのに慣れている住民たちは、すでに荷物をまとめて山道を登っていた。

そのとき、南山の方から合図の銃声が轟いた。全員、頭を上げて南山の方を見た。遠くで口笛のような音がしたかと思うと、砲弾が炸裂し、軽機関銃の発砲音が聞こえた。朴トマンは早く縄を解けと叫んだ。赤衛隊員の中の一人が僕たちの縄を解いた。ところが、物資を運ぶと言っていた朴トマンは、南山に向かって走りだした。赤衛隊員の一人が彼に銃を向けた瞬間、僕はその男に向かって飛びかかった。僕はまた両手を縛られた。

僕がヨオクのいる薬水洞に行かずに漁浪村ソビエトに戻ってきたのは、ある文書のせいだった。その日、僕たちが偶然出会った少年先鋒隊員は、東満特委から県委に渡るはずの文書を持っていた。中国語だったので何が書かれているのか僕にはわからなかった。ただ、朴トマンが文書を読むなり、吐き捨てるように言った言葉がずっと耳に残っている。梁ドセンめが、悪霊のようなやつめ。とことん行く気だな。群衆大会で聞いたことのある名前だった。僕は朴トマンに、いったい誰なのかと尋ねた。彼は僕の顔を見ながら言った。朴キリョンってやつだ。朴キリョン？　一年ぶりに聞く名前だった。

瞳。僕の瞳。二つの黒い瞳。互いにつながっているけれど、耳と鼻と口とはまったく違う器官。聞いて嗅いで味見をしてもたどり着けない、唯一の感覚。見るということ。それは信じること。だから耳と鼻と口を疑うことはできても、目を疑うことはできないから人間を狂わせることもある。僕にもそんな瞳がある。でも真っ暗だ。僕の網膜には何も映らない。感情が感情を直視できないように、黒い瞳でこの暗黒を見ることができない。だから僕は暗闇を信じない。そんな瞳。僕の瞳。きみの瞳。彼らの瞳。見えない暗闇は信じられない。自分と違うものだけを見分けることのできる瞳。見たままを信じる瞳。

　そんな瞳が暗闇を見つめているとき、どこからか聞こえてくる叫び声によって均質な闇が揺らぎ始めた。獣（けだもの）ではなく人間として死にたいという願いが込められた、くぐもった叫び声。僕の瞳もつられて揺らいだ。瞳の中に溜まった黒い水がやがて透明になってあふれそうになったので、僕はすべての神経を耳に集中させた。声帯を震わせるのではなく、地面を揺さぶるような声。どこからも聞こえてこない、いや、どこからでも聞こえてくるその声に、僕は全身全霊で耳を傾けた。訴えでも、わめき声でも、叫び声でもない、ただそこに自分の人生のすべてを盛り込もうとする渇望。革命万歳。ひとこと、そう叫ぶためだけに生きてきたかのように絶叫する。革命万歳。銃声、そして恐怖。感覚的に受け入れられる限界を越えたときに感じる恐怖。すぐそばで銃声が聞こえたとき、僕の耳は麻痺した。僕は皮膚の細胞一つひとつを驚かせる音の波と、鼻の先に火がついたかのように吹きつけてくる熱い火薬の匂いと、内臓の中のものを戻してしまいそうな口臭を感じながら、銃声を聞いた。感覚が一つ崩れると、他の感覚も次々とその機能を失った。まず目が、次に耳が、それから鼻と口が。僕の知っている現実は無意味なものになっていった。大連の逢坂町にある汚い阿片窟に通っていた頃から、僕はそのことをよく知っていた。現実なんて所詮、僕の体が作り出す幻覚にすぎないのだ。活動写真を見ながら涙ぐむ田舎者のように。幻灯機を見て嘆声をもらす小学生のように。

最初の銃声で耳が麻痺してからは、僕の意志とは関係なしに、恐怖のあまり体が激しく震えた。僕は体の言うことなど信じるものかと歯を食いしばった。そのうち息ができなくなり、激しく咳き込んだ。拷問を受けてからというもの、僕はことあるごとに咳き込むだけでも。両手を後ろで縛られたまま腰を曲げて咳をした。髪の毛の先からぽとぽと汗が流れ落ちた。さんざん咳をしたあとは、目隠しの中の目に涙が溜まった。ずっと我慢していた涙が流れたのが恥ずかしくて、僕は腰を曲げたままじっとしていた。そうやって苦しい姿勢でいる方がかえって楽だった。

二度目の銃声。やはりからだ全体で地面を掻きむしるような音。革命万歳。単に前へならえで言っているのか、それとも死を目前にした彼らには他に言うことがないのか、ひたすら革命万歳と叫んでいる。朝鮮革命万歳でも、中国革命万歳でも、世界革命万歳でもなく、ただ、革命万歳と叫び続けた。どっちつかずの辺境で生きていくしかなかった者たちの曖昧な叫び。ただ、革命万歳。二度目の銃声は、火薬の匂いに血生臭さが混じっていた。僕は風の吹く方向に顔を背けたが、反吐が出そうになるのはどうしようもなかった。食いしばった歯の隙間から饐えた臭いがこみ上げてきた。次第に吐く息が熱くなった。僕は眉をひそめ、目を閉じたまま、鼻先から流れる汗を受け入れた。痛くていまにも目玉が飛び出しそうだった。でも僕は両目をかっと見開いた。信じられない暗闇が見えるまで直視した。

そのときだ。一週間前に討伐隊の攻撃から遊撃区を守ろうとして左腕に銃傷を負った、朴トマンの歌い声が聞こえてきた。山の中でお楽しみ会でもやっているかのように。声高に。

「胸をつかんだまま木のそばに倒れる。革命軍の胸から吹き出た血が青い草に飛び散る。山を飛ぶカラスよ、屍を見て啼くな。たとえ体は死んでも、革命精神は生きている」

何のために自分が死にゆくのかを歌う。恥なくして生きた白骨だけが歌える歌、パルチザン追悼歌*。処刑されるのを待っている周りの人々も、一人、二人とその歌を口ずさみ始めた。歌声が鳴り響くにつれ、僕の頭を押さえていた手の力が緩み、僕の口からはため息が漏れた。僕は両目を見開いて歌を聞いた。誰ひとり歌うのをやめようとする者はいなかった。

「万里蒼天　宇宙宏遠　父母兄弟　みな捨てて　ひとり木の下で力尽きて倒れた」

目隠しされてひざまずいている者たちまで歌い始めると、僕たちを監視していた者たちはもちろん、かつての仲間を次々に処刑していた赤衛隊員たちも怯(ひる)んでいるのが感じられた。

「愛する共産主義の血をもうたっぷり飲んだだろうが、もっと飲みたけりゃわが血を飲むがよい」

朴トマンは最後の節を歌う頃には声が涙ぐんでいたが、突然笑いだし、割れた声で高らかに叫んだ。

「光栄だ」

僕にはその声が、麻痺した聴神経を揺さぶる幻聴のように聞こえた。光栄だって？　わが身のように愛する人民たちの前で革命の裏切り者の烙印を押され、しかも昨日まで生死をともにしていた仲間の手によって殺されようとしているのに、光栄だって？　革命の祭壇に自分の血を捧げるのだと誓った勇士たちが、とんでもない濡れ衣を着せられて死んでいるというのに、光栄だって？　頭がおかしくなってしまったのか。朴トマンは心室の一番奥の暗闇から絞り出すような、血の色に染まった声で話を続けた。

「日本軍ではなく仲間の手で殺されるのは光栄だ。この歴史の過程になんら寄与できずに消えていくのは残念でならないが、私が成し遂げられなかった革命の任務は、同志たちが完成してくれるだろうと信じている。私の代わりに党の領導のもと、必ずや革命を成し遂げてほしい」

言葉につまっていた朴トマンが涙に濡れた声で叫んだ。

「偉大なる無産階級万歳。偉大なる世界革命万歳。偉大なる共産主義万歳」

目隠しをされてただ死ぬのを待っていた人たちも、一人、二人、彼の声に続いて叫び始めた。

「偉大なる無産階級万歳。偉大なる世界革命万歳。偉大なる共産主義万歳」

僕だけが何も言えず、目隠しの彼方の暗闇を、到底信じられない暗闇だけを見つめていた。

「その人はわれわれ以上に日本に抗(あらが)った人だ。君たちはその人のおかげで今回も生き残れたのだ。

彼が日帝の走狗なら、君たちはみんな走狗だ。しかも、君たちにとって彼はいなくてはならない人だ。殺してはいけない」

ちょうどそのとき、群衆大会に集まった人々の中の誰かが中国語で叫んだ。僕たちは砲弾を浴びて壊れた根拠地の監獄から、群衆大会が開かれている児童団学校の校庭に連れてこられたときから目隠しをされていたので、校庭にどのような人たちが集まっているのか知らなかった。ただ、その声はたしか一週間前、根拠地に合流した救国軍の中で聞いた覚えがあった。もともと吉林省辺境軍に属していたその救国軍は、満州事変後、反満抗日の旗を掲げて蜂起した王徳林*の部隊に吸収された。一九三三年一月五日、東寧(とうねい)*にあった救国軍の指揮部が日本軍によって陥落したのち、東満州一帯に散らばったのだった。かつて彼らは六万ほどの兵力で満州地方を掌握していたが、敗退して上層部がシベリアに逃げてからは、すっかり気勢を削がれていた。

朝鮮人の抗日勢力は、元中国陸軍敗残兵を主軸とした救国軍がほとんど消滅したことに対して、内心、相反する感情を持っていた。満州事変直後、満州内の朝鮮人たちに対して略奪、強姦、放火を行ったのは、日本軍ではなく救国軍だったからだ。彼らは、朝鮮人移民たちは日本の大陸侵略の手先だと考えていた。これは国民党系であれ共産党系であれ、満州にいる中国人の一般的な見方だった。そういう意味で、満州事変後、間島の共産主義運動の指導権が朝鮮人の手から中国人の手に渡ったのは、ごく自然なことだった。ただ、救国軍内の有生力量(うしょう)〔中国語で兵力やその戦闘力の意〕を手放せなかった中共中央は、一月二十六日、「反満抗日統一戦線を組織せよ」という「一・二六指示書簡」を、間島地域の各県にいる遊撃隊に伝えた。朝鮮人だけで構成されていた朴トマン遊撃隊が、中国陸軍敗残兵である救国軍と緊密な関係を維持できたのはそのためだった。朴トマンは救国軍を味方につけるために総力を挙げた。一週間前に討伐隊に攻められたとき、連絡を受けた救国軍が合同防御作戦を行ったことからもわかるように、朴トマンの努力は大きな成果を収めた。それは彼自身の人生においても同じだった。

だが、群衆大会を率いていた県委書記の孫（ソン）ヨンスは、救国軍から発せられた異義を認めなかった。貧農出身の孫ヨンスは中国語がわからなかったため、中国語ができる朝鮮人がたどたどしく救国軍の発言を伝えた。

「誰よりも一所懸命、日本に抗っていること自体、この男が民生団である確かな証拠だ。民生団は、自分たちが民生団ではないと信じさせるために必死で日本に抗う。しかも、朝鮮人なのに中国人よりも熱心に抗うのは、民族主義者であることを裏づけている。この男は、いまわれわれの領導を受けている。したがって処罰もわれわれの手にある。党はこれまで、派閥主義と民生団スパイに対しては決して妥協するなと指導してきたではないか」

すると救国軍の中の数人が笑いだした。

「われわれも日帝の手先である朝鮮人を骨の髄まで憎んでいる。朝鮮人が東満州に移住してきたあと、日本軍がついて来た。だが、中国人もいろいろ、朝鮮人もいろいろだ。そうやって草を刈るように人を殺すのは共産党の過ちだ。しかも、いつまた討伐隊が攻めてくるかわからないいま、政治的なことをとやかく言っている場合ではない。その人は有能な戦士だ。彼が日帝の手先ではないことは、われわれ中国人が保証する。だから殺してはいけない。さもなければわれわれが黙っていない」

それを聞いた孫ヨンスは不平を漏らした。

「討伐隊がいつまた攻めてくるかわからない状況だからこそ、この者を殺さなければならない。この者には討伐隊と内通した形跡がある。朝鮮人のことは朝鮮人が一番よく知っている。あなたたちは朝鮮人がどういう人間なのか知らない。われわれにしかわからないことに口出ししないでほしい」

銃声が轟いた。革命小学校の校庭は、たちまち水を打ったかのように静まり返った。僕は息をのみ、目を閉じた。だが、目を開けても閉じても暗闇が広がるだけだった。黒は黒が見分けられないので、黒い闇の前で黒い目は無力だった。暗闇。そんな暗闇。目に見えない、だから信じられない暗闇。その銃声は朴トマンを撃ったものではなかった。なぜなら、校庭に植えられたドロノキの梢(こずえ)に吹いてくる風の音が少しずつ聞こえてきたかと思うと、誰かが慟哭し始めたからだった。孫ヨンスが聞く耳を持たないので、救国軍が空に向けて威嚇射撃をし、しばらくしてその状況に気づいた朴トマンが大声で泣きだしたのだった。中国人救国軍のおかげで同胞に殺される危機から免れた朝鮮人共産主義者、朴トマンがなぜ慟哭しているのか、その場にいた朝鮮人なら理由がわからないはずがなかった。朴トマンは泣き叫びながら言った。

「同志たちよ、私は民生団ではない。走狗でもない。私に犬になれと言うのなら同志たちの犬になろう。糞を食えと言うなら同志たちの糞を食おう。だが私をはじめ、ここにいる人たちは絶対に民生団でも走狗でもない。とにかくいまは敵と戦わなければならない。一人でも多くの人間が必要なんだ。私は決して民生団じゃない。偉大なる無産階級万歳。偉大なる世界革命万歳。偉大なる共産主義万歳。偉大なる中国革命万歳。偉大なる中国革命万歳」

朴トマンに倣って、民生団だと疑われていた他の共産主義者たちも泣きながら、偉大なる中国革命万歳と叫んだ。

「彼らの目隠しを取りたまえ！」

救国軍が叫んだ。そのあいだも万歳は続いた。

「偉大なる中国革命万歳。偉大なる中国革命万歳」

僕の目を覆っていた目隠しが外された。僕は下を向いたまま頭を振った。汗なのか涙なのかわからない水が目に染みて痛かった。おそるおそる目を開けてみると、午後の陽ざしが破れた僕のズボンの上に降り注いでいた。

僕はゆっくりと頭を上げた。僕の隣でひざまずいていた朴トマンを含む民生団の嫌疑者たちはみな、うつむいていた。左の前方には、すでに処刑された元県委書記の李グッキョンと軍事部長の金テシクの頭から骨髄が飛び出し、血が飛び散っていた。僕は少し目を閉じてから、また開けた。救国軍と赤衛隊は互いに銃を向け合っていた。その様子を見た朴トマンは、縛られた体を前に投げた。それから孫ヨンスの方に這って行った。

「書記同志、いけない、そんなことをしてはいけない。指示書簡の精神に従うんだ。救国軍を敵にまわすんじゃない。こんなことに弾丸を使っている場合か。われわれが戦う相手は日本軍だ」

朴トマンは這いながら叫び続けた。僕はまた目を閉じた。

「やめろ、やめるんだ」

朴トマンの声が続いた。やがて孫ヨンスが口を開いた。

「いいだろう。救国軍の同志たちの異議を受け入れ、この者たちを再審することにしよう」

それを聞いて僕は目を開けた。尾根を眺めるだけでも目が青く染まってしまいそうな、七月のよく晴れた日だった。ふと、気持ちはもうあなたの所まで行っている、というヨオクの手紙の一部を思い出した。赤衛隊の方から銃を下ろし、これに応じて救国軍も銃を下げた。山から視線を背けたとき、僕を見ている瞳とぶつかった。群衆の中に立っていたその生徒は、僕たちに討伐隊の攻撃があると知らせてくれた少年先鋒隊員だった。その子は涙を流していたけれど、誰かに見られないようにさっと服の袖でぬぐった。僕は目を閉じた。瞳。僕の瞳。黒い二つの瞳。暗闇を見ることも信じることもできない二つの黒い瞳。

じっとり湿った部屋の空気が軽くなってきたかと思うと、ぱらぱらと夕立の降りだす音が聞こえてきた。緊張の和らいだ胸の内も湿り気を帯び、たちまち水色に染まった。そうっと立ち上がって外に出ると、校庭の土が、ひっくり返った世の、地主の背中を思わせるほど雨で窪んでいた。この世の生き物はみんな雨を見つめているのか、周囲は静まり返っていた。夜には東満特委から党の幹部がやって来て再尋問をすることになっていたが、救国軍が群衆の前で区委書記の気勢を削いだために、僕たちを見張る警備はずいぶん緩くなっていた。朝は戸口に立って物々しく警備していた少年先鋒隊員たちも、どこかで雨宿りでもしているのだろうか。姿が見えなかった。

　牢獄は和龍と明月溝の間の根拠地にあった。三月から始まった大討伐のさなかに焼かれた家を何度も建て直し、根拠地だけは守ってきたが、いつまた破壊されるかもわからない。救国軍の力を借りてなんとか食い止めたものの、討伐隊が山のすぐ向こうにまで迫ってきたのはほんの一週間前のことだった。こんな状況で監獄とは名ばかりで、ただの藁葺き屋根の土塀の家だった。その入り口で少年先鋒隊員が槍を持って見張っていた。監獄の隣にある県委も、同じく咸鏡道（ハムギョンド）*の藁葺き屋根の家屋で、庭の向かいには鍛冶場を改造して作った兵器廠があった。工場の中には金床（かなとこ）、鞴（ふいご）、槌（つち）、やっとこ、鑿（のみ）などの道具があり、匕首（あいくち）や槍、それと三十八式歩兵銃の弾が入る拳銃を作った。大きな缶に林業場や炭鉱から持ち出した爆薬と木炭の粉を入れ、その周りに窯や踏み鋤（すき）を細かく砕いた欠片（かけら）を混ぜて爆弾を作った。
人間よりもとにかく銃が貴重だったので、一つの銃を三、四人が交代で使って根拠地を防御しただの、死ぬ真際にも拳銃だけは引き渡しただのという武勇談は、どこに行っても聞こえてきた。身一つで小東溝〔和龍県内〕のあくどい地主の家を襲い、そこで手に入れた銃を持って自衛的な武装闘争を行った朴トマンの別働隊にも、そのような武勇談は山ほどあった。彼らは早くから武装闘争を行った遊撃隊の一つで、和龍地域では信望が厚かった。事実かどうかは別として、朴トマンが容易に消せない政治の傷を負ってしまった以上――つまり、民生団として公に疑われてしまったからには、彼らの武勇談は霧に包まれてしまうだろう。

縁側に座っていつまでも降る雨を眺めていると、兵器廠の方から物悲しいバイオリンの音が聞こえてきた。兵器廠で働いている徐（ソ）グモンが弾いているのだろう。彼は漁浪村にあった兵器廠で爆弾を作るのに成功し、その名が広く知られていた。ところが、さらに優れた爆弾を作ろうと実験を重ねていたある日、爆発事故が起こり失明してしまった。その後は、兵器の作り方を伝授したり、バイオリンで革命歌曲を弾いたりしている。僕が雨脚のようにか細いバイオリンの音色に耳を傾けていると、いつのまにか朴トマンが僕の隣にいた。彼は群衆大会で一命をとりとめてから誰とも口をきかず、ずっと部屋に閉じこもったままだった。何日も寝ていないのか、目が血走っていた。

初めて会ったとき、僕は彼を中国人だと思った。ほとんど中国語で話していたからだ。彼は、朝鮮人隊員たちが早く中国語を身につけられるように、なるべく中国語を使っているのだと言った。彼は熱心な党員だった。党のためなら死ねる人だった。中国語を身につけたのは、中国人とともに抗日民族統一戦線を樹立するようにと命令した「一・二六指示書簡」があったからだった。彼は、朝鮮革命を達成するためには、まずは中国革命を成し遂げなければならないと考えた。楽天的で冗談が好きな人だったから、救国軍との合作でも抜群の実力を発揮した。だからこそ救国軍は、彼を殺してはいけないと銃まで向けたのだ。それが一週間前、武装解除を命じられ、僕と一緒に監獄に入れられてからは、男前の顔も見る影もなくなってしまった。銃を奪われたとき、彼は、二度と銃が握れないのなら手首を切ってしまうとまで言った。死ぬ瞬間まで光栄だと言えるのは、そういう気持ちから来るのだろうか。僕にはその奥深さがわかりかねた。

　朴トマンはバイオリンに合わせて歌を歌った。

「間島日帝の打倒に努力する大衆たちよ。民族解放のために闘う中韓民族よ。日帝に忠実な走狗らは、満州各地に散らばっている民生団だ。朝鮮の派閥をみな集め、民族主義者をみな集め、間島日帝を作った民生団は、満州各地に散らばっている民生団だ……」

　僕は振り返って朴トマンの顔を見た。一年前、僕が間島に来たばかりの頃、「好的（ハオダ）、笑一笑（シアオイーシアオ）（いいですよ、笑って）」と言うのが口癖の男に、民生団に入らないかと勧められたことがあった。その人によると、民生団は満州事変の直後、中国陸軍敗残兵たちに追われたり、中国人の地主に苦しめられたりして、異国の地でつらい目に遭っている朝鮮人移民たちのために、朝鮮人自治区を作ることを目的にしていた。しかし日本軍の東北政策に反対したという理由で、在間島日本総領事館は民生団に解散命令を出した。日帝の配下にすぎない民生団の上層部は、仕方なく言われるとおりにした。当時の僕は、民生団とは民族主義者たちによる政治闘争の一つくらいに思っていた。その後、遊撃区に入っていろいろな経験をし、朴トマンが民生団の疑いをかけられ処刑寸前にまで追い込まれたことによって——それに朴トマンから「好的、笑一笑」と言う朴キリョンという男に関する話を聞いてからは、民生団とはいったい何なのか、わからなくなった。

「君の故郷はどこだい？」

いつのまにかバイオリンのリズムを外してしまった朴トマンは、歌うのをやめてそう尋ねた。

「慶尚道（キョンサンド）の統営（トンヨン）です」

「統営か。南海（ナメ）が見える町だな。遠い所だ。俺は間島の明東村（ミョンドンチョン）*で生まれた。亡命した有産階級の民族主義者たちが開拓した村で、いつもお国のために生きよとばかり言われて育ったよ。伊藤博文を殺すために、近くの大きな岩の上で射撃の練習をしたという安重根（アンジュングン）*のことや、李相卨（イサンソル）*とともにハーグにまで行って、*国際代表たちの前で腸（はらわた）をさらして死んだという李儁（イジュン）の話を聞いた。その頃の俺は、早く大きくなって独立軍に入るのが夢だった。だがそのうち、国がないというのはどういうことなのか、だんだんわかってきたんだよ。生まれた国がないから俺たちには党もない。国も党もないし、民族だってない。中国共産党に入ってから、俺は自分の血管に流れているのは国際主義の血だということを知った。国際主義の党だけが俺たちの党であり、国であり、政府だ。俺の知っているかぎり、いま間島の地で本気で抗日活動をしている朝鮮人共産主義者のうち、国際主義者じゃない人間がいるだろうか。俺は日本人と同じくらい民族主義者が嫌いだ。かつて彼らは偽の政府を俺たちに強要し、真の愛国者を虐殺した。そんな俺が民生団に疑われるなどとは、考えたこともなかったよ」

雨粒の上にまた別の雨粒が層をなして積もり、日照時間だけが長くて、食糧の尽きた五月の乾いた地面に染み入った。

「ところで、あのときなぜ光栄だって言ったんですか。あなたは善と悪を超えた聖者ですか」

僕はずっと気になっていたことを訊いた。朴トマンは無言で手のひらを上にして雨の滴（しずく）を受けていたが、やがて口を開いた。

「君は人を殺したことがあるか？」

僕は顔を背け、雨に濡れて立っているドロノキを眺めた。

「中学生のとき、俺はトルストイを尊敬していた。地下学習班で他の中学のみんなと輪になって共産主義を学習するときも、マルクスよりもトルストイを信奉していた。赤い五月闘争で荒れ狂っているときも、刑務所から出てきて和龍で地下活動をするときも、武器といっても槍しかない赤衛隊を武装させて地主の家を襲撃したときも、俺のポケットにはいつもトルストイの本が入っていた。彼の描く人物は、世界と闘争しながらも人道主義と犠牲を信じていた。それは彼が自然をこよなく愛していたこととも結びつく。木はただじっと立っているように見えるかもしれないが、体の中では世界と絶え間なく闘争しているからこそ、まっすぐ立っていられるんだ。人間だってそうだ。矛盾に満ちた世界で絶えず変化しているからこそ生きていける。変化している人間にしか道徳はわからない。いったん道徳を知ると、世の中に起こっているありとあらゆる残酷な出来事を憎悪するようになる。変化するのをやめて死んだ者は、変化する人間を残酷にしてしまうんだ。本当に反吐が出るよ。だが人間は力のある存在だ。俺は残忍な世界と闘うためじゃなくて、そんな残忍な世界の中でもつねに変化し成長する人間の力を信じたから、共産主義者になった。人間が成長するかぎり、世界も少しずつ変わっていくだろう。俺はそんな人間の力を信じたんだ」

雨粒を乗せた風に吹かれて、ドロノキの葉が少しずつ揺れていた。僕はその葉を見ながら、いつだったか遊撃区で見た演劇を思い出した。あれは政治学習を始めてひと月ほど経った頃だった。討伐隊の攻撃はずいぶん収まっていたとはいうものの、平和を享受するどころか、誰もが不安がっているように見えた。小さな丸太小屋の学校を建て、県委員会も作ったというのに、なぜかみんな元気がなかった。そんな雰囲気を変えようと、少年先鋒隊員たちが自ら台本を作って演劇会を開いたのだった。あちこちに火を焚いて舞台を作り、根拠地の人民たちを招待した。演劇の内容はわりと単純なものだった。地主の搾取に抵抗した人民が減租（げんそ）減息（げんそく）闘争*を行い、勝利を収める。だがすぐに討伐隊が襲ってくる。家族を皆殺しにされた少年が、都市に行ってありとあらゆる苦難を強いられる。そのとき地下組織と出会い、革命の原理を悟る。やがて抗日闘争の先鋒に立つ。

少年はセリフを忘れ観衆をじっと見ているうちに、頬に涙が流れた。それはとても自然だったが、農民に扮した子たちが地主役の子を力いっぱい殴るのは少しやりすぎではないかと思った。ところが途中、少年が刑務所で死んだある少女の手紙を受け取るシーンがあった。少年役の子がその手紙を声に出して読んだ。

「わたしが逮捕されたという知らせを聞いても、わたしがこの世に別れを告げたことを知っても、決して悲しまないでください。誰にでも人生の行路で忘れられない思い出はあるものです。そして最期の瞬間まで、心を震わせながら思い出すものです」

僕はその場面で、人目もはばからずに涙をぼろぼろ流した。柳亭村（ユジョンチョン）で見たものを思い出し、人類がこれまでに経験したありとあらゆる苦しみがその文章に乗って、僕の方に押し寄せてきた。僕はひとりの人生のすべてを、いとも簡単に奪い取る残酷な世界に耐えられなかった。

「世界はこんなにも残酷なのに、人間にはまだ力が残っているのでしょうか。罪もない人々が虚しく死んでいくのをこの目で見てきました。なのに、どんな未来が残されているというのでしょうか」

僕は独り言のように朴トマンに尋ねた。

「どんなときでも人間は成長する。それが人間の力だ。俺は人を殺したとき、トルストイの本を捨てたよ。残酷であることも真理の一部だと認めたからだ。トルストイがもし十月革命を目撃していたら、どんな本を書いたと思う？　きっとこの世で闘争する人間たちの姿を大叙事詩にして描いただろう。人道主義は死ぬまで守りたい美しい価値だが、だからこそ、命が尽きる瞬間まで変化する人間の力を信じたいが、残酷さも真理の一部分だということをトルストイだって認めるだろ。俺は今日死んだかもしれないし、死なかったかもしれない。まあ、それはどうだっていい。俺が民生団のスパイだと言われて殺されようが、日本軍に殺されようが、どうだっていいんだ。大事なのは、人道主義が真理だとしたら、それもまた個人に対しては残酷さを求めうるということだ。俺は別にそのことに憤ったり、恨んだりはしない。ただ、真理というものに怒りを覚えるんだ。人間は真理の中にいるときだけ人間でいられる。そして絶えず変化する。人間が変化するかぎり世界は変わる。死ぬというのは、もはや変化することのない、固定された存在になるということ。この歴史段階ではもう世界を変えることはできない。残念なのはこれだけだ。しかし、俺が死ぬことで世界が少しでも変わるんだったら、何の心残りもないね」

両手を広げ、落ちてくる雨の滴を集めた朴トマンは、手のひらに溜まった雨水で顔を洗った。

「僕も人を殺したら、あなたのように真実がわかるのでしょうか」

僕は訊いた。朴トマンは睫毛(まつげ)に滴を宿したまま、僕の顔を見て答えた。

「人を殺したらしばらくは気が狂ってしまう。もう二度と、誰も殺したことのない世界に戻ることはできないのだから。もちろん、君の言うことも真実だ。だが、俺はトルストイを捨てた。説得と妥協ですべての人が平等に生きていける理想の世界を作りたいという、中学時代の崇高な志を捨てた。家族や恋人、個人的な未来を全部捨てた。その代わり、俺は真実に目覚めたんだ。真実なんて美しいもんじゃない。醜いものに耐えられる勇気を持った人でなければ真実を知ることはできない。俺は、世界があまりにも残酷だということ、その残酷ささえもじつは真実の一部だということ、真実を知るためには俺自身が残酷にならなければならないということを知り、受け入れたんだ。すると今度は、人間を成長させる矛盾とか、闘争に満ちた世界が見えてくる。もちろん、そんなことを知らなくても人は生きていけるさ。中学のときの俺がそうだったし、京城の日本人学校で測量を学んだ君がそうだ。だが、俺は赤い五月闘争のとき、東洋拓殖会社に爆弾を投げてから、すべてが変わった。真実を見るか見ないかは、自分で決めることだ。仮にあの日、討伐隊が柳亭村の人々を虐殺しなかったら、それで君は予定どおり京城に戻っていたら、君はこんな世界を見ずに人生を終えていたかもしれない。だが、真実を知りたいと決めてしまった以上、もうあとずさりはできないんだ。トルストイの描く主人公たちは決定論的な世界に生きているにもかかわらず、絶えず自分の意志を行動に移す。それこそ共産主義者のあるべき姿だろうね。本は捨ててしまったけれど、俺がいまでもトルストイを捨てられないでいるのはそのためかもしれない。人を殺すと真実が見えてくるんじゃなくて、真実を知ろうとするときに人を殺すこともあるってことだ」

「赤い五月闘争のとき、発電所の放火を指揮した人を知ってますよね？　その人もあなたみたいに真実を見たんですか。信念があったはずなのに。どうして変節したんですか」

朴トマンは僕の顔をじっと見た。彼の顎から雨の滴が落ちた。やがて朴トマンは一九二七年、龍井の中学校に通っていた四人の生徒について語り始めた。安（アン）セフン。朴トマン。崔（チェ）ドシク。李ジョンヒ。天国を見るつもりが、結局はそれぞれ地獄を見るはめになった彼らのことを。

一九二七年、龍井市街を歩いていると、大成(テソン)中学の教師、金(キム)ワルソク先生が、この世の中がどれだけ狂っているか見せてやると言って、外套(トゥルマギ)を裏返しに着て歩いている姿を見かけることがあった。日本が嫌いで、自分の名前にある「日」という字の読み方を日本(イルボン)の「日(イル)」から曰(いわ)くの「曰(ワル)」へと変えた。サッカー大会の日、彼は行進曲を演奏する吹奏楽隊を引き連れて街を歩いた。

鋳鉄骨格石筋少年
強く美しく魂を発揮せよ
やって来たぞ、やって来た　我が国に
少年の活動時代がやって来た
常に対敵練習に励み、後日手柄を立てようぞ
絶世の英雄の大事業こそ、我らの目指すところなり

声高らかに歌う生徒たちの応援歌が運動場に鳴り響いた。サッカーよりは喧嘩をしていると言った方がふさわしい選手たちが、血を流しながらボールを追いかけた。雄犬の姜(カン)ハッコン、虎の朴トンス、子牛の金スソンたちがボールを奪うと、ポプラの梢(こずえ)よりも高く、空に浮かんでいる綿

雲よりも、その雲の彼方の青空よりも高く、歓声が沸いた。試合が終わると、勝った学校の帽子が空高く舞い上がり、帰り道では二度目の試合、つまり、肉薄戦が繰り広げられた。一年じゅう黒い服を着て、礼帽をかぶった英国丘の外国人宣教師たちは、聖書と薬品の詰まったトランクを手に、しばらくその光景を眺めてから牧師館に戻った。誰かに会うと「こんにちは、お会いできてうれしいです」と挨拶をする彼らにも、自分の中に激しく湧き上がる感情を持てあましていた若い時代があったはずだ。時折、生徒たちが日本総領事館の前でデモをし、総領事館の騎馬巡査に主導者が連行されるようなことがあると、カナダ宣教部のクリソン・フォードたちは総領事館と交渉し、教員と学生を連れ戻した。一九二七年、龍井ではすべてが青く輝いていた。誰もが青春の中にいた。誰もが希望を抱いていた。

　だが、希望は青い光だけで見つけ出せるものではないということを、青年たちも知るようになった。青い光の希望を叶えるには、赤い光を通らなければならない。古い世界が死なないかぎり、新しい世界は生まれないのだ。早くからそのことに気づいた人は、青い光の裏面で動いていた。朝鮮共産党火曜派である李周和（イジュファ）と李麟求（イイング）が、大成中学内に「光明会」というマルクス主義研究小組を組織したのは、一九二二年のことだった。この会に入った十人あまりの生徒たちは、夕食後、李周和の家に集まり、東興（トンフン）中学の鄭重渉（チョンジュンソプ）先生から社会主義理論と民族解放闘争の方法について学んだ。実践に裏づけされていない理論など無意味だということに早くから気づいていた彼らは、長い休みに入ると農村に行って夜学班を作り、文盲（もんもう）退治運動と文化娯楽活動を繰り広げた。彼らはまず、孔教会（こうきょうかい）反対闘争*から始めた。一九二三年四月一日、大成中学は恒例の孔子祭を行う予定だった。しかし生徒たちは、古い思想は打破すべきだという名分で同盟休学を決議し、校舎の玄関に掛かっていた孔子の位牌を取り外してしまった。生徒たちは教務主任の林ボンギュを追い出し、数学教師の玄ギヒョンを新しく任命した。この事件は、いまだに儒教思想にどっぷりとつかっている有産階級の民族主義者たちを不安にさせるのに充分だった。また、一九二〇年の庚申年大討伐*によって、有産階級民族主義者の率いる武装闘争が衰退の岐路に立っていたこととも無縁ではないはずだ。青年たちは古き良きものではなく、悪くても新しいものから希望を見いだすものである。彼らは大成中学を孔教会から救い出したが、資金難から救うことはできず、一九二四年にとうとう廃校に追い込んでしまった。大成中学を再建したのは朴ジェハたちをはじめとする共産主義者だった。一九二六年十一月十一日、大成中学校はもとの場所に新しく建てられた。

カナダの宣教師たちが「神の恵みで真理を学ぶ」という意味で命名した恩真中学校も、その年の秋、反宗教闘争の真っ只中にあった。この反宗教闘争を率いたのは、大成中学で教えていた李周和と、東興中学の金ボンイクらに感化された生徒たちだった。まず、四年生の聖書科の授業で、牧師が「権勢というのは神がくださったものなので服従しなければならない」と言うと、呂チャンビンが立ち上がり、「ならば日本が朝鮮を侵略する権勢も神様がくださったものですか。朝鮮人は日本人の権勢に服従しなければならないということですか」と皮肉った。生徒たちは同盟休学を武器に、すぐさまその牧師の解任を要求し、言い分を貫いた。二つ目の事件は翌年の二月四日、卒業試験を受けていた崔ソンヒがこの問題はおかしいと思い、「卒業試験におかしな問題を出して、点数が取れないようにしていますか。そのぶんの点数は先生方が稼ぐおつもりですか」と答案に書いたことから始まった。これに対し学校側は、当然のことながら崔ソンヒの卒業資格を取り消したが、生徒たちはまたも同盟休学を武器に、崔ソンヒの卒業証書と、聖書科の廃止を要求した。しかし、今回は学校側も生徒たちの要求を聞き入れなかった。ところが四月二十五日、百五十人あまりの生徒たちが「私たちは天国に行かない」と叫んで一斉に学校をやめ、大成中学と東興中学に転校したのだ。恩真中学に通っていた朴トマンもこのとき大成中学に移った。俺たちは天国に行かない。ヨオクが漁浪村を訪ねてきた日、朴トマンは僕にそう言いながらプッと笑った。彼が笑った理由がわかるような気がした。いま思うと、彼らは天国に行かないのではなくて行けなかったのだ。一九二七年が過ぎてから、彼らは誰ひとりとして天国に行けなかった。結局は地獄を見ることになった。

当時の大成中学校は革命学校さながらだった。それもそのはず、その年の四月、李麟求を責任者とする大成中学の青年総同盟が発足し、七月には、校長の朴ジェハが責任秘書を任されていた朝鮮共産党東満区域局傘下の学校連合支部が大成中学で組織されたからだ。放課後、サッカーの試合が行われている校庭の片隅に生徒たちが集まり、マルクスの方が偉大だの、いや、レーニンの方がもっと偉大だのと政治討論をしている姿をよく見かけた。キリスト教とトルストイに傾倒していた朴トマンは、なかなかその雰囲気になじめなかった。だが少しずつ影響を受けていったのは、もともと情熱的な性格だったからだろう。彼は、共産主義は世界を変えようとする青年たちの思想なので、急進的(ラジカル)な見解の方がより説得力があることに早くから気づいていた。運動場での討論であれ、地下読書会での論争であれ、朴トマンは次第に急進的な立場をとった。この変貌はある意味、博愛主義者の朴トマンが編入生として生き残るための手段だともいえた。生まれつきの性格なのか、それとも編入生の不安な気持ちからくるものなのか、朴トマンのこの急進的な態度を四学年上の安セフンが指摘した。

内心、自分はトルストイのような人間になりたいと思いながらも、口を開くと、革命が唯一の方法だと言う朴トマンの不安定な面が、明東村（ミョンドンチョン）の小作農の息子として生まれたことによるのだとしたら、安セフンに安定感があるのは、薬屋の長男として生まれたことと関係があるだろう。彼の父親は戊午（ムオ）独立宣言書*に名前を載せ、一九一九年三月十三日の抗日デモ*を率い、二年間の獄中生活を強いられたことで、信望の厚い民族主義者として龍井で知られていた。運動場の片隅でしか力を発揮できない朴トマンの硬直した科学によれば、安セフンのようなブルジョアジーは革命の敵でしかなかった。しかし、どうしたわけかそうではなかった。いつだったか政治討論をしているとき、朴トマンが「生徒たちが先頭に立って帝国主義の勢力を打ち砕かなければならない」と言ったことがある。そのとき安セフンがこう語ったのを、朴トマンはいまでも忘れられない。

「彼らは少数だが、彼らのおかげでわれわれすべての生は花を咲かせる。彼らがいなければ、この世の生は死と同然の、荒廃した、無味乾燥なものになるだろう。彼らは少数だが、すべての人に生命を吹き込む。彼らがいなければ、われわれは息をすることもできなくなってしまう。正直で善良な人はたくさんいる。だが、彼らのような人は珍しい。彼らは茶の中のテイン〔カフェイン〕のような存在であり、良質な葡萄酒の芳香のような存在だ。彼らがいることによって、善良な人々の力や魅力が生まれるのだ。それはすぐれた人たちの精華であり、原動力の原動力であり、この地の塩の塩である」（ニコライ・チェルヌイシェフスキー『何をなすべきか』*）

朴トマンは、自分は死んでも安セフンのように洗練された文章で相手を説き伏せることはできないと思った。朴トマンは安セフンが言ったことを、ひとりでよく繰り返しつぶやいた。高い杉の梢に上ったカラスは、もう二度と庭に下りて来ることはないだろう。たとえばそういう言葉。安セフンの他の後輩たちと同じように。

朴トマンは、安セフンのインテリゲンチャ的な気質に魅了された。中学生の朴トマンの目に映る、ブルジョアジーでありながら人民の力を信じる安セフンは、生まれ変わったトルストイのようだった。安セフンは夏休みに、自分の指導する読書会の会員たちを連れて故郷の清津（チョンジン）の海に行った。誰かが安セフンに、どこの学校に進学するのかと尋ねた。彼は少しのためらいもなく、自分は労働者階級のいる工場に入るつもりだと言った。その答えは朴トマンの心を揺さぶった。ラジカルな主張は、論争で相手に勝つのに最も効果的な方法だった。だが、そのようなラジカルな主張が実際に自分の人生とどのような関わりがあるのか、朴トマンは考えたこともなかったし、ましてや中学校を卒業して工場に入るなどという考えは初めからなかった。明東村の朝鮮人地主のもとで田畑を耕している親にとって、息子に教育をつけさせるのは、長いあいだ続いた貧しさから逃れる一つの方法だった。ある意味において、中学の卒業証書はラジカルな主張をし続ける朴トマンの最後の脱出口だったのだ。安セフンの言葉を聞いて朴トマンは、果たして自分には脱出口を塞ぐ勇気があるのだろうかと反問してみるのだった。

その勇気を確かめる機会はまもなくやって来た。その年〔一九二七年〕の十月二日、龍井にある各中学校の朝鮮共産党基層組織の責任者たちと東満区域局の責任者たちが、鄭(チョン)ジェユンの家で第二次会議を開いていたとき、密告者の届けを受けて出動した日本総領事館の巡査たちに逮捕されるという出来事があった。俗にいう第一次間島共産党検挙事件である。彼らの中には校長の朴ジェハをはじめ、林(イム)ゲハク、鄭イルグァン、韓(ハン)ジャンスンら大成中学の教員も交じっていた。翌日、東満青年総同盟の指令を受けた大成中学の生徒たちは、二時間目の授業が終わったあと、一斉に街へ出て、逮捕された教員の釈放を求めるデモを行った。総領事館の騎馬巡査がデモ鎮圧のために出動した。騎馬巡査たちは棍棒を振りまわしながら笛を鳴らした。前列にいた数人の生徒たちは頭を抱えてあとずさった。朴トマンもまた、彼らと一緒に前の方にいたが、あとずさった。ところが、隊伍の中に身じろぎもしない人がいた。安セフンだった。彼は棍棒を振りまわす日本人騎馬巡査を馬から引きずり下ろし、足で踏みにじった。デモのさなかに日本人巡査に立ち向かうなど考えられなかった。朴トマンはその光景を見るなり、安セフンのもとに駆け寄り、一緒になって倒れている巡査を蹴りつけた。朴トマンは反革命勢力の暴力に立ち向かうためには革命的暴力しかないという命題を何度も繰り返し主張してきたが、それがどういう意味なのかようやくわかった。二人はまもなく騎馬巡査たちに包囲され、棍棒でさんざん殴られた末、総領事館に連れて行かれた。共産党の指令のもとで生徒たちが反日デモを行ったのは初めてだったので、総領事館側も彼らを拘束することはなかった。

　釈放されたあと、二人の仲は以前とは違うものになった。安セフンは朴トマンを龍井の学生組織である萍友(ピョンウ)同盟に紹介した。東満青年総同盟の指導下で萍友同盟を率いていたのは、すでにロシアで革命思想に感化を受けた明信（ミョンシン）女学校のアンナ・リー、つまり李ジョンヒと、東興（トンフン）中学校の崔ドシクだった。

自分の運命について知りたければ、自分が何者なのかを言えなければならない。自分が切実に望んでいることは何なのか、何を恐れているのかがわかれば、自分がいかなる人間なのかがわかる。自分たちにどんな運命が待ち構えているのか知らなかったという点で、一九二七年、古い世界を破壊しようと毎晩のように英国丘の教会に集まり、熱に浮かされた声で革命を叫んでいた四人の中学生は、自分が何者なのかを言えない者たちだった。とりあえず自分がどのような人間になりたいかは宣言したものの、肝心の自分については何も知らなかった。それはあなたも僕も、植民地で生きる誰もがそうだ。国を奪われ、よその土地で暮らすかぎり、僕たちにできるのは僕たちではない他の存在を夢見ることだ。いまここではないどこかを夢見ないのは、自分の生の主(あるじ)だけだ。

僕が経験した反民生団闘争も同じことだった。死体だけは自分が何者なのかを言うことができる。だから日帝のスパイと疑われて殺されようとしているときでさえ、朴トマンはパルチザン追悼歌を歌うことができたし、光栄だと叫ぶことができたのだ。動かなくなった死体だけが自分が何者なのかを声に出して叫ぶ権利があった。死体になる瞬間、自分の運命を最終的に納得するのだから。僕は遊撃区でたくさんの死体を見た。死体たちはそれぞれこう叫んだ。俺は民生団として仲間を敵に売り渡した。俺は革命闘争を守り抜くために自分の体と血を売り飛ばした。そんな叫びを聞くたびに僕は、間島の地で生きていく朝鮮人は、死ぬまで自分が何者なのかわからない存在だということに気づいた。彼らは境界に立っていた。見方によって民生団にもなるし、革命家にもなった。そういう意味で彼らはつねに生きていた。生きていれば絶えず変化するのだから。運命も変わるということだから。

一九二七年に革命を夢見ていた四人の中学生についての話を朴トマンから聞いた日、薬水洞(ヤクスドン)にいるヨオクが杖をついて僕のいる漁浪村に会いにきた。一週間前の攻勢は救国軍の力を借りて退けたとはいえ、討伐隊の主軸は頭道溝市街に陣を張り、援軍を待っている状況だったので、漁浪村は封鎖されていた。ヨオクは仕方なく連絡員たちの通る道を歩いてきたのだった。ヨオクが漁浪村まで来るとは、僕も朴トマンも思ってもみなかった。夕立に降られてずぶ濡れになったヨオクが、黙って僕を見ていた。顔も手の甲も擦り傷だらけだった。雨が降ったあとの湿った風が、右足のズボンの裾を静かに揺らしていた。

「こんな所にまでどうやって?」

僕はせいぜいこんなことしか言えなかった。ヨオクは唇を噛みしめた。

「あたし、ブスになった?」

「何言ってるんだ。こんな傷だらけになって。討伐隊に包囲されてるってのに、いったいどうやってここまで来たんだ?」

「別に討伐隊が山全体を塞いでいるわけじゃないんだから。もし塞いでたら、ぶっ壊してでも来るわよ」

ヨオクが顔を背けて言った。

「裁縫隊から抜け出してきたのか？」

「いくら働いても体はなんともないのに、胸が痛くて耐えられなかった。だからあたしにも銃をちょうだいってしつこく頼んだんだけど、おまえみたいなわがままなやつは殴られてりゃいいって、相手にもしてくれない。みんなひどいよね。これって人間のやること？　姉さんたちにそんな話したら、足のない人間は頭もおかしいって思われてるんだよ、って言われた。それ聞いて、もう悲しくて悲しくて。だからあいつを杖で殴りつけてきた。いまごろ死んでるかもね」

縁側に座っていた朴トマンが立ち上がって言った。

「まさか、裁縫隊の隊長を死ぬほど殴って逃げてきたのか？　何を考えているんだ。いまどういう状況か知らないのか？」

ヨオクが朴トマンの言葉をさえぎった。

「あたしにはそんなことわからない。わかるのは、片足でも半日かけたら漁浪村に行けるってことだけ。もうそんなことはどうでもいいから。ねえ、あたし、ブスになった？」

ヨオクが僕の方を振り返って訊いた。僕は首を横に振った。

「いや、きれいだよ。体は大丈夫なのか？」

「大丈夫よ。ねえ、だったら目で見てばかりいないで抱いてよ。なに泣いてるの」

それでやっと僕はヨオクを力いっぱい抱きしめた。ヨオクは杖を放り投げて、僕の腰を両手でぎゅっと抱いた。僕の胸の中で笑っているのかと思ったら、むせび泣いていた。ヨオクの涙が僕の襟もとを濡らした。僕はヨオクの顔を両手で押さえて覗き込んだ。

「会えてうれしいよ。もう泣くな。顔の傷はどうしたんだ？」

僕は親指でヨオクの涙をぬぐった。

「目を閉じたら、銃に撃たれて死んだ母さんと姉さんが見えるの。殴られて痛い目に遭ったら忘れられるかもしれない。そう思って、あたしも戦いたいから銃をくれって隊長に頼んだの。でもくれないから、代わりに枝を折って腕を傷つけた。石がいっぱいの野原に仰向けに寝転んで、あたしも戦いたいって暴れた。でもぜんぜん痛くなかった」

「これからはそんなことをしちゃだめだ。それは僕に対して過ちを犯すことになるんだよ」

それでもヨオクは泣きやまなかった。僕は雨がやんだあとに吹いてきた風の方を振り返った。

朴トマンも僕と同じ方向を見ていた。

そのとき、遠くから風に乗って歌声が聞こえてきた。

民衆の旗、赤い旗は戦士の屍を包む。
屍が冷えないうちに、血潮は旗を赤く染める。
高く掲げよ、赤い旗を。
そのもとで固く誓う。
卑怯者よ、行きたければ行くがよい。
俺たちは赤い旗を守るんだ。

仇敵との血戦で、赤い旗を捨てたやつは誰だ。

歌声が聞こえてくるなり、ヨオクも風の吹く方を振り返った。歌声が鳴りやまないうちに、革命小学校の方から何発か銃声が聞こえてきた。不吉な予感がした。

「討伐隊の銃声じゃないですよね？」

「日本軍の銃声ではないな。また処刑が始まったんだろう」

朴トマンが舌で乾いた唇を舐めながら言った。

「どうします？」

僕が訊いた。朴トマンの目の中であれこれ考えが交錯していた。そのとき、誰かが僕たちの方に向かって走ってくるのが見えた。少年先鋒隊員だった。彼は遠くから僕たちに何やら叫んだ。朴トマンが声をふりしぼって、何があったんだと尋ねた。その子ははあはあと喘ぎながら叫んだ。

「いますぐ革命小学校の校庭に集まってください。巡視員同志が来ました」

「誰が来たって？　名前は？　中国人か？」

朴トマンが訊いた。

「春にも来たことのある人です」

「春にも来たことがあるだと？　梁(ヤン)ドセンか？」

その子は頷いた。

「ならば、さっきの銃声は、梁ドセンが民生団員を銃殺した音なのか？」

その子は息が続かないのか、それ以上は何も言わず、膝をつかんでうつむいたまま頷いた。朴トマンは辺りを見まわしてから走りだした。僕はヨオクを離し、彼を追いかけていって訊いた。

「どこに行くんですか」

「兵器廠に。銃、銃がいるんだ。短刀でもいい」

朴トマンが叫んだ。

「それはなぜ?」

「あいつを殺さないかぎり、俺たちはみんな殺される」

そのとき少年先鋒隊員が大声で言った。

「大丈夫です。同志たちは無事です。処刑されたのは県委書記です」

朴トマンがゆっくりと立ち止まった。僕も立ち止まった。

　革命小学校に着いたとき、真っ先に目に入ったのは地面に染みゆく黒い血だった。その血に比べたら、他のものはどれもぼんやり霞んで見えた。彼の情熱も、怒りも、愛も。彼が踏みしめた大地と、彼が見上げた空と、彼が渡ってきた川もすべて。血の気のない体が、血の真ん中に倒れていた。人間は誰も死から逃れられない存在であるかのように。それが当たり前だとでもいうかのような恰好で。すでに頭が半分吹き飛ばされていたので、彼がどういう人間だったのか想像もつかない。一日に何十回も心変わりするひ弱な存在だった彼が、いまではただの民生団のスパイになってしまった。これからもずっと。かつて農民組合で活動していた彼が、討伐隊に追われ、漁浪村に来たときに抱いていた恐れと希望は、また、反民生団闘争のさなかに県委書記の地位にまで上り、同志たちを民生団だとでっち上げて処断するときの苦悩と確信は、そして自分が民生団分子の容疑をかけられ処刑されるときに見たであろう暗闇と絶望は、もうそこにはなかった。花が散ると香りも消えてしまうように、雪が解けると白く輝く光も失われるように、彼が誰なのかを物語るすべてのものが、熱い血潮の道を通って、この残酷な世界から消え去った。

　屍の前に朴キリョンが立っていた。状況は急迫していた。遊撃小隊はすでに前方に配置され、姿が見えなかった。槍に延吉（ヨンギル）爆弾*を持って武装した赤衛隊員と共産主義青年団、婦女会員たちが集まって革命歌を歌っていた。目の見えない徐（ソ）グモンが彼らの前でバイオリンを弾いた。

革命の激しい炎が燃え上がる
戦士の生命は燃え立ち
まぶしい光をまき散らし
赤い血で新しい世の中を連れてくる
同志たちよ、同志たち！
烈士たちの血に染まった足跡について
銃剣を固く握りしめよう
敵に向かって前へ、前へ！
最後の勝利はわれわれの手に！

徐グモンはバイオリンを弾きながら、あらんかぎりの声で叫び続けた。みなの衆、俺の言うことを聞いてくれ。革命とは何か？　特別な人間だけのすることか？　いや、違う。俺たちがどんなに苦しくても、泣いて嘆いているだけじゃ死んだ家族の仇はとれやしない。国を取り戻すこともできない。座っていても死ぬ。立っていても死ぬ。戦っても死ぬ。日本の手先としても死ぬし、革命家としても死ぬ。同志たちはどうやって死ぬのか！　いったいどうやって！　議会主権がやって来た。労働者階級の楽園だ。人民の世だ。革命とは、貸した金を返してもらうこと。仇敵に血の代価を求めること。これからは俺たちがこの世の主（あるじ）だ。勝利まであともう一歩だ。さあ行け、青年たちよ。世界も、宇宙の森羅万象も、すべて君たちのものだ。目の見えない徐グモンは、自分の見た幻想をただ思いのままに叫んだ。彼の目には強大な火力を持つ討伐隊も、みすぼらしい武器しかない人民の姿も見えなかった。彼に見えるのは、労働者階級と朝鮮民族の解放だけだ。

歌声が静まると、朴キリョンは両手を振りながら、「討伐隊に立ち向かい、人民政府ソビエトを保護せよ」と言った。自分の足もとに血が流れているのに、まったく気づいていなかった。

「同志たちも見たとおり、この者は日本の特務の手のひらで踊らされていることも知らずに、人民の血で作り上げたソビエトを内側から崩壊させようとした。粛清の刃(やいば)が自分の首に向けられるなり、しっぽを巻いて逃げていった日和見主義者の河(ハ)ソンサンは言うまでもない。ここに集まった同志たちはみな朝鮮人だ。しかも革命家だ。朝鮮人の革命家なら、朝鮮のために革命を起こさねばならない。たとえソビエトに誤謬があったとしても、われわれの手で朝鮮人ソビエトを解体するわけにはいかないのだ。同志たちは奴隷ではない。今後は朝鮮人ではない者たちの言うことを聞いてはならない。同志たちに残されている道は二つだ。一つは、人民によって作られたソビエトを取り壊して日帝の銃と刀のもとに服従し、死ぬまで奴隷として生きていく。もう一つは、死ぬ瞬間まで朝鮮人ソビエトを熱く抱きしめる。いま頭道溝では、偽満軍〔満州国軍〕と関東軍の兵力がこのソビエトを手に入れようと虎視眈々と機会を狙っている。われわれは命をかけて守らなければならない。敵に復讐の炎を見せつけろ。血でもって人民革命政府の旗を守れ。朝鮮革命の邪魔をするすべての勢力に、血の代価を払わせろ」

　人々は手に握りしめた槍のような鋭い叫び声をあげた。朴キリョンの演説に応えるように、徐グモンはまたバイオリンを弾き始めた。バイオリンは、彼が失明する前に作っていた私製爆弾のような激しい音を出した。人々は曲に合わせて革命歌謡を歌いながら、小学校の校庭をあとにした。これまで何週間も続いた反民生団闘争によって、すっかり弱気になっていた彼らが、槍ひとつで三十八式歩兵銃を持った敵軍を十人はやっつけられると言わんばかりの気勢を上げていた。朴トマンは複雑な顔でその光景を眺めていた。一方、ヨオクは早くも婦女隊員たちに交じって歌を歌っていた。

「この路線はどう見ても間違っている。頭道溝に集結した偽満軍と関東軍の兵力がどの程度なのか知らないが、武装した小規模の遊撃隊と槍を持った赤衛隊が彼らと戦うのは、卵で岩を砕こうとするようなもんだろ。しかも、あいつのいう朝鮮人ソビエトは、去年、特委で集中的に闘争した極左的な概念だし、間島の韓人自治というのは、もともと民生団が言い出したものじゃないか。もし本当に朝鮮人自治区が建設されたら、俺は迷わずその自治区を守るために武装するさ。だが、いまは時期尚早だ。まずやるべきことは中国革命だ」

その光景を見ながら朴トマンが言った。

「いまここに中国人がいても、討伐隊と戦って遊撃区を守るのは間違っていると言えますか」

僕が訊いた。

「俺たちには、もし、なんて仮定する権利はないんだよ。すべては一度きりだ。たった一度の過ちで多くの人民が奈落の底につき落とされてしまう」

「中国人の河ソンサンが逃げてしまったから、結果的にここが朝鮮人のソビエトになったんですよね？　河ソンサンが民生団だと疑った朝鮮人の中で、逃げた人は一人もいませんでした。ところが河ソンサンは、自分が民生団だと疑われるなり逃げてしまった。朝鮮人しかいないソビエトはどうせ狙われるから守らなくていいと言うのなら、ここに残っている人たちはみんな戦わずに死んでしまいます。それとも、中国人を連れてきて討伐隊と戦えとでも言うのですか」

僕は朴トマンに言い返した。

「俺たちがなぜ赤い五月闘争という美名のもとで無謀な暴動に出たと思う？　俺たちには革命を起こしたくても党がなかった。いざ革命を起こそうというときに、俺たちを導いてくれる朝鮮共産党がなかったんだ。中国共産党に入ろうと思っても、各人の闘争経歴によって入党できるかどうかが決まる。だからどの派閥も、互いに破壊し合うことに明け暮れた。ところがいまになって、五月闘争は朝鮮人が中国人を攻撃したものだったと、東満特委が批判し始めた。これがいま間島で革命闘争をやっている朝鮮人の境遇なんだ。いまは朝鮮の独立を叫んでいる場合じゃない。中国人を拉致してもいい。ただし、朝鮮人だけのソビエトは絶対にだめだ。間島では誰も朝鮮人ソビエトを歓迎してくれやしない。日帝も国民党も、そして中国共産党も。匪賊や救国軍さえもそうだ。朝鮮を独立させたかったら、まずは中国革命に乗り出すしかないんだ。それが客観的にみた現実だ」

「なら朝鮮人だという理由で、強く清らかな戦士たちが反革命の汚名を着せられて死んでもいいのですか。反民生団闘争が起こってから、大勢の人がソビエトを離れていきました。あなたも知っているじゃありませんか。まさか、出て行った人たちは民生団で、いま残っている人たちは民生団ではないと思ってるんじゃないですよね？」

新朝鮮の健児たちよ、肩を組んで歩いていこう。ソビエトのために血を流そう。徐グモンがバイオリンを弾きながら小学校の校庭を出て行く。青年たちがそのあとについてスローガンを叫ぶ。ソビエト政府を守れ！　人民革命政府を構築せよ！　日本帝国主義を打倒せよ！　いつのまにかスローガンが変わった。それらは朝鮮人にすんなりと受け入れられた。彼らは自分たちに苦難をもたらしたのは地主や資本家ではなく、日本人だと信じていたからだった。ソビエトは活気に満ちていた。

「反民生団闘争は彼らに、間島の地に住む朝鮮人はいつどこで死んでもおかしくないということを教えたにすぎません。朝鮮人にとって大事なのは、いかに生きるかではなく、いかに死ぬかということを。だから民生団ではなく、共産党員として死のうとしている彼らを止める方法はないのです」

「結局は死んでしまう道をなぜ歩ませるんだ？」

「真の共産主義者なら恐れず死の道に足を踏み入れろ、と言ったのはあなたですよ」

「革命の道を言ったまでだ。だが、これは違う。反革命の道だ。人民を無駄死にさせる敗北の道だ」

僕は朴トマンの顔をじっと見つめた。その日はひどく寂しそうに見えた。彼がそう言ったのは、党の指示を履行するためだけではなさそうだった。彼は罪なく殺されようとしたときですら、光栄だと言えるほど冷静な戦士だった。しかしその日は違った。

「あいつは民生団だ」

彼は朴キリョンを見ながら言った。その言葉に僕は失望した。僕の知っていた朴トマンは消え去り、抜け殻だけが残っているように見えた。

「朴キリョンが民生団のはずがありません」

「君はあいつのことを知らないだろ。あいつは民生団の領袖だ」

「朴キリョンが民生団なら、日本軍がジョンヒを殺すはずはなかった」

朴トマンが僕を見た。

「ジョンヒ？　アンナ・リー。李ジョンヒのことか？　君は彼女を知ってるのか？」

朴トマンが僕に訊いた。そのときだった。朴キリョンが僕たちの方にゆっくりと歩いてきた。まったく別人のようだった。一年前、僕に会いにきて民生団に入らないかと勧めたときは、口達者でどことなく横柄（おうへい）な商人を思わせたのに、頬がこけて鋭い顔になっていた。どことなく中学の数学教師のようでもあった。彼は共産党員のあいだで流行していた赤い星のついた帽子をかぶり、紺青（プルシアンブルー）色の軍服を着ていた。朴キリョンは朴トマンの方を横目で見てから、僕に手を差し出した。

「これはキム・ヘヨン同志、久しぶりだね。君のことは京城写真館のキルソン同志から聞いていたよ。朝鮮革命の道に入ったことを心から歓迎する」

僕は彼の手をじっと見つめた。そしてその手を握った。

「この路線は間違っている、巡視員同志。いや、職位を取り上げられたいまは名前を呼んだ方がいいかな。これ以上、自分の野心のために他の人たちを利用しないでほしい」

朴トマンが朴キリョンを睨みつけて言った。それを聞いた朴キリョンはにこっと笑った。

「民生団の容疑で監獄に入れられ、死ぬ日を指折り数えていただけあって、遠い未来を見通す能力をお持ちだな。できればその能力をソビエトを守ることに捧げてほしいものだ。いちいち口出しされては困るんだよ。周りを見たまえ。祖国を否定し、民族を否認したあの大勢の仲間のうち、生き残っているのは何人だ？　私は祖国と民族のことだけを考えている。それだけがわれわれの生きる道だからだ」

「あんなに大勢いた仲間がいまこれだけしか残っていないのは、あんたのような狂人のせいだ。他の人はどうだか知らないが、俺はあんたがこれまで何をやってきたのか知っている。若い同志たちをどのように死に追いやり、虐殺したのか」

それを聞いた朴キリョンは大声で笑いだした。

「キム・ヘヨン同志、くわしい話はまたあとでするが、いまはこの革命を憎んでいる同志とは少し距離を置いた方がいいな。この人はこれまでも神通力を利用して、自分の派閥ではないという理由だけで革命の同志たちをひどく苦しめたことがあるのだよ。あれほど革命に燃えていた崔ドシクがなぜ総領事館警察署にいるのか、君もそろそろ知ってもいい頃ではないかね？　君が間島臨時派遣隊の中島と親しいことも、おそらくお見通しだろう。気をつけたまえ」

僕はあっけにとられた。朴キリョンは僕の肩をトントンと叩いた。

「笑一笑(シアオイーシアオ)、われわれは笑って革命をやるのだよ。朝鮮の解放はもう目の前だ。銃があるなら撃ちたまえ。刃物があれば刺したまえ。手足が残っていれば敵を叩いて蹴り飛ばすがいい。心臓しか残っていなければ、その心臓を捧げたまえ。決戦の日がやって来たのだ」

朴キリョンは護衛の赤衛隊員たちと前に向かって歩きながら、大声で叫んだ。僕は朴トマンと目を合わせようとしなかった。誰も信じられない、という言葉が頭の中を駆けめぐった。朴トマンも同じだろう。僕が中島のことを話さなかったように、朴トマンも自分のせいで崔ドシクが変節したことを僕に話さなかった。

「あいつは狂っている。本気にすることはない」

朴トマンが言った。だが何の慰めにもならなかった。

「そうだ、あの文書を捜そう。あの狂人に煽られて皆殺しにされる前に」

「文書?」

「あの日、ヨオクに会いに行く途中で、少年先鋒隊員に会っただろ? 彼らが持っていた文書だよ。あれは朴キリョンがなぜ巡視員を解任されたかについて書かれたものなんだ。おそらく孫ヨンスが民生団の容疑で処刑され、河ソンサンが逃げた理由も書いてあるはずだ」

そう言うが早いか、朴トマンは県委に向かって走って行った。朴トマンが校庭を出て行った途端、風を引き裂く音が聞こえ、続いて爆発音がした。敵が迫撃砲を先頭に立たせ、攻撃を開始したのだった。

遊撃隊にいた頃のことを、やたら語りたがる人がいる。そんなとき僕は、彼らの話は本当だろうかと疑ってしまう。あの日の出来事はすべて鮮明に僕の体の中に残っている。でも論理的には思い出せない。何が起こったのか、何を見たのか、語ろうとしても話の辻褄が合わない。どんなにうまく話そうとしても、結局それに似た別の話をするだけで、事実とは言えない。それが戦争談の本質だろう。戦争とは、いま起こっていることにすべてを注ぎ込む強烈な経験だ。再現するのは不可能だ。数値では表せるとしても、戦史を客観的に回顧することなどできない。戦争談は、世界がどれだけ主観的なのかを見せる典型的な事例なのだ。だから僕は、いまここで戦争体験談を語るつもりはない。その代わり、革命を夢見た四人の中学生が生きた残忍な世界について、もう少し話したいと思う。それはソビエトで起こった、もう一つの戦争の背景になるからだ。

朴トマンが萍友同盟に入って初めてジョンヒに会ったとき、若者たちの手には、世の中を改造するために銃と槍が握られていた。自由を得るためなら暴力をも辞さないと決意していた彼らの目には、ジョンヒはとっくに自由を勝ちとった人のように映った。ジョンヒの体から漂う自由の香りを、誰もがうらやましく思った。それは労働者階級の新世界が到来したという、国境の彼方にあるウラジオストクからの宣言であり、また統制や束縛を拒む、新世代の若者たちの熱い胸からほとばしる希望の香りと似ていた。封建思想の残滓から抜け出せないまま、マルクス主義という新しい思想に触れた彼らにとって、その香（こうば）しさは充分すぎるほど魅力的だった。ジョンヒは萍友同盟の内部でもとりわけ自由だった。萍友同盟は毎週水曜日の夜、東山（トンサン）教会の伝道室で安セフンが中心となって読書会を行っていた。安セフンは規律にとても厳しい人だったので、盟員たちはいつも時間を守った。ところがジョンヒだけは自由気ままだった。彼女が集まりに来るか来ないかは、誰にもわからなかった。安セフンは他の女子には手厳しかったのに、ジョンヒに対してだけは例外だった。特別な理由もなしに欠席しても、上層部に呼ばれて来られないのだと庇（かば）った。

ジョンヒが集まりに来た日は、男子のあいだに目に見えない競争心理が働いた。討論はいっこうに終わりそうになかった。誰かがひとこと意見を述べると、ここぞとばかりに別の誰かがその意見を批判する。そんな相互批判がえんえんと続いた。朴トマンも例外ではなかった。朴トマンと論争を交わしたのは崔ドシクだった。和龍県の貧農の家に生まれ、制服を脱いだらまぎれもない百姓である彼は、朴トマンの言い分にことごとく反対し、何度か殴り合いの喧嘩になるところだった。しかし彼らの熱論も、ジョンヒが席を立つとあっさり冷めてしまうのだった。朴トマンはすぐに、崔ドシクがジョンヒに思いを寄せていることに気づいた。僕には違うと言うけれど、朴トマンだって同じだった。太陽に照らされてキラキラ輝く川のように、青春は過ぎていった。若い肉体が彼らの精神を支配し、それを持てあました彼らは身悶えた。

一九二八年三月二日、国際青年日を期して、高麗（コリョ）共産青年会東満道委員会の幹部たちが東満青年総同盟を中心に企画した記念集会に、萍友同盟も参加する予定だった。盟員たちは鉄筆で情熱的な文章を書き、一晩じゅうガリ版を刷ってビラを作った。東の空が明るんできた頃には、こくりこくりと舟を漕ぐ生徒もいた。ジョンヒはそんな男子たちに、いたずらっぽく冗談を投げかけた。すると周りのみんなは大笑いした。笑わないのは安セフンだけだった。ジョンヒは誰かがつらいと言えば、男子であれ女子であれ、すぐ手を差し伸べた。つねに誰かを愛さずにはいられない星の下に生まれた女性だった。もしジョンヒが共産主義者だったとしたら、そういう意味での共産主義者だ。彼女はすべての人を愛した。だがそれは、誰も愛さないという意味でもあった。少なくともその頃はそうだった。ところで、彼らが一晩かけて作ったビラは、龍井市街に配ることができなかった。集会の計画が総領事館警察署に漏れてしまったからだ。そのために中心にいた幹部たちに対する検挙の旋風が巻き起こり、のちに第二次間島共産党検挙事件へと結びついた。萍友同盟からは安セフンと李ジョンヒが検挙された。安セフンはともかく、李ジョンヒの検挙は少し意外だった。

　その理由はやがて明らかになった。安セフンを検挙したとき、李ジョンヒが彼と一緒にいたのだ。総領事館側は、学生運動の道徳性を問うちょうどいい機会だと考えた。『間島新報』は、夜更けに二人が一緒にいるところを検挙したという妖しげな見出しを書いた。やがて龍井市街には、高等係〔高等警察〕の刑事が全裸になった二人の肩を叩くまで、彼らの情事は続いていたという噂が流れた。その噂は四人の運命を変えてしまった。総領事館側が悪意を持って流したデマであったとしても。朴トマンはジョンヒに寄せていた想いをきれいさっぱり捨てた。崔ドシクは噂を触れまわった。それ以来、誰も笑わなくなった。萍友同盟のメンバーが集まっていた東山教会の伝道室は、いつも空っぽだった。その年の春、朴トマンは崔ドシクに偶然会ったとき、安セフンと李ジヨンヒのことをこれ以上触れまわったら殺してやると警告した。崔ドシクは先のない右手の薬指を見せながら、自分の懐にはナイフが一本入っていると言うと、取り出して朴トマンに見せた。朴トマンはなぜそんなものを持ち歩いているのかと尋ねた。崔ドシクは、もし誰かが自分を傷つけたらこのナイフで同じように傷つけてやるのだと答えた。危うかった二人の友情は、事実上、その日で終わりを告げた。

　梨の花が散り始めた頃、安セフンが龍井に戻ってきた。だがジョンヒは戻ってこなかった。娘まで共産主義に染まってしまってはいけないと、いや、そうでなくても娘はもう龍井で顔を上げて歩けないと思ったジョンヒの父親は、伝手（つて）を頼って娘を牢獄から出してもらい、ソウルの学校へ行かせた。一方、安セフンはしばらくずっと家にこもっていた。ジョンヒとは健全な恋人関係だったと証言したが、組織からは労働改造〔強制労働による更生〕をせよという命令が下りた。背の低い桜の木の下で、安セフンは朴トマンに、自分は責任を取って現場に行くことにしたと言った。そのとき朴トマンは、噂は本当なのかと訊いた。安セフンは事実だと答えた。朴トマンは地面にペッと唾を吐いた。唾とともに不快な気持ちも消えてくれたらよかったのだが、そのあとも長いあいだ、革命の清らかさが辱（はずかし）められたという思いを消すことができなかった。

　その後はごく自然に、安セフンに代わって朴トマンが萍友同盟を率いることになった。そのことも崔ドシクにとっては致命的だった。朴トマンが来るまでは、崔ドシクが嫌な仕事をすべて引き受けていた。ところが組織は崔ドシクではなく、朴トマンに萍友同盟を任せた。崔ドシクは、どうせ安セフンの決めたことだろうと思った。安セフンも李ジョンヒもいない萍友同盟で、崔ドシクはことあるごとに朴トマンと対立し衝突していたが、夏が過ぎ去る前に萍友同盟を脱退した。夏休みにソウルに行った崔ドシクは、そこで朝鮮共産党の派閥が率いる小さな集まりに入った。安セフンと朴トマンの派閥と、崔ドシクの派閥は、朝鮮共産党満州総局の先占をめぐって激しい思想闘争を繰り広げていた。崔ドシクにとって最大の課題は、誰よりも、もっと正確に言うと、安セフンよりも先に朝鮮共産党に入党することだった。

　安セフンも崔ドシクも結局、朝鮮共産党に加入できなかった。一九二八年十二月、コミンテルンは「十二月テーゼ」を発表し、朝鮮共産党の再建を促した。これは事実上、行き着くところまで行った派閥主義とたび重なる検挙で荒れ果てた朝鮮共産党の解体を意味した。コミンテルンは「十二月テーゼ」を通して、労働者と結びつかない小ブルジョア知識人だけで党を構成した点を強く批判した。一九二九年に入ると、各派閥を中心に党の再建運動が活発になった。安セフンはこの時期、興京(こうけい)県で南満州青年総同盟の指導のもと、農民組合を建設することに精力を注いでいた。その年の夏、朴トマンは萍友同盟を率いて、安セフンの活動している興京県に文芸宣伝(プロパガンダ)に出かけた。その間、安セフンは見違えるほど変わっていた。軟弱な知識人の面影は消え去っていた。彼は新しい時代の、新しい青年の世代がどのような肉体を持たなければならないのか、身をもって示していた。安セフンの変わりようを見て、朴トマンは彼に抱いていた不信感を捨て去った。

　その日の夜、安セフンは朴トマンにそれとなくジョンヒのことを尋ねた。朴トマンは、ジョンヒはソウルの女子専門学校で音楽の勉強をしていると話した。彼が皮肉な言い方をしたであろうことは想像がつく。安セフンはそれ以上、何も訊かなかった。僕がその話を聞いたとき、朴トマンは、一九二八年にジョンヒが共産主義を完全に捨てたと信じていた。僕は彼に総領事館警察署で見た資料のことを話した。一九二八年、ジョンヒはソウルで第四次朝鮮共産党に入った。四人の中では最も早かった。第四次朝鮮共産党は、たび重なる検挙と組織の瓦解にほとほと参っていたので、入党条件をかなり厳しくした。それでもジョンヒはすんなりと加入できた。プロフィンテルンで活動した兄、ニコライ・リーの後ろ盾があったからかもしれないが、それよりはジョンヒの入党を強く薦めた人がいたからだった。その人は、上海帰りで新幹会(シンガンフェ)*を立ち上げようとしていた朴キリョンだった。その時期、朴キリョンは民族唯一党運動に明け暮れていた。新幹会による左右合作が失敗してしまうかもしれないと考えた彼は、満州に活動の舞台を移すつもりでジョンヒに近づいた。

一九二九年、朴キリョンはすでに南満州にいた。当時、国民府の傘下にあった朝鮮革命軍で活動していた朴キリョンは、民族唯一党運動に反対し朝鮮革命軍から抜け出した若者たちを逮捕してまわった。彼に射殺された者もいた。もちろん彼にも言い分はあるだろう。だが、興京県で彼に会った安セフンと朴トマンは、朴キリョンは共産主義者ではなく、ただの狂人だと思った。安セフンも朴トマンも成人していたら、とっくに朴キリョンに処刑されていただろう。まあそんなことはどうだっていい。結局は時間の問題なのだから。安セフンは朴キリョンに殺されたようなものだった。それは朴トマンも同じだろう。ただ、いまでも誰が正しかったかはわからない。先に死んだから、あるいはあとで死んだからといって、その人が正しかったとは言えないのだ。結局、彼らはみんな死んでしまったのだから。

その日、陽が暮れる前に、敵は谷口の高地をすべて占領した。火器を動員して高地を制圧したあと、根拠地に入って家々を火で燃やした。根拠地を破壊することだけに主力を注いでいた、以前の討伐法とはまったく違っていた。今回の目的は、漁浪村ソビエトを完全に消滅させることにあった。討伐隊は根拠地を次々と迫撃砲で攻撃し、同時に稜線に沿って退却する遊撃隊を追い続けた。最後の光が山から消えるまで、尾根に押し寄せ続けるカーキ色の軍服を見ながら、根拠地の人民は遊撃隊が完全に敗退したことを知った。谷口の高地に迫撃砲の陣地を築いた敵は、山中の陣地に移動しようとする人を見ると大砲を撃ち込んだ。森から一歩も外に出られない状況の中で、人々は動揺し始めた。討伐隊に完全包囲されていた。不安が襲ってきた。死線をくぐり、情勢をさぐってきた少年先鋒隊員は、遊撃隊の主力がすでに漁浪村を抜け出したことを伝えた。それを聞いてみんなほっとため息をついた。それでも射撃はやまなかった。

「あたしは死ぬのなんて怖くない。天国に行ったら母さんと姉さんに会えるんだから。地獄はね、毎日、母さんや姉さんみたいに死んでいく人を見ないといけない、ここのこと。ここで生きるのはつらいし、体もしんどいし、耐えられない」

そばで草をむしっていたヨオクが僕に言った。ヨオクは噛んでいた草をペッと吐き出すと、僕の手を握った。

「あたしね、初めはあなたのことを何とも思ってなかったんだけど、いつのまにかこの手が好きになっちゃったのよ。あなたが初めてうちに来たとき、ソン爺さんは稀代の英雄が現れたって興奮してたんだ。馬賊やってて、革命やってて、特務をやってて首を吊る男はいっぱいいるけど、女の人のために首を吊る男なんて、間島の地にそうそういないもの。なのに、龍井に行くとき荷馬車の中で手が痛いって泣くのをそばで見ながら、ああ、この人の心はどんなに痛いんだろうって思った。心は目に見えないからどこにあるかわからないけど、手は見えるから、撫(な)でてあげたくなったの。そうしてるうちに好きになっちゃった」

ヨオクは僕の手をいつまでも撫でた。

「この手がそんなに好き?」

「うん、この手がすごく好き」

森の中のかすかな光に照らされて、ヨオクの瞳が揺れた。僕はヨオクをぎゅっと抱きしめた。萩の木のように痩せ細ったヨオクの体が、僕の胸の中に入ってきた。僕はヨオクを抱いたまま、暗闇が迫ってくる夜空を眺めた。尾根には討伐隊の灯した松明(たいまつ)の炎がきらめいていた。松明は根拠地をぐるっと囲むようにして、尾根の上で燃えさかっていた。火が焚かれてからは攻撃が収まった。一瞬にして辺りが静まり返った。尾根ごしに星が少しずつ見え始めた。

やがて夜になった。完全に暗くなるのを待ってから山中の陣地に移動するつもりだったが、包囲網を突破することができなかった。そのとき人を捜しに山を下りていた遊撃隊の残留兵力と遭遇した。彼らの話を聞いて、僕たちは根拠地が討伐隊によって完全に封鎖されていることを知った。大勢で包囲を突破できる通路はもうなかった。その日の夕方、朴キリョンは根拠地の人民たちに、森の中の松明のもとに集合せよと指示した。姿を見せない人もいた。状況が思わしくないと感づいた人たちは、すでに討伐隊に帰順していたからだった。討伐隊は武器を持って来れば歓迎したので、みな数少ない武器を奪い取って逃走した。でも何より厄介なのは、特務として再び根拠地に潜り込んでくる者たちだった。警戒の任務を負った隊員たちは、外側はもちろん、内側も守らなければならなかった。彼らの任務とは、根拠地を率いる指導部を瓦解させることだった。彼らが自分の罪を償うために誰かを殺さなければならないとしたら、まずは朴キリョンだった。だからその日の朴キリョンの行動も理解できた。もちろん、これはいまになってこそ言えることなのだけれど。

朴キリョンが松明の前に集まった人たちに、今後について話しているときだった。突然、朴トマンが現れた。彼の手には一枚の紙が握られていた。

「同志たちよ。これは一週間前に特委から県委に渡った文書だ。この文書には朴キリョンについて、とても重要なことが書かれてある」

「いまここで討議をしているのが見えないのかね？　話はあとにしたまえ」

人間への軽蔑に満ちた、燃えるような目で朴キリョンは言った。朴トマンはお構いなしに紙を振りながら言った。

「この文書には、特委巡視員の朴キリョンは民生団のまわし者である、よってただちにその職務を解く、各県委は朴を見かけたらすぐに逮捕し、特委に押送せよ、と書かれてある。この男が県委書記の孫ヨンスを民生団だと言って殺したのは、まさにこの文書のせいだったのだ。私は党の命令に従い、この男の任務を解き、逮捕する。諸君の助けがほしい」

一番前の列に座っていた遊撃隊員と赤衛隊員たちの顔に、松明の影が揺れた。あちらこちらで鉄のぶつかる音が聞こえた。森はひっそりと息をひそめていた。だが、朴キリョンは顔色ひとつ変えなかった。

「どれ、君の話を聞いてみようとするか。その文書には、なぜ私が民生団だと書かれてあるのかね?」

「この男は韓人ソビエトを画策し、韓国独立のスローガンを唱えた。これは客観的にみると、日帝の走狗である民生団と、独立軍のスローガンを実践した結果だ。さらに巡視員として遊撃区を回りながら、民生団分子を釈放し、彼らに中国人共産主義者に抗うようそそのかした、民生団の領袖の中の領袖だ。東満特委を派争主義だと非難し、反動的民族主義思想でもって中韓の民族を仲たがいさせた。これはスパイ組織である民生団の第一次目標だ」

「君も私の執行で釈放されたのではなかったかな? 私が釈放してやらなかったら、いまこうしてしゃべっていられないだろ。ということは君も民生団か? 今日、ソビエトを守るために死んでいった数多くの人民も、韓人ソビエトを画策した民生団分子ということになるな」

朴キリョンが大声で叫んだ。人々は朴キリョンと朴トマンを代わる代わる見つめた。朴キリョンが続けて言った。

「遊撃区で私が釈放してやった民生団員はみな朝鮮人だ。いや、東満州遊撃区で民生団員として処刑されたり拘禁された人たちの中に、朝鮮人でない者は一人もいなかった。濡れ衣を着せられて殺されようとしている人たちを救って日本の特務呼ばわりされるのなら、それは本望だ。国を奪われ異国をさまよう同胞たちのために、虐げられることのない自由な人民政府を作るのが日本特務のやることなら、私はいくらでも特務になろう」

「俺たちは共産主義者だ。だが、この男はただの民族主義者だ。俺たちは労働者階級の解放のために闘争してきた。今日まで俺たちが戦ってきたのは、すべてこのためだった。労働者階級が解放された日、俺たちは最終的に勝利するのだ。この男の言う韓人自治政府は、日本帝国主義者たちが並べ立てる口からの出まかせだ。われわれを永遠に奴隷としてこき使おうとする汚い策略にすぎない。過去に民族主義者たちがわれわれに偽の政府を押しつけて、日帝のやつらよりもひどく俺たちを苦しめたことがあった。共産主義者には民族も国家もない。被抑圧階級を搾取するすべての関係を断ち切ろうとするだけだ。この男はいま、聞こえのいい言葉ばかりを並べ立てているが、満州にいる韓人共産主義者たちの気勢を削ぎ、再び奴隷の境遇に陥れようとしていることには変わりない。遊撃隊員たちよ、赤衛隊員たちよ。この男の職務を解き、いますぐ逮捕せよ」

しかし、みんな目玉をごろごろさせているだけだった。敵が遊撃区を包囲し、峰々に松明が灯っている夜。野獣たちも谷を去ってしまった夜だった。誰もが寂しくてたまらない夜だった。二人の激昂した声を除けば、息遣いさえも聞こえないほど静まり返っていた。

「同志たちよ！　私を逮捕するのならいますぐするがいい。私が日本軍の犬で、朝鮮民衆の敵だと思うのなら、いますぐその銃で私を撃ち殺しなさい。われわれがここソビエトで夢見た世界が日帝の狡猾な策略にすぎないと思うなら、いますぐ私に血の代価を求めなさい。だが諸君たちが私を殺さなければ、私はこれからも韓人ソビエトを守るためにやるべきことをやるつもりだ」

　朴キリョンは依然として恐怖と混乱の中で目玉をごろごろさせている彼らを見渡すと、腰につけていた拳銃を取り出し、朴トマンに狙いを定めた。銃は遊撃隊員も赤衛隊員も持っていたが、誰ひとりとして朴キリョンを止める者はいなかった。いや、止められなかった。

「私は広州コミューン*に参加した朝鮮人共産主義者だ。自分が生きているのか死んでいるのかを忘れることはあっても、祖国を忘れたことなど一度もない。これまで私は、大勢の朝鮮人共産主義者たちが、階級と民族を解放させるために死んでいくのを見てきた。国民党特務の手で、日本帝国主義の軍人や憲兵の手で、地主の私兵の手で、彼らは無惨にも殺された。だが、彼らは決して自分の選択を後悔しなかった。拷問されるときに悲鳴をあげる者すらいなかった。それがここ東満州の共産主義者たちは、みな自分の選択を悔やみながら死んだ。これが真の共産主義の道だというなら、私は共産主義者などになりたくない。いまここで、階級が先か民族が先かを問いただすつもりはない。われわれに必要なのはただ一つ、われわれの国、われわれの国家だ。これこそがすべての朝鮮人の夢なのだ」

　銃口が自分の頭を狙っているのに、朴トマンは瞬(まばた)きさえしなかった。

「またずいぶんとロマンチックな考え方だが、その責任は誰が持つんだ？　間島に生きる俺たちがどういう人間だか知ってるか？　日帝のスパイ、もしくは中国共産党の手先。そう生まれついたんだ。あんたが韓人ソビエトを夢見るたびに、罪もない数多くの朝鮮人が死んでいく。あんたが朝鮮人だけの国家を作るのが夢だと言う瞬間、俺たちは周りから排斥される。あんたが民族解放を叫ぶたびに多くの戦士たちが処刑される。目を開けてもこれが見えないのなら、いまあんたは自分だけの理想に狂ってしまってるんだ。俺はいま死んでも思い残すことはないが、あんたを先に殺せないのは本当に残念だ」

朴キリョンは朴トマンを睨みつけた。そしてゆっくりと口を開いた。

「それはそうと、大勢の同志たちが敵と戦っているとき、君はどこにいた？　婦女会員たちまで敵の砲弾に撃たれて死んでいるとき、君はどこで何をしていた？　いまごろ現れて、民生団のことを蒸し返して、われわれを分裂させるのはなぜだ？　私を逮捕し、遊撃隊員と赤衛隊員たちを武装解除したあと、君がやろうとしていることは何だ？　それを誰に指示されている？」

朴トマンはあとずさりした。

「俺は県委にいた。県委でこの文書を捜していた」

朴キリョンが人々の方を振り返った。

「この者が県委にいたのを見た人は手を挙げなさい」

ざわめきが起こったが、手を挙げたり朴トマンが県委にいたことを証言する人はいなかった。

「正直に言いたまえ。君は誰だ？」

「俺は……、俺は……」

「こんな苦しい状況でソビエトを否定し、上層部を民生団だと言う君はいったい誰なんだ？」

朴キリョンは自分だけでなく、他の人たちにも疑えと誘導したが、朴トマンが討伐隊と手を組んだとは考えられなかった。僕の知っているかぎり、朴トマンはそんな人ではなかった。なのに彼は、朴キリョンに対する個人的な恨みで理性を失い、すべての人民を破滅に導こうとした。朴キリョンが朴トマンの行動によって、遊撃区内のすべての人を疑い始めたのだから。自分以外のすべての人を。いや、もしかすると自分自身さえも。

「君の言うとおりだな。私の目にも君は間違いなく日本のスパイで、中国共産党の手先だ」

朴キリョンは引き金を引いた。暗闇の中で銃声が轟(とどろ)いた。頭が粉々になった朴トマンの体が音を立てて草むらに倒れた。だが、それはまだ始まりにすぎなかった。

僕は道案内役の赤衛隊員のあとを必死で追いかけた。漁浪村を出たときはまだ月が浮かんでいた。遠くの方に頭道溝市街の灯りがほのかに見えてきた頃、雲が月を覆い始めた。ドロノキの葉が、青白い光と濃い暗闇の隙間でサラサラと鳴った。半分放心していたのに、低木の枝や茂みにつまずいたり、腐った落ち葉に足を滑らしたりすることもなかった。赤衛隊員は光ではなく、暗闇を頼りに前へ進んだ。暗闇にもいくつもの層があるらしい。かすかな光まで消えてしまうと、暗闇を細かくいくつもの層に分け、その層をかき分けるようにして道を探すのだとヨオクが言うのを聞いたことがある。夜道を歩かなければならない連絡員には、なくてはならない才能だった。僕にはそれを見分ける目がなかった。僕は最後まで暗闇に慣れなかった。だが、早足で歩く赤衛隊員について行くためには、歯をくいしばって前へ進んで行くしかなかった。

頭道溝市街の灯りをあとにし、さらに二十分ほど歩いた頃から、月の光が消えた。見上げる暇もなかったが、月の去った場所を占めた風の気配で気づいた。黒い木々の隙間をすり抜けるようにして、強い風が吹いてきた。冷たい風にすがすがしい気持ちになった。なぜか眉毛だけはひんやりしていた。風は峠を上っている僕たちに、帰れ、もとの場所に帰れ、と言っているようだった。先頭を切っている赤衛隊員の足取りが目に見えて遅くなった。その隙にひと息ついていると、ふくらはぎが痛くなった。山頂に上りつめた赤衛隊員は、遠くの方で揺れている灯りを指さした。

龍井の灯りだった。僕は急に龍井の街が懐かしくなった。ここからほんの十二キロほどしか離れていない。僕たちは並んで眺めた。遠くの灯りは次第に霞んでいったかと思うと、消えてしまった。やがて暗闇よりも黒い雨が降りだした。赤衛隊員は暗い谷の方へと移動した。谷に沿って下りていけば龍岩洞（ヨンアムドン）に出るらしい。暗い谷で黒い雨に降られながら、僕はヨオクのことを思った。

黒い雨は音を立てなかった。

哈爾巴嶺（ハルバれい）の麓（ふもと）に位置する龍岩洞は、両脇に山を挟み、大小さまざまな家が十軒ほどある朝鮮人の村だ。馬に乗るときの踏み台のような場所で、ここまで来たら哈爾巴嶺に上るのも簡単だし、漁浪村や薬水洞など深い谷間の村を通って白頭山（ペクトゥサン）まで行くことだってできる。流れる谷川の音に雨音が混ざると、村が近くなってきたということだ。赤衛隊員は谷川に沿って歩いた。赤衛隊員は籬（まがき）の外側に二本のドロノキがあるのを確認し、足を止めた。僕は右手で濡れた髪をかき上げた。雨の滴（しずく）が首筋を通って流れた。温かい雨だった。赤衛隊員は僕の背中をトンと叩くと、籬を押して中に入って行った。踏み石にトンと雨の滴が落ちる音が聞こえた。縁側にひょいと上がった赤衛隊員は戸を揺らしながら、「イルナム？　イルナムはいるか」と叫んだ。僕は思わず後ろを振り返った。何も見えなかった。何もかも呑み込んでしまいそうな激しく流れる谷川の音が聞こえるだけだった。赤衛隊員が何度も呼ぶと、ようやく部屋の戸が開いた。「誰だ？」「漁浪村からの客だ」。しばらく沈黙が続いた。赤衛隊員は低い声でもう一度言った。「漁浪村からの客だ」

部屋の中から誰かが出てくる気配がした。赤衛隊員は、この人は明日、客を迎えに龍井に行かなければならないから、龍井の印鑑屋まで案内してやってくれないかと言った。龍井に、と語尾を上げるイルナムの声はいやに湿っぽかった。何があっても必ず、と赤衛隊員がくぎを刺した。赤衛隊員は明け方までには薬水洞に行き、孤立した漁浪村の状況を伝え、援軍を要請しなければならなかった。やがて彼は黒い道の中に消えていった。僕は雨に濡れた靴を手に持って、台所とオンドル部屋のあいだの空間に入った。湿った土の匂いがした。背の低い女の人が入ってきて、僕の寝る布団を敷いてくれた。女の人は浅瀬の小石のようによく聞き取れない声でつぶやくと、表に出て行ってしまった。閉まった戸の隙間から雨の音が染みてきた。去年の冬から春にかけて、僕が眺めていた小さなガラス窓を思い出した。すっかり忘れていたいくつかの記憶が湯気のように、僕の体の隅々からもくもくと立ち昇ってきたかと思うと、またすぐに消えた。

夫婦が奥の間で声を殺してヒソヒソ話をしていた。長話ではなかった。女が「なぜ?」と何度も繰り返した。僕は目を大きく見開いてしばらく雨音が染み入る戸の方を見ていたが、そうっと立ち上がった。雨音が庭を埋めつくし、小川の方からやかましい水の音が聞こえてきた。夜はなかなか寝静まらず、しきりに寝返りを打った。僕は奥の間に通じる戸を開けた。気配を感じたのか、二人の話し声がぷっつりと途切れた。僕は暗闇を見つめた。当たり前だけれど何も見えなかった。僕は朴キリョンからもらった拳銃を取り出し、左手で薬室に弾を詰め込んだ。金属音がカチャッと鋭く響いた。「イルナム同志、いま何と言った」。暗闇に向かって僕が尋ねた。返事は暗闇の中に埋もれた。僕は暗闇を見まわした。「な、何も言ってない」。僕は声のする方に歩いて行った。眠っている子どもたちが足に当たった。僕はイルナムに狙いを定めた。「僕は誰だ?」と僕が訊いた。イルナムが歯をガチガチいわせた。「僕は誰だ?」もう一度尋ねた。そのとき、すぐそばにいたのか、女が僕の足にすがりついた。「助けてください。私たちはあなたが誰なのか、何にも知らないんです。サンチョルのことを話していただけです」

僕はイルナムに狙いをつけていた銃口を女に向けた。それからまたイルナムに向けた。

「この村にサンチョルという男がいた。やつも俺と同じ共産主義青年団員だった。ところが先日、今日みたいに夜遅くやって来た客に山へ連れて行かれて、民生団だと言われて殺された。だから今度は俺がそうなるんじゃないかって話していただけだ」

暗闇の中でイルナムが言った。

「だったら討伐隊の話は何だ？　正直に答えろ」

僕がそう言うと、イルナムはため息をついた。

「この村には討伐隊が連日のようにやって来るんだ。こんな状況なのに、物資をちゃんと納めないという理由で、サンチョルは消極分子のレッテルを貼られたよ。日頃から不満を抱いていたサンチョルが、自分は両側に挟まれてたまったもんじゃない、と言ったらしい。ところが、そんなことを言うのは民生団だ、と殺されてしまったんだ。お宅のことを話していたんじゃない。こんな暗い所でお宅が誰なのか俺にわかるはずもない。俺だって共産主義青年団員だ。いや、そうじゃなくても……」イルナムはしばらく黙った。「俺は同胞を売り飛ばすような真似はしない」

僕は大きく息をついて暗闇を見つめた。「いい加減なことを言うと、みんなまとめて殺すぞ」と僕が言った。イルナムは何も言わなかった。激しい雨の音だけが聞こえてきた。「いいか、僕は何があっても漁浪村に戻らなくちゃならない。少しでもおかしなことになったら皆殺しだ」。

僕が急き立てた。「俺は人間として何をするべきか心得ているつもりだ。俺は民生団じゃない。誓ってもいい」とイルナムが言った。拳銃を握っていた僕の手から力が抜けた。僕は拳銃を向けたままもといた場所に戻り、横になった。僕が部屋を出た途端、子どもが泣きだした。あたかも僕が部屋を出るのを待っていたかのように。女が泣く子どもの口を手で塞いだ。苦しそうな泣き声を聞いていると、僕は自分が憎らしくてたまらなくなった。

翌朝、僕はイルナムと歩いて龍井まで行った。道には新しく電信柱が設置されており、以前ほど検問も厳しくなかった。新しくできた道の方から時折、銃声が聞こえていた昨年とはかなり様子が違っていた。救国軍がほぼ消滅したことで、満州国の治安は安定しつつあった。山間部にはまだ土匪や共産遊撃隊が残っていたが、その力は微々たるものだった。ウーンウーンとうなる新しい電線が増えたぶん、新生満州国は強くなったように見えた。遠くの方に龍門橋が見え始めた頃から、その感じはさらに強くなった。長いあいだ山にこもっていたせいか、龍門橋の向こうに見える龍井市街地が、まるで釜山(プサン)から列車に乗って初めて上京したときに見た京城のように壮大に見えた。龍門橋を渡る直前、僕は右手の東興(トンフン)中学に続く道に並んでいる柳の木を眺めた。柳の木は朝の風に吹かれ、一斉に同じ向きに葉を揺らしていた。太陽の光を浴びた木の葉が、声を出して笑っているかのように光輝いていた。龍井の朝の通りは、薪を売る人、店や家の前を掃除している人たち、登校中の生徒たち、パトロール中の騎馬警察、仕事に向かう人たちが行き交い、慌ただしかった。

龍門橋を渡って十字路を歩きながら、雲があんな高い所に浮かんでいる、と思った。そのとき、どこかで見たことのある子どもとすれ違った。その子も僕に見覚えがあるのか、じっとこっちを見ていた。イルナムのあとをついて歩きながらも、その子のことが気になって仕方がなかった。ふと、「キム・ヘヨン先生ですか」と尋ねる声が聞こえた。僕はイルナムに「ちょっと待ってくれ」と言ってから、その子のあとを追いかけた。イルナムは僕に「先生！　先生！」と叫んだ。僕が追いかけてくるのに気づいた子どもは走りだした。登校中の生徒や、店の前で掃除をしている商人たちがこっちを見ていたが、僕は気にも留めずに走り続けた。子どもは中国人の餃子屋を通って路地に飛び込んだ。昨日降った雨で地面はどこもぬかるんでいた。子どもは泥を跳ねながら、路地の一番奥にあるバラックに入って行った。僕はその家の戸を開けて中に入った。上着を脱いだ数人の男たちが庭で話をしていた。もじゃもじゃの髭（ひげ）を生やし、全身が銅（あかがね）色に焼けた男が、僕を見るなりすっくと立ち上がって近づいてきた。その風貌からしておそらく朝鮮人だろう。僕は思わず腰に隠してあった拳銃を触った。何かただならぬ気配を感じたのか、他の男たちも立ち上がった。僕は息を切らしながら、さっきここに入ってきた子どもはどこへ行ったのかと尋ねると、男は何の用だと訊き返した。僕は、その子に訊きたいことがある、以前その子から手紙を渡されたことがあるのだが、その手紙を渡した人について訊きたい、どうしてもだ、と繰り返して言った。僕が頭のおかしい人間に見えたのか、男は首をかしげた。

　男は家の中に向かって子どもを呼んだ。男の声に、子どもは浮かない表情で出てきた。僕はその子に、僕を覚えているかと訊いた。その子は首を横に振った。僕はもう一度尋ねた。去年の秋、僕は龍井駅に向かう通りにある満鉄龍井支社で働いていた。その事務所は北京薬屋の隣にある二階建てのレンガの建物で、そのときおまえが、ある紳士に頼まれたと言って僕に手紙を渡した。覚えていないかい？　子どもは半べそをかいて頭を振った。すると男が子どもに向かって、覚えているなら覚えている、覚えていないなら覚えていないとはっきり答えろ、と大声で怒鳴った。子どもは蚊の鳴くような声で、覚えていないと言った。すると男は僕に、どういう事情か知らないが人違いのようだからさっさと出て行ってくれと言った。焦った僕は、子どもに向かって叫んだ。その人は歳をとっていたかい？　おまえにも好的（ハオダ）、笑一笑（シアオイーシアオ）と言ってたかい？　日本人？　それとも日本の軍人だったかい？　誰だ？　写真機を持っていたか？　太っていたか？　僕は頭の中に浮かぶ人の特徴を片っぱしから挙げた。男は、いますぐ出て行かないとひどい目に遭わせるぞと脅した。誰だ？　右手の薬指がない人だったかい？　そう言うと、子どもはびっくりした顔をして僕を見つめた。その瞬間、男が僕を押しのけたので、僕も男を押し返した。僕たちがとっくみ合いの喧嘩を始めると、子どもはそれ以上何も言わず家の中に逃げ込んだ。ぽかんと突っ立っている僕に、男は拳を振り上げ、僕はそのまま地面に倒れ込んだ。他の男たちが僕の腕と足を押さえて、家の外に放り投げた。全身泥まみれになった。十字路に出てきたときにはイルナムの姿は見えなかった。拳銃を腰につけたまま、僕は龍井市街のど真ん中に立ちすくんでいた。どうすればよいのか、何をすればよいのか、わからなかった。

陽ざしが強かった。中国人の店先にぶら下がっている紅灯（こうとう）は、暑さで固まってしまったかのようにびくともしなかった。時折、上着を脱ぎ捨てて野菜の入ったかごを天秤棒の両端に吊るして担いでいる中国人も見かけたが、道を行き交うのはほとんどが朝鮮人だった。道端に座った靴職人、豆乳屋、きゅうり売り、南瓜（かぼちゃ）売り、満州杏（あんず）売りたちもみんな朝鮮人だった。隅の方には、手のひらや顔の絵を貼りつけた盲人の占い師もいた。そこから日本総領事館に向かう道筋には、間島商店、満鮮雑貨店、山田商店などの大きな商店が軒を並べていた。建物の壁は土を高く積み上げただけのものだが、正面の壁は赤レンガでできていたので見た目は立派なものだった。道を歩いているときに聞こえてくるのはほとんどが朝鮮語で、その隙間を埋めるようにして中国語と日本語が飛び交う。僕はブローニング〔自動式拳銃〕を腰につけ、そんな通りを歩いた。もう何日も寝ていなかったので頭がふらふらし、足取りもおぼつかなかった。僕は何度も道行く人と肩がぶつかった。総領事館の前に来て足を止めた。総領事館は周りの建物とは比べものにならないほど堅固だった。入り口には黒いトーチカ〔鉄筋コンクリート製の防御陣地〕が設置されていた。満州の地では誰もそのトーチカを壊すことはできない。僕はその前に立って建物を見上げた。

陽ざしのせいか、あるいは昨日の昼に遊撃区で山菜粥を食べてから何も口にしていないせいか、もしくは何日もろくに寝ていないせいか、僕は立っているのもやっとだった。耳がぼうっとして、通りから聞こえてくる音が次第に遠ざかっていった。物売りたちが客寄せをする声も、すれ違う馬車の音も、遠くで子どもがむずかる声も。音が消えていくにつれ、通りを歩いている人々の姿もぼやけてきた。僕は気を確かに持とうと頭を振った。音は波のように押し寄せては引いていく。その波の狭間から日本語の号令が聞こえてくる。僕の朦朧とした意識を破るように、軍人たちが列を成して歩いてくる。彼らはこっちに向かって来ていたが、僕は身動きもしなかった。結局、誰かに突き飛ばされ、僕は道の脇に倒れた。虫けら野郎め。朝っぱらから酔ってるのか！　誰かが日本語で叫んだ。僕は起き上がろうともがきながら、またぬかるみに足を滑らせた。顔を上げると、カーキ色の軍服に脚絆（ゲートル）を巻きつけた日本兵たちが、号令に合わせて僕のそばを通り過ぎていた。彼らの表情はこわばっていた。死がすぐそこまで来ているかのように。死が目と鼻の先にあるとき、青春とは厄介なものである。死ぬのが時間の問題でしかない所では、誰もが臨終を前にした老人のようだ。銃声が鳴りやまない満州では、僕たちはみんな老人なのだ。

　青年にとって過酷な世界なら、つまり死から一番遠く離れた所にいるはずの青年たちを老人にしてしまうような世界なら、少しくらい人を殺したところで何の罪にもならない。半分死んでいる者と半分生きている者が共存する世界なら、あるいは生と死が交互につくり出す世界なら、人間を殺したからといって道徳的に非難されることはないだろう。世界が偽物で、その世界に生きる人々が半分死んでいるとき、暴力だけが最高の価値を持つ。奴隷の世界では、暴力は芸術だ。死にゆく奴隷が一人でもいるかぎり、暴力は避けられない。僕は暴力のない世界を信じなくなった。どんな世界にも死にゆく奴隷がいるということは、どんな世界においても暴力は芸術になりうるということだ。つまり、ユートピアなんてありえないのだ。ユートピアは暴力を隠蔽しようとする者たちの偽の観念にすぎない。ただ終わりのない闘争だけが、惨たらしい暴力だけが、世界を救うのだ。若さとか、彼らが青々と茂った木の下で夢見た世界は、カーキ色の軍服の中に隠れた肌のように脆いものだ。銃一発で肌はやわらかさを失い、固くなる。その日、僕のそばを通り過ぎていった若い異国の軍人たちの表情のように。誰も死から逃れることはできないのだから、人間の肌はどうしようもなく堅固で硬い世界を目指す。人間の肌はつまるところ、暴力を恋しがるのだ。誰もその世界から逃れることはできない。僕は死人のように硬い表情をした軍人たちが通り過ぎていく光景を眺めた。彼らは埃も立たない泥道を踏み鳴らしながら行進していった。若い彼らは歌を歌うのではなく、どこまでもどこまでも死に向かって行軍していく。僕が立ち向かおうとしているのは、まさにそういう残忍な世界だった。僕はようやく朴キリョンを、中島を、朴トマンを理解できるような気がした。僕は拳銃を抜き、その残忍な世界を、決して崩れることのない世界を狙撃しようと立ち上がった。腰に手を入れ、向かいの総領事館へと歩き始めた。崔ドシクを殺すつもりだった。

そのとき、誰かが僕の腕を引っ張った。イルナムだった。

「何やってんだ。こんなに酔っぱらって」

イルナムは力ずくで僕を路地につかみ出した。僕は腰の拳銃を押さえたまま、よろよろしながら引きずられていった。餃子屋から流れ出た汚物の臭いが充満している路地に入ると、イルナムは、巡査や密偵たちがうようよしている総領事館の前で、しかも隊伍を組んで行き交う日本軍に向かって、銃を手に突進してどうするつもりなんだと僕を叱った。イルナムは正気を失って立ち尽くしている僕の目を覗き込み、頬をひっぱたいた。僕は頭を振りながらその場に倒れ込んだ。僕はそばの溜まり水で顔を洗った。イルナムは僕を引っ張り起こし、龍井の地下拠点である印鑑屋に連れて行った。はんこを彫っていた店の主(あるじ)は、イルナムが話し終えると店を閉めて僕を部屋に案内した。僕は誰でもいいから殺したくてたまらなかった。本当に。自分がつまらない人間だということに耐えられなかった。僕は目を閉じた。

いつかまた中島に会うことがあったら、僕の変わりようを見せてやりたかった。以前のように二人で私服を着て、龍井の夜の街をほっつき歩きながら、間島という場所が僕たちをどのように一人前の男に仕立て上げたのかについて、意見をぶつけ合いたかった。紅灯のかかった飲み屋で酒を飲みながら、僕たちの考える未来がどれほど違ったものになったのか、だからこそ未来は、僕たちの想像を絶する世界になるのではないか、と言ってやりたかった。いつかまた中島に会うことがあったら……。しかし、峰という峰に討伐隊の松明(たいまつ)が掲げられた漁浪村の暗い森の中で、朴キリョンからジョンヒが死んだ理由を聞いてしまってからは、永遠にそんな日は来ないことを知った。総領事館の警察がジョンヒを逮捕しようと彼女の家に詰めかけたときには彼女はもう死んでいた、と朴キリョンは言った。総領事館の警察はジョンヒが自殺したと言ったが、死んだジョンヒのそばにはもう一人いた。それが中島だったと朴キリョンは言った。

だから僕が中島の頭に銃口を向けたとき、彼は以前のある冬の日と同じように、僕に撃たれるなんて夢にも思っていなかった。僕には中島を殺すだけの権利が充分にあるということを示すために、彼の右腕を撃った。中島は腕を鷲づかみにして後ろに倒れた。僕は倒れた中島にもう一度銃を向けた。中島の顔は苦痛で歪んでいたが、僕は少しも動揺しなかった。その場で中島を殺すこともできた。でもそうしなかった。僕はもう少し長く、中島を生かしておきたかった。銃声を聞いた兵士たちが中隊長室に押し寄せ、僕に銃を向けた。僕は中島の後頭部に銃を当て、いますぐにガソリンを満タンにした車と運転手を待機させろと言った。口の中の唾液が干上がった。僕がそう言っても、兵士たちは身動きもしなかった。僕はまた中島の太ももを撃とうと銃口を下げた。それを見て兵士たちはようやく動き始めた。中島は何も言わなかった。車に乗って間島臨時派遣隊駐屯地をあとにし、数か所の検問所を通って龍井を抜け出したあとも、僕の乗った車の後ろには、日本軍を乗せたトラックと憲兵隊のオートバイがもうもうと砂埃を立てながらついて来た。

いつかのように僕たちは野原を走っていた。あの頃の僕たちは、酔いの醒めていない顔で野原を眺めながら歌を歌った。駆けてゆく人生列車、駆けてゆく人生列車、黄昏の広野を通ってどこへ行く。静かに染みるノスタルジア。ああ、わが心のノスタルジア。振り返ると砂埃が青空へと舞い上がるのが見えた。その頃、愛は純粋に愛でしかなく、希望は希望でしかなかった。だが、そんな時代はもう戻ってこない。愛には疑いと憎悪が浸透し、希望は暗い森の奥に入っていかなければ見つからなかった。だから僕は野原も見ず、歌も歌わずに、隣に座っている中島のこめかみだけを見つめていた。

「揺れがひどいな」

そのとき中島が言った。

「それがどうした」

彼の目を見ながら僕が訊いた。

「この先は道が悪いからさらに揺れる。そうやってずっと俺の頭に銃を当てているのも楽じゃない。車の中にいるあいだだけでも下ろすのはどうだ？　誤って発射してしまったら、おまえの努力も水の泡になるじゃないか。それより、いまはおまえと話がしたい。かなり緊張しているようだしな。休戦の提案だ。目的地に着くまでの」

「僕はこうしている方が楽だ」

中島は目玉を動かしながら僕を見た。

「まったく、おまえというやつは。プーシキンの『大尉の娘』を読んだことがあるか？」

「なぜそんなことを訊く？」

「おまえに言いたいことがある。その話にはグリニョフとプガチョフという二人の男が出てくる。金持ちの家の息子であるグリニョフは、ある農夫の助けで道に迷わずにすんだ。その礼に自分のウサギの毛の外套を差し出した。のちにグリニョフは、悪党シヴァーブリンの悪巧みで反乱軍に捕まり、殺されそうになるのだが、反乱軍の大将が彼を覚えていた。つまり、それがグリニョフから外套を受け取ったプガチョフだったんだ。いまの俺たちみたいにこうして馬車に乗っているときに、グリニョフが言った。『昨日まであなたと戦っていたというのに、きょうは同じ馬車に乗っているんですね』。それを聞いたプガチョフが言った。『周りはみな、君がまわし者だと言うが、僕は君がくれた一杯の酒とウサギの毛皮が忘れられなくてね』」

中島は窓の隙間から入ってきた砂埃に咳き込んだ。

「おまえはグリニョフのようなやつだ。愛のためならどんなことでもするグリニョフ。おまえが俺を銃で撃つとは意外だった。どうせ共匪の真似事でもしているんだろう、というくらいに思っていた。銃を撃たなければ、たとえおまえが共匪だったとしても、俺は見逃しただろう。なぜか？　俺もまたおまえと飲んだ一杯の酒が忘れられないからだ。ところがおまえは銃を撃った。そのときようやく気づいたよ。ああ、こいつは俺がジョンヒを殺したと思ってるな。グリニョフとはそういう人間だ。愛のためならどんなことでもやる。俺の考えは間違ってるか？」

僕は答えなかった。

「ジョンヒが死んだあと、おまえも俺も取り調べを受けたよな。おまえはどうだったか知らないが、俺はこっぴどくやられたよ。ひどい扱いだった。それでも俺は供述を拒んだ。横柄な憲兵隊の上官に言ったよ。もうやめてくれ、俺から漏れた情報は何もないんだと。上官のやつは、なぜそこまで言いきれるのかと訊いた。だから俺は話してやった。去年の八月、共産主義青年団員らが大成村に集まって、鶏林村の鉄道護衛隊を奇襲して武器を奪う計画を立てていたことを俺たちは知っていた、と。もちろんその情報は漏れた。だからパク・タイとジョンヒのことが発覚したわけだ。だが、俺たちが何の成果も得られなかったかというと、そうじゃない。なぜなら特務から得た情報どおり、大成村で共産主義青年団員たちを見つけたからだ。もちろん、特務が無残にも殺された状態で発見され、同じ時間に鉄道護衛隊が奇襲されたという知らせを聞いて、興奮した討伐隊が彼らを同じように残酷に殺したことは遺憾に思う。だがいずれにせよ、大成村にも会議をした共産主義者たちがいたってことだ。彼らはいったい誰だったのか」

もちろん僕は彼らが誰なのかを知っていた。それは安セフンをはじめとする共産主義青年団員たちだった。

「いつだったか、俺たち三人で酒を飲んだことがあったよな。あの日、その討伐のことを話したときのジョンヒの表情を覚えてるか？　ああ、頼むから引き金を引かないでくれ。おまえには悪いが、あのとき俺はすでにジョンヒと親密な仲になっていた。ジョンヒは俺たちが大成村に作戦に出ることを知っていた。ジョンヒを通して機密が漏れていたのなら、あそこで共産主義青年団員らが虐殺されるようなことはなかったはずだ。そのことでジョンヒはずいぶん衝撃を受けていた。俺が思うに、犠牲者らは組織の指示で大成村に残っていた。彼らは誰か他の人間に殺されるはずだった。その後、ジョンヒを通して諜報が漏れたことは一度もなかった。俺たちの仲はもう取り返しがつかないほど疎遠になっていたしな。もちろん、憲兵隊の意見は違った」

「僕がジョンヒを愛していたのを知っていながら、よくも平然とそんな真似ができるな」

僕は言った。

「悪い、本当に悪かった。そんなつもりはなかったんだ。だが、もとはと言えば俺の方が腹を立てるべきなんだぞ。いまは俺たちの関係がおかしなことになってしまったが、あの頃の俺はおまえのことがずいぶん気に入っていた。純粋だったからな。それで余計に話せなかったんだが、初めておまえが料亭にジョンヒを連れてきたときは、正直驚いたね。あれは羅南にいた俺が間島臨時派遣隊に異動になったときだった。朝鮮人居留民会で歓迎の晩餐会をやるというから行ってみたんだが、そのとき間島朝鮮人民会で働いていた朴キリョンという男と知り合った。その男が俺に女を紹介してやるってきかないんだよ。たいへんな美人で、女学校で音楽を教えているジョンヒを。それで仕方なく何度か会ったんだ。それだけだった。憲兵隊や総領事館では朴キリョンとジョンヒが恋人同士だったと言うが、俺はそうは思わない。ジョンヒは誰も愛さなかった。むしろ、すべての男を愛したと言った方がいいだろう。朴キリョンはそんなジョンヒをうまく利用したのさ」

中島の頭に銃を当てたまま、僕は車から降りた。漁浪村の入り口を封鎖していた満州国軍と、僕たちの乗っていた車をずっと追ってきた間島臨時派遣隊の兵士たちが、僕と中島を囲み、銃を向けた。中天を超えた太陽は焼けつくように熱かった。兵士たちの額に流れる汗の一滴一滴が、彼らが動くたびに聞こえる軍靴の音一つひとつが、風に乗って流れてくる草の匂い一つひとつが、生々しく感じられた。ぐるっと囲んだ兵士たちの背後に、討伐隊の隊長である日本軍少佐が参謀たちとともに姿を見せた。少佐は、自分は何も報告を受けていないので、僕と中島を通すわけにはいかないと断固とした口調で言った。少佐は中島に、皇軍らしく死ねと言うと、日本軍中尉をひとり残して天幕に戻って行った。僕は、いますぐ中島の頭を撃つと脅した。兵士たちは少しも動揺しなかった。

「ジョンヒが死んでから、僕はいつも、人を殺したらどんな気持ちになるのだろうと考えた。僕でも、まったく違う人間になるのだろうか。たとえば、必要とあらば友人の頭にも銃を撃つような、そういうたぐいの人間になるのだろうか。自分の理想のためなら愛する女が死にゆくのも見て見ないふりができるようになるのか。いつも考えていた。世の中なんてそんなものだと周りが言うから。誰かを殺したらそれがわかるとみんなが言うから。いま、またとない機会が訪れたというのに、僕はそれを知るより先に死んでしまいそうだ。人を殺したらどんな気持ちになるのか。

そう考えるたびに僕はあなたのことを思い出した。こんな絶好の機会に、それが味わえないとは残念だ」

僕はそばの中島にささやくように言った。中島は目を閉じた。僕は手に力を入れ、引き金に指をかけた。僕たちを囲んだ兵士たちが一斉に照準機を覗いて狙いを定めた。金属音が鳴り響いた。

そのとき、中島が目を開けた。

「この者の要求を聞いてやれ。俺の運命は俺が責任を持つ。俺は死なない、ぜったいに」

中島が言った。日本軍中尉の命令に従って兵士たちは銃を下ろした。

「何が望みだ」

日本軍中尉が僕に向かって叫んだ。

「漁浪村の北側の包囲網を外せ。孤立した住民が漁浪村を出るのを見届けてから、この者を放してやる。僕たちのあとを一人でもついて来たら、こいつを殺す」

中尉は、僕たちを包囲していた兵士たちに、引き下がるようにと命令した。僕は左手で中島のベルトをつかみ、右手で彼の頭に銃口を当てたままゆっくりと歩き始めた。日章旗と満州国旗を掲げた黒い大型の天幕の裏にうずくまっている人たちが見えた。彼らは手を後ろで縛られ、ひざまずいていた。昨晩も大勢の人々が漁浪村を抜け出して帰順したに違いない。僕は兵士たちを警戒しながらも、ヨオクがいないか見まわした。約束どおり、ヨオクは漁浪村に残っていた。その代わり姜(カン)ジョンスクが目に留まった。僕と目が合うなり、彼女は頭を垂れた。

朴トマンと朴キリョンが互いに民生団だと言い合い、結局は朴トマンが死んでしまった晩、朴キリョンは全部で十五人を民生団の疑いで射殺した。僕も射殺された群れの中でひざまずいていた。朴キリョンが率いる赤衛隊員は、敵を撃つはずの弾で、彼らの頭を撃った。銃声が轟くと、人々は力なく草むらに倒れた。青白い月の光が木々の隙間から差し込んでいたのに、恐ろしく真っ暗な夜だった。討伐隊の松明の灯りが周囲を照らす一方、森の中では銃声が轟いた。誰も、生涯忘れられない、そういうたぐいの恐ろしい銃声だった。だが誰ひとりとして、狂気の沙汰だと言う者はいなかった。だから、もし討伐隊が包囲を解かなかったら、朴キリョンは根拠地にいた人々を一人残らず殺しただろう。

僕は帰順した人たちの方を見た。彼らは党の命令に絶対服従していた中心分子たちだった。そんな彼らは帰順者になり、党の命令に従わなかった者たちが最後まで遊撃区に残り、討伐隊と戦っている状況だった。僕は満州国軍が置いた障害物のそばを通って、左右を見まわしながらゆっくりとあとずさり、漁浪村へと入った。黒い天幕と、僕に銃を向けた兵士たちと、頭を垂れた帰順者たちが次第に視野から遠ざかって行った。果てしなく遠い道のりだった。僕の顔と体は汗でびっしょりになっていた。漁浪村ソビエトは、討伐隊の砲撃ですっかり灰と化していた。あちこちで煙が立ち昇り、吐き気のする焦げ臭いにおいが鼻を突いた。砲弾で切り裂かれた体や、腕や足が散らばっていた。討伐隊の容赦ない砲撃は、子どもや老人だけでなく、すべてのものを破壊してしまっていた。僕は北側の稜線に上ってみたが、誰もいなかった。彼らは山中の陣地に行く途中にある洞窟の中に隠れていた。

ヨオクが杖をついて出てきた。彼女の後ろに銃を持った朴キリョンが姿を現した。洞窟の中にはわずか二十人ほどしかいなかった。漁浪村ソビエトにはあれほど大勢の人間がいたのに、ほとんどが死んだり、それぞれ生きる道を探して、もしくは朴キリョンに民生団の容疑をかけられて逃走したりした。これで漁浪村ソビエトは完全に崩壊したのだ。朝鮮人ソビエトの崩壊は日本の討伐隊も中共東満特委も望んでいたことだったが、実際にそれを成し遂げたのは、他でもない朝鮮人だった。

彼らは武器や食糧を持って、満州国軍が出て行った北の山道に沿って歩き始めた。漁浪村の谷を完全に離れたとき、人々は歓喜の声をあげた。革命歌を歌う者もいた。朴キリョンは地形を見まわしてから、西の方に隊伍を率いた。薬水洞は漁浪村から東北の方角にある。彼が西を目指しているのを見ると、中国共産党から完全に出て行こうとしているのだろう。

僕たちが西に向かっているとき、太陽が沈み始めた。千里峰の彼方の空が、少しずつ赤く染まっていった。朴キリョンは、千里峰を越えた所に根拠地を構えて朝鮮革命軍を創設するつもりだと言った。それから僕に、これから自分の言うことを中島にも伝えてくれと言った。朝鮮革命軍はあくまで朝鮮人のための軍隊であり、朝鮮解放だけを目的とする人民の軍隊だ。朝鮮革命軍は中国からも日本からも支配されてはならない。空が夕焼けに染まるにつれ、朴キリョンの顔も赤みを帯びてきた。彼は十万人の朝鮮革命軍を養成し、祖国進攻作戦を繰り広げるつもりだと言った。そして朝鮮の地に、貧しい人々が幸せに暮らせる楽土を建設するのだと言った。やがて太陽はゆっくりと千里峰の彼方に落ちていった。

僕たちは真っ暗にならないうちに、それぞれ森に入って薪（たきぎ）を拾った。森の中はすでに暗かった。

寂寞の中に時折、鳥のさえずりが聞こえてきた。鳥の声には湿った木の匂いが染みついていた。人気(ひとけ)のない所なので、落ち葉を踏んだときに足をずっぽりとぬかるみに取られることもあった。乾いた木を何本か拾ってきて火をつけた。残っているのは僕とヨオクと中島を含め、全部で八人だった。遊撃隊員や彼らの家族の姿はなかった。僕たちを除けば、少年先鋒隊員二人と朴キリョンを警護していた赤衛隊員二人だけだった。どうやら朝鮮革命軍はこの六人で創設することになりそうだな、と中島が言った。僕たちは少年先鋒隊員が作った山菜粥を食べて凌いだ。

粥を食べたあと、朴キリョンは千里峰を越えた所にあるという村の話をした。千里峰の西側に、中国人と日本人の煩わしさから逃れ、朝鮮人だけで集まって暮らしている村があるという。高い尾根から見下ろすと、谷が一面、白い波のように見えるらしい。ススキ野原もかなわない。朴キリョンによると、その村の少年たちはみんな文字を習い、博識で、器量もよく頭もいいのだそうだ。男女が平等な権利を持ち、互いに尊重し合い、金持ちもいなければ貧しい者もいない、共に働き共に食べる。その村の蔵はつねに穀物があふれているので、泥棒がいるはずもなく、人々はいつも歌を歌い、踊りを踊る。その村を守る軍隊が朝鮮革命軍なのだ。朴キリョンはボソボソと話を続けた。

朝鮮人だけが暮らす国。もしかすると、満州で罪もなく死んだ朝鮮人だけが行ける国。

僕は空を見上げた。満天の星がいまにも降ってきそうだった。僕はそれらをぼんやり眺めた。あんなにいっぱいある星の中で、僕たちが生きている星はどの辺りにあるのだろう。僕はヨオクの手を握った。夜が明ける前にヨオクと一緒にここから逃げようと思った。朴キリョンの声が森の中に鳴り響いた。その声がやむと、また別の声が聞こえた。鳥のさえずりが聞こえてくるかと思えば、水の音に変わる。じっと耳を澄ませていると、それらの音が絡み合って、あたかも歌を歌っているようだった。ある声は女性の優しい鼻歌のようで、また別の声は太くて低い男性の声だった。もしかすると、千里峰の彼方にあるという朝鮮人の住む国から聞こえてくる歌声かもしれない。

夜が明ける前、僕は森の中で一晩じゅう響いていた歌声を聞きながら、人をひとり殺した。死ぬ瞬間、その人は口を開けたまま僕の顔をじっと見つめた。暗い暗い夜だったので一寸先も見えなかったが、僕はその人の瞳をいまでも記憶している。フンフンと、僕は鼻歌を歌った。夜と森の暗い歌に合わせて。

一九四一年八月　龍（ヨン）井（ジョン）

海はなみだち　くろい雲まから
半月がおずおずとのぞいていた
わたしたちは小舟にのりこんだ
そのとき　わたしたちは三人だった

おお　たわむれ　むごたらしいゆめ
妄想と狂気よ
夜があくびし　海がうそぶく
おお　神さま　おたすけを

太陽がのぼった　わたしたちは陸についた
そこは　花ひらき　かがやく五月だった
わたしたちは小舟からあがった
そのとき　わたしたちは二人だった

――ハイネ*

大連を発ち、新京で乗り換えた列車は十五時間かけて延吉に着いた。明月溝は十年前まで救国軍、共産遊撃隊、山林隊の根拠地に囲まれていたため、軍事都市を思わせたが、数年のうちに人家もかなり増えて、すっかり都会になっていた。明月溝から老頭溝*まで来ると野原が見えた。その野原には、移住してきた朝鮮人の耕す田畑が見渡すかぎり広がっていた。銅佛寺駅を過ぎた頃から、雨がポツポツ降り始めた。上着を脱いで寝ていた向かい席の中国人が、雨粒が体に弾けるなり、窓を開けようとしていた男に向かって「雨が降っているのに開けるな」と言い、自分で窓を下ろした。窓ガラスに雨粒がついて、野原の風景がぼやけてきた。窓を閉め切った車内はあっというまに蒸し暑くなった。天井で回っている扇風機は暑い風を吐き出していた。

延吉で降りた男は、龍井行きの列車が来るまで待合室で新聞を読んだ。「産業開発五か年計画の成果」「関東軍とソ連軍のあいだに国境衝突」などの見出しがついた記事にざっと目を通した男の目に、「吉林、間島、通化三省の連合治安粛正工作の明暗*」という記事が留まった。記者は、これまで東北の禍だった匪賊が、強力な治安粛正工作によって減り、事実上消滅したと評価していた。記事には「匪賊出現と討伐効果表」という図表も添えられていた。それによると、一九三三年に匪賊の出現した回数は一万三千七十二回、延べ二百七十万人に達した。討伐効果の面では、一九三三年に死亡者八千七百二十八人、負傷者二千三百八十一人という成果をあげた。匪賊の出現回数は、一九三五年に三万九千百五十回と最多に達したのち、一九三九年からは急減し、昨年には三千六百六十七回に留まったのを見ると、記者の言うように事実上消滅したといえるだろう。男は一九三三年の死亡者が八千七百二十八人という数字を指で押したまま、しばらく見入っていた。窓の外に降っている雨の音を聞きながら、男はじっと座っていた。

男が龍井に着いたときはもう薄暗くなっていた。龍井駅の前で人力車に乗り、旅館に向かった。人力車の屋根に雨粒が激しく降り注いだ。男は雨に濡れるのも気にせず、身を乗り出して通りを眺めた。紙の傘をさしてよろめくように歩いている日本人女性や、本を包んだ風呂敷を頭にのせて駆けていく小学生たち、手車を引いて走っている中国人労働者たちであふれていた。しかも車の通行量が増えたため、人力車は脇道を走らなければならなかった。新しい建物も増えた。昔はほとんどが正面の壁だけにレンガを積んだ偽のレンガ造りの建物だったのに、新しい建物は大連や新京のものに劣らなかった。とはいえ、数年間を哈爾浜(ハルビン)や新京、大連などの大都市で暮らした男にとって、龍井は田舎町にすぎなかった。あんなに壮大に見えた総領事館や朝鮮銀行龍井支店が、いまとなってはみすぼらしかった。

男は旅館で荷を解く(ほど)と、東興(トンフン)中学校同窓会事務室に行って崔ドシクの行方を尋ねた。いまも総領事館警察署で働いているとは思えなかった。果たして男の予想どおりだった。崔ドシクは満州中央銀行龍井事務署に勤めていた。男は同窓会名簿にある住所を手帳に書きとめた。同窓会事務室は紙もの屋にあった。紙もの屋の主（あるじ）は男に東興中学の卒業生かと尋ねた。男は、もともとは恩真（ウンジン）中学に通っていたが、反宗教闘争のときに東興に転校したと答えた。主は納得したように頷いた。それにしても見たことのない顔だねえ、と主が言った。都会の生活が長かったからすっかり変わってしまったのでしょう、と男は応じた。都会で出世したんだねえ。住所を書き終えた男は、とくに返事もせず挨拶だけして店を出た。

男はその住所に向かって歩いた。総領事館が近づくと英国丘が見えた。道端に座って雨に降られている人力車の車夫に尋ねた。いまでも英国丘には外国人宣教師がいますか。洋服を着こなし、中折れ帽もかぶった男だから、金持ちの客かと思って喜んでいた車夫は少しがっかりした様子で、日本とイギリスとの仲が悪くなってからはみんな国に帰ってしまった、と答えた。崔ドシクの住んでいるのは板の塀に囲まれた朝鮮風の家だった。塀の中で一本の背の高いひまわりが頭（こうべ）を垂れていた。男は傘をさしたまま、そのひまわりをしばらく眺めていた。家の中から、雨のせいで外に出られない子どもたちの走りまわる音が聞こえてきた。

しばらくすると、薄暮色に染まった路地には人影すらなくなった。降り続ける雨のせいで、男の靴もズボンの裾もびっしょり濡れてしまった。男はそこにもう二時間あまり立ち尽くしていた。そのとき路地の向こうから、自転車が左右にふらつきながら近づいてきた。男は門の方に歩いて行った。自転車はその少し手前で止まった。自転車に乗った人は小学生の鞄を持っていた。

「どなたです？」

「崔ドシクさんですか」

自転車を押している人に男が訊き返した。

「そうですが」

「覚えてらっしゃるかどうかわかりませんが、そう、明信女学校に通っていた李ジョンヒを知ってますね？　彼女が死んだとき総領事館で取り調べを受けた満鉄職員のキム・ヘヨンと言えば思い出してもらえますか」

崔ドシクは黙っていた。

「近くまで来たので寄ってみました。総領事館警察署は辞めたんですね」

「記憶もあやふやな昔のことだ。ここには何の用だ」

「確かめたいことがまだ残っていましてね。あのとき李ジョンヒが自殺したのをその目で見たのですか」

「何が言いたい」

「自殺するところを実際に見たのかと訊いているんです」

崔ドシクはしばらく男を見つめていた。男も視線を避けずに見つめた。口もとが緩んだ。

「自殺するのを見ましたか。その目で見たんですか」

「知ってて訊いているのか？　それとも適当なことを言っているのか」

男は答えなかった。

「そうだ。たしかにこの目で見た。俺の見ているところで自ら命を絶った」

「あなたと朴キリョンが殺したのではありませんか」

崔ドシクは力なく顔を背けた。

「違う。ジョンヒは自殺したんだ」

男は傘を下ろし、両手を広げて雨を浴びた。風が強くなり、雨粒が中折れ帽をかぶった彼の顔を叩いた。

「よく降りますね。明日の天気はどうなるのやら。あなたに会うべきかずいぶん迷いました。妻には行くなと言われました。人間はみな身勝手だから、あなたに会ったところで満足のいく話は聞けないだろうと言うのです。ちょうど妻の生まれ故郷がこの近くでしてね。僕ひとりで来てみました」

男は手で雨に濡れた顔をぬぐったあと、ため息をついた。

「その薬指のことですが、ジョンヒのために切ったのでしょう？」

崔ドシクは何も言わなかった。

「それなのに、その手でジョンヒを殺したんですか。心から愛していた女性を殺すなんて信じられません。党のためですか。それとも革命のためですか。いったい何のために。僕にはわかりかねます」

ずっと黙っていた崔ドシクが少し激昂した声で言った。

「そりゃ、あんたのためだ。ジョンヒがあんたに罪を全部なすりつけて、あの日、朴キリョンとともに遊撃区に入っていれば何も起こらなかったんだ。ところがジョンヒは行かないと言い張った。俺が彼女の家に行ったときは、もう薬を飲んだあとだった」

「朴キリョンから何もかも聞いたんですよ。ジョンヒを殺したのはあなただってことも」

「それは違う。あんなやつの言うことを信じるのか？　あれは頭のいかれた革命の裏切り者だぞ」

男は顔を背け、もう一度右手で顔をぬぐった。

「ジョンヒがなぜ、討伐隊の情報を漏らした罪を僕になすりつけなければならないのですか。本当は情報員だったあなた自身を守るために、ジョンヒを犠牲にしたのでしょう？　あなたと朴キリョンが討伐隊に嘘の情報を流して安セフンを殺したように」

「あんなやつの言うことをまともに聞くな。あいつは革命の裏切り者だ」

二人は雨に濡れたまま立っていた。

「いずれにせよ、お二人のおかげで僕は中国共産党に入り、数年のあいだ地下活動をしました。情勢は少しずつ悪化しているように見えますが、一番悲観的に見えるこの瞬間がまさに終末の前夜であるということを、僕は遊撃区で学びました。夜が更けるにつれ、夜明けは近くなりますからね。あなたはすっかり変節したようだ。朴キリョンが革命の裏切り者なら、あなたも同じだ。僕がしかるべき対応をしよう」

崔ドシクの顔を見ながら、男は外套の懐に手を入れた。崔ドシクは体をすくめ、自転車が大きな音を立てて地面に倒れた。

「俺は殺していない。死ぬのを見守っただけだ」

崔ドシクが叫んだ。

「最後の望みを聞いてやっただけだ」

「最後の望みとは?」

男は懐に手を入れたまま尋ねた。

「そりゃ、あんたに手紙を渡してほしいってことだ」

「その手紙……」

男が言いかけたとき、門が開いて二人の男の子が飛び出してきた。十歳にもならないであろう崔ドシクの息子たちだった。自分の父親がどんな人間だったのか知るよしもない、鱒のように力漲る新しい時代の子どもたち。

子どもたちは崔ドシクの手から雨に濡れた鞄を取り上げ、歓声をあげた。彼は子どもたちに早く中に入るようにと言いつけたが、彼らはなかなか父親のもとを離れようとせず、一緒に入ろうと急かせた。崔ドシクは男を見ながら、遠くから来たお客さんと話があるから先に入っていろと言い聞かせた。それでも子どもたちは頑として譲らなかった。男はその様子をじっと見つめていた。崔ドシクは聞きわけのない子どもたちを怒鳴りつけ、頭にげんこつを食らわした。小さい方の子どもが大声で泣きだした。親子三人が雨に濡れながら中腰になっていた。

「手紙を、僕に渡してくれてありがとうございました。そのことを言いたかったんです。さあ、もうお入りください」

男は泣いている子どもたちと、ぽかんと立っている崔ドシクのもとを通り過ぎ、路地を抜けた。

ずいぶん歩いた頃、傘を忘れてきたことに気づいた。だが、もう二度とあの家に行くことはないだろうと思った。男は一晩じゅう雨に降られながら、龍井市街をあてもなく歩いた。

翌日は晴れていた。男は朝食を済ませると人力車に乗って英国丘に向かった。あの日以来、目を閉じると男の頭には丘に座って眺めた風景が浮かんだ。男は長いこと想像の中にしかなかった丘に登り、遠く海蘭江のさざ波を眺めた。さざ波は一つの太陽を無数の光に分けていた。彼は丘に立って、その光の一つひとつを見ながら、懐からジョンヒの手紙を取り出した。

一九三二年九月

龍井(ヨンジョン)

比類なき花よ、
取り戻したチューリップよ、
象徴的なダーリアよ、
生きて花を咲かせるべき国は、
こんなにも静かで夢のような、
まさにこの美しい国ではないだろうか
夢なり! 常に夢なり!

——ボードレール*

いまどちらですか。私の声、聞こえますか。おそらくこれが私の最初で最後の手紙になるでしょう。こんなことになるんだったら、あなたが出張で大連に行ったとき、ちゃんと返事を書くべきだったわ。あのときも手紙を書かなきゃって何度も思ったけれど、ペンを持つとなぜか送らない方がいいような気がしたから。この手紙が届いた頃には、あなたにもわかるかもしれませんね。なぜ手紙が書けなかったのか。また、なぜ私を愛さないでと言ったのか。

いまとなっては悔やまれてなりません。私は人を愛することを怖がっていたようです。十一歳のとき冷たい海の中に入ってから、私は自分の人生にもっといろいろなことが起こればいいのにと、心から願っていました。胸に、肩に、喉に押し寄せてきたあの冷たい波のように、もっと多くの喜びと苦しみが私の体を包んでくれますように……。そして死ぬまで学び続けられますようにと。でも、もう遠い昔のことですね。

こうも言えるかしら。いままで私には何も起こらなかったのだと。この宇宙は新しく生まれたばかりで、とても静かなのだと。いままで私には目も耳も口もなかったのだと。私は何も見ていないし、何も聞いていないし、何も味わわなかった。いま私は、生まれたばかりの赤ん坊のような人間です。芽生えたばかりの新芽です。同じように、この世界も生まれたばかりなのです。かつて私が夢中になっていたあの願いはもう消えてしまいました。服にはシミだけが残り、過ぎ去った日々を語ってくれます。こうやって私は平安を得るのでしょうか？　鱒のように漲る、何ものにも負けない平安を。ようやく。

英国丘の坂道であなたと一緒に写真を撮ったことを思い出します。遠くの方から寝返りを打つように流れてくる川と、雪のように舞い散る春の白い花びら、十字架に向かって続く英国丘の坂道。写真に写ったものはどれも、私がこよなく愛した宝物でした。私が求めていたのは、それが宝物だということに気づいてくれる人、私が望むときにいつもその宝物を一緒に見てくれる人だったのです。かつて私はこの世のすべてを手に入れたいと思っていたけれど、いまでは、このくらい。いま私が知っている世界の、ほとんどすべて。

それがようやくわかったんです。いまごろになって。だから言ったでしょ。いままで私には何も起こらなかったと。いままで。だから、あなたと一緒に腰を下ろして話をするようになるまで。そのときこの世は生まれたばかりで、私は鱒のように漲る平安の中に入ろうとしていた。二人で並んで春の丘に座っていられることを愛と呼ぶのなら、死とは、もう二度とそうはできないことを言うんですね。そういうことですね。

編註

▨一九三二年九月　龍井

007　魯迅『野草』所収の「希望」（一九二七年発表、竹内好訳、岩波文庫、一九五五年）。

008　間島（カンド）……豆満江（中国では図們江）（☞115）を挟んで朝鮮半島と接する、いまの中国吉林省東部地域を指して朝鮮側の人々が名付けた呼称で、大陸進出当時の日本も援用した。現在の中国吉林省延辺朝鮮族自治州にほぼ相当し、「北間島」（☞009）とも称される。

清朝は長年、この地を含む満州地域への他民族の出入りを禁止する「封禁」政策をとってきたため、無人地帯と化していたが、十九世紀後半より豆満江を越えて間島へ移住する朝鮮農民の数が急激に増え（「己巳年」の項（☞139）参照）、彼らの帰属と徴税をめぐる問題は清と朝鮮の間で国境問題に発展した。

日露戦争後の一九〇五年に「乙巳保護条約（第二次日韓協約）」によって大韓帝国の外交権を接収し保護国化した日本は、一九〇七年に清国に対して間島居住の「韓国臣民」の生命財産保護を名目に統監府吏員を派遣すると通告し、龍井村（☞008）に韓国統監府間島派出所を設置して憲兵と警察官を配属した。これは間島を韓国領土とする主張に基づく措置であったが、一九〇九年に結んだ「間島協約（日清協約）」で一転、清国の間島領有権を認め、国境が確定した。この協約により、日本は間島を清国領土と認める代わりに、朝鮮人の居住権と土地所有権、龍井への在間島総領事館の開設（ならびに三分館設置）と警察官常駐の権利、領事裁判権などのほか、吉林から間島を通り朝鮮北部へ抜ける鉄道の敷設権（実際に全通したのは満州国建国後）をはじめ、満州における多くの権益を得た。

総領事館が置かれた龍井、局子街（延吉の別名）、百草溝（汪清県）、頭道溝（和龍県）は外国人に開放され、日本人が自由に居住し商業活動ができる商埠地とされた。一九一〇年の日韓併合時点で間島居住の朝鮮人はすでに十万人を超えていたが、併合後の朝鮮からの農業移民の数はさらに急速に増加し、一九三〇年時点の在間島朝鮮人居住者数は四十万人近くに迫ったとみられる。

一九三二年に満州国建国が宣言されると（☞016）、一九三四年に「間島省」が設置され、吉林省に属していた延吉県、和龍県、汪清県、琿春県の四県のほか、奉天省に属していた安図県もこれに加えられた。満州国においては、満州在住の朝鮮人は在満大日本帝国臣民であるとともに満州国人民でもあるとされた。

中華人民共和国が一九四九年に成立すると、一九五二年に自治区、一九五五年に自治州となる。国境を接する北朝鮮との結びつきが強いが、一九九二年に中韓国交正常化が実現してからは、韓国との人的・物的な行き来が急激に増加するようになった。

008 **吉林**(キルリム)……吉林市は吉林省中央部に位置する中国の古都で、省都の長春市に次ぐ省内第二の都市。市内には長白山(朝鮮語では白頭山)を源に北流する松花江(アムール川最大の支流)が流れる。

008 **龍井**(ヨンジョン)……現在の吉林省延辺朝鮮族自治州の中心都市である延吉から南西およそ二十キロメートルに位置する県級市。旧名は六道溝。朝鮮半島からの移民たちが龍井村と名付けて開拓した土地で、一九一〇年代から二〇年代にかけて急速な発展を遂げた。日本は中国人人口の多い局子街(延吉)ではなく、朝鮮人移民たちの中心地である龍井に在間島総領事館を設置し、間島統治と大陸進出の足がかりとした。龍井は在間島朝鮮人の商業、教育、文化の中心地となる一方で、一九一九年三月に「龍井三・一三運動」(☞207)が起こるなど抗日運動の中心地ともなった。

008 **延吉**(ヨンギル)……現在の人口は五十万人超で、今日においては朝鮮族の人口比率が過半数を超える、名実ともに吉林省延辺朝鮮族自治州の中心都市。市内の中央をプルハトン河(布爾哈通河)が東西に流れる。旧名・別名は局子街(クッジャガ)。歴史的に中国人(満州族)を中心に形成された商業地で、清朝は一九〇二年に局子街に延吉庁を設置している。満州国に間島省が設置されると省都となった。

009 **共匪**……共産党系のパルチザン(赤色遊撃隊)を指す。共産主義を標榜しゲリラ活動を展開する〝匪賊〟として「共匪」と呼ばれた。

009 **北間島**(プッカンド)……朝鮮半島からの移民が増えるにしたがい、彼らが呼称する「間島」の範囲も広がっていき、広義においては、白頭山(中国では長白山)を挟んで西側の鴨緑江(アムノッカン)上流北方地域を「西間島」、豆満江(図們江)北方地域を「北間島」と呼ぶようになった。狭義の「間島」は「北間島」を指す。

009 **南満州鉄道株式会社**……略称「満鉄」。半官半民の特殊会社として日本政府が一九〇六年に設立し、本社を租借地である関東州大連市に置いた。日露戦争勝利の結果、ポーツマス条約によってロシア帝国から移譲された東清鉄道の長春―大連間の鉄道施設と、独占的行政権が付与された鉄道付属地の経営等が当初の設立目的であったが、鉱山や学校など多角的経営を行う国策会社として、日本の中国大陸侵攻に大きな役割を果たした。

010 **間島臨時派遣隊**……一九三二年三月に満州国建国が宣言されると、四月、「朝鮮軍」部隊（日本統治下の朝鮮を管轄した大日本帝国陸軍の軍隊。朝鮮人で編成された部隊ではない）（☞016）による「間島臨時派遣隊」が編成され、間島に派遣された。間島居留の「帝国臣民（朝鮮人および日本人）」を〝匪賊〟の攻撃から保護する名目による出兵であった。

011 **ソウル**……日本は一九一〇年の韓国併合後、同年九月に首都「漢城」の名を「京城（キョンソン）」に改称したが、都を意味する「ソウル」も一般的には使われ続けた。

011 **統営**……朝鮮半島南東部に位置する港湾都市で、現在は韓国の慶尚南道の市（日本統治時代の日本語読みは「とうえい」）。十六世紀末の文禄・慶長の役の古戦場で、朝鮮水軍を率いて日本軍を打ち破った救国の名将、李舜臣にちなむ史跡が多い。作中に出てくる閲武亭は忠武公園内にある。

012 **海蘭江**（ヘランガン）……豆満江（図們江）水系支流の川で、和龍を源流として龍井市街を流れており、延吉でブルハトン河に合流する。龍井の街に入る玄関口に海蘭江を跨ぐ龍門橋がある。海蘭江沿いを開拓した朝鮮人移民たちによって龍井の街がつくられた。

013 **明信女学校**……カナダ人宣教師たちが一九一三年に設立した間島初の女学校。キリスト教精神に基づき西欧式の近代教育が行われ、龍井の英国丘（☞027）に校舎が建てられた。

016 **満州国建国**……満鉄付属地を足がかりとして日本は満州地域（中国東北部）を半植民地状態に置いていたが、一九三一年九月十八日の柳条湖事件をきっかけに満州事変が勃発し、関東軍が満州全土を占領。翌一九三二年三月一日に満州国建国を宣言した。なお、租借地である遼東半島南端の旅順と大連は「関東州」として日本の施政下にあり、満州国の領土に含まれない。

016 **敦化**（トンファ）……現在の吉林省延辺朝鮮族自治州の西北部に位置し、牡丹江上流の地にある県級市。朝鮮からの移住者は少なく、満州国時代の間島省の管轄外であったが、一九五八年に延辺朝鮮族自治州に編入された。

016 **図們**（トムン）……現在の吉林省延辺朝鮮族自治州の東部に位置し、豆満江（図們江）を隔てて朝鮮国境に接する県級市。旧名は灰幕洞であったが、敦図線の建設とともに日本の手で新興の国際都市として開発がなされ、図們に改称された。

016 **敦図線**……満州国国都の新京（長春）から吉林、敦化を経て図們に至る京図線（現長図線）の一部として一九三二年五月に建設が開始された。〝土匪〟や〝共匪〟の襲撃などに悩まされながらも、全長百九十キロメートルをわずか十一か月で完成させた。同時に図們から国境を越えて朝鮮側と結ぶ工事が竣工し、朝鮮北部（日本統治当時は「北鮮」と呼ばれた）の鉄路も満鉄の管轄下に置かれ、東京や大阪から新潟や敦賀を経由して日本海航路で朝鮮北東の羅津（ラジン）に入り新京へ至る「日満連絡」の最短ルートとして重要な路線となった。

016 **安図**（アンド）……現在の吉林省延辺朝鮮族自治州の県。敦化と延吉の間に位置するいまの中心市街地は、当時の延吉県明月溝（☞146）。

016 **救国軍**……中国人による抗日義勇軍のこと。満州事変後、中国東北地方全域で旧東北軍将兵や自衛団などのほか、〝匪賊〟と呼ばれた山林隊などによって抗日義勇軍が相次いで組織された。「王徳林」の項（☞189）参照。

016 **奉天**……現在の瀋陽。大連と長春の間に位置する中国東北地方最大規模の都市で、現在の遼寧省の省都。関東軍は一九二八年に奉天軍閥の張作霖爆殺事件を、一九三一年に柳条湖事件（満州事変）を起こしたが、いずれも奉天近郊における鉄道爆破事件である。

016 **鉄嶺**……瀋陽の北に位置し、現在の遼寧省の地級市。

016 **羅南**……現在の北朝鮮咸鏡北道の清津市に位置する（日本統治時代の日本語読みは「らなん」）。満州国建国に伴い、当時の清津（チョンジン）は羅津（ラジン）や雄基（ウンギ）とともに内地と満州を短絡する港湾都市として栄え、清津に隣接する羅南は軍都として知られた。

016 **朝鮮軍**……韓国併合後の朝鮮を管轄した大日本帝国陸軍の軍。すなわち日本軍であって、朝鮮人によって組織された軍隊ではない。日露戦争勃発を機に一九〇四年から大韓帝国へ駐留していた大日本帝国陸軍の韓国駐劄軍を前身としている。

017 **白馬の将軍伝説**……日本統治下の朝鮮半島において一九二〇年頃から、白馬にまたがった金日成将軍らが満州を駆けめぐり、日本軍を打ち破って凱旋してくるという将軍英雄伝説が広まった。北朝鮮の金日成初代国家主席（一九一二年生まれ）は抗日パルチザン活動の中で、伝説ある英雄と同じ名前を活動家名に選んだと考えられる。

017 **大韓民国臨時政府**……一九一九年四月、朝鮮人独立運動家たちが上海で組織した亡命政府。同年の三・一運動の展開のなかで組織され、朝鮮独立運動を推進した。

017 **大韓帝国**……李氏朝鮮が一八九七年から用いた国号。清国の冊封体制からの離脱にあたり、国王の称号を皇帝に変更し、国号を改めた。一九〇五年締結の第二次日韓協約（乙巳保護条約）で韓国統監府が設けられて日本の保護国となり、一九一〇年八月の韓国併合によって滅亡した。

020 **会寧**(フェリョン)……豆満江沿岸に位置する、現在の北朝鮮咸鏡(ハムギョン)北道(プクト)の都市（日本統治時代の日本語読みは「かいねい」）。川を挟んで延辺朝鮮族自治州の龍井市（当時の和龍県）と接している。満州国成立と同時に鉄路が整備される以前は、朝鮮側から間島に向かう旅客は会寧で軽便鉄道に乗り換え、豆満江に沿って北上し国境を渡り開山屯に入るルートを利用していた。

020 **銅佛寺**(どうぶつじ)……現在の龍井市老頭溝鎮(☞264)内にある地域。当時の延吉県内、京図線沿いに位置し、延吉から西におよそ二十キロメートルにある。

024 ハイネ『歌の本』所収の「帰郷」より「おまえはどうして」（一八二七年発表、井上正蔵訳、岩波文庫、一九五〇／五一年）。

026 **安東**(アンドン)……現在の韓国慶尚北道(キョンサンブクト)中部に位置する市。朝鮮王朝を代表する儒学者の李滉(イファン)の故郷で、儒教的伝統の中心地であった。

026 **沿海州**……ロシア東南部の日本海沿岸地域。間島および朝鮮北部に接し、十九世紀後半から多くの朝鮮半島出身者が移住して高麗人と呼ばれたが、スターリン時代の一九三〇年代以降、日本のスパイと疑われて多くが中央アジアに集団移住させられた。地理的に間島と連続していることから、延辺の中国朝鮮族の歴史との関わりは必然的に深い。

026 **極東共和国**……一九二〇年三月、ソ連が日本のシベリア出兵に対峙すべく建国し、一九二二年十一月まで存在した傀儡国家。

026 **シベリア出兵**……一九一八年、日・米・英・仏がロシア革命に干渉するため、チェコスロバキア軍捕虜救援の名目でシベリアに出兵。米・英・仏が撤兵した後も日本軍は駐留を続けたが、一九二二年に撤兵した。

027 **英国丘**(ヨングッドク)……英国国籍を持ったカナダの長老派宣教師たちが生活し、布教活動をしていた龍井の居留地一帯、東山(トンサン)地区を指す。龍井市街が一望できる場所に位置し、洋風の教会や住宅、作中に登場する明信(ミョンシン)女学校、恩真(ウンジン)中学校、済昌(チェチャン)病院などがあった。一帯は治外法権にあり、日本総領事館の警察に追われた朝鮮人抗日活動家がしばしばここに匿われた。

034 石川啄木の第二詩集『呼子と口笛』（生前未刊行）所収の「古びたる鞄をあけて」（一九一一年）。

035 ハイネ『歌の本』所収の「抒情挿曲」より「ばら　ゆり」（一八二七年発表、井上正蔵訳、岩波文庫、一九五〇／五一年、参照）。

040 **満州国軍**……満州国建国に伴い日本が一九三二年四月に創設した軍隊組織。同年九月締結の日満議定書によって満州国の国防は関東軍（日本軍）に委託されたため、関東軍の補佐的な後方部隊という側面が強かった。日・満・漢・鮮・蒙の五族による構成が謳われたが、日本人が幹部の多くを占め、中国人や朝鮮人の兵士たちは自民族の反満抗日勢力の〝討伐〟にあたらされた。

041 **特務**……情報収集や謀略工作を担う日本軍の特務機関のこと。

051 **千字文**（せんじもん）……書の手本に用いられた漢文の長詩。千の文字が一字たりとも重複していない。

052 **朝鮮人民会**……日本領事館の所在する地において、領事館の監督のもとで活動した親日団体。間島では一九一一年の龍井を端緒とし、一九二〇年代を通して在間島日本総領事館の管内各所に組織され、「朝鮮人居留民会」などとともに「民会」と呼ばれた。

054 **東興**（トンフン）**中学校**……民族主義的な宗教組織である天道教（チョンドキョ）が一九二一年に龍井に設立した男子中学校。

055 夏目漱石『行人』（一九一二―一九一三年発表）。

055 夏目漱石の英詩「April, 1904」（江藤淳『漱石とその時代　第二部』新潮選書、一九七〇年、参照）。

056 八木重吉「鳩が飛ぶ」（一九二五年発表の第一詩集『秋の瞳』に収録）。

057 **太平洋労働組合書記局事件**（ヌーラン事件）……一九三一年六月、同書記局書記員のイレール・ヌーランがスパイ容疑で上海で逮捕された事件。ヌーランはプロフィンテルン（赤色労働組合インターナショナル）に所属したソ連のスパイで、彼の検挙によって、上海を中心にアジア各地に張り巡らされたコミンテルンのネットワークが摘発された。

057 **咸興**（ハムフン）……現在の北朝鮮咸鏡南道（ハムギョンナムド）の道都。李氏朝鮮発祥の地（日本統治時代の日本語読みは「かんこう」）。

057 **恩真**（ウンジン）**中学校**……カナダ長老教会が一九二〇年に龍井に設立した男子中学校。明東村（ミョンドンチョン）（☞197）の明東中学や和龍県の正東（ジョンドン）中学等の中学校が、日本軍の間島出兵に伴う庚申（こうしん）年大討伐（☞205）で焼き払われたことなどにより、生徒が急増した。詩人の尹東柱（ユンドンジュ）の出身校としても知られる。

057 **東満青年総同盟**……朝鮮共産党満州総局（☞058）の指導下で、間島で広がりをみせた青年運動組織。一九二六年に「東満青年総連盟」として創立し、総同盟に改称した一九二八年には五千人余の会員を擁したが、同年の「第二次間島共産党事件」による弾圧で活動を停止した。

057 **萍友**（ピョンウ）**同盟**……朝鮮共産党満州総局の設立後、社会主義教育運動が活発化していく。一九二六年一月に「東満青年総連盟」が結成されると、同年二月には「間島女子青年会」ならびに、龍井の百二十余名の学生らを組織する

「萍友同盟」が立ち上げられた。同年八月には東興中学（トンフン）と大成中学（テソン）(☞164)に朝鮮共産党の四支部が置かれ、マルクス主義思想の普及、学習が行われた。

057 **間島共産党事件**……一九二五年に治安維持法が制定されると、日本統治下の朝鮮のみならず、中華民国領の間島においても在間島日本総領事館警察による朝鮮人の抗日運動の取り締まりが厳しく行われた。一九二七年十月の第一次事件、一九二八年九月からの第二次事件、一九三〇年三月からの第三次事件で朝鮮共産党満州総局関係者が大量に検挙される。さらに、中国共産党の呼びかけに呼応して間島各地で一斉武装蜂起に立ち上がった「五・三〇蜂起」(☞058)が一九三〇年に発生し、これに関与した朝鮮人が検挙された第四次事件が起こる。

058 **朝鮮共産党満州総局**……一九二五年四月、日本統治下の京城（ソウル）で朝鮮共産党が秘密裏に結党され、翌年にコミンテルンの承認を受けるものの、日本の官憲によるたび重なる弾圧に遭い、壊滅と再建を繰り返す。満州総局は一九二六年五月に設立され、朝鮮人が多く住む間島では農民運動や青年運動が活発化した。しかし、コミンテルンは一九二九年に朝鮮労働党の承認を取り消し、一国一党原則に従って満州総局は「五・三〇蜂起」の一九三〇年に解散し、中国共産党満州省委員会に合流した。

058 **ML派**……朝鮮共産党は党内の派閥闘争が激しく、満州総局においても「火曜派」が北満州、「ソウル・上海派」が東満州、「ML派」が南満州を主な活動拠点とした。MLはマルクス・レーニン主義の略。

058 **五・三〇蜂起**（間島共産党暴動／紅五月闘争）……コミンテルンの一国一党原則に則り、一九三〇年に入ると朝鮮共産党満州総局は中国共産党への合流に動いたが、加入条件として大規模な抗日武装蜂起が指示され、これが実行に移された。同年五月に間島の主要都市や鉄道沿線で朝鮮人共産主義者らが一斉に蜂起し、日本領事館などの官公庁、鉄道施設、電力施設などを襲撃。朝鮮人民会事務所などの親日派や中国人地主なども襲撃対象となり、一年以上にわたって断続的な暴動が間島各地で繰り広げられた。当時『朝鮮日報』記者だった詩人の金起林（キムギリム）は暴動勃発直後に現地を取材し、同紙に「間島紀行」を連載した。また日本のプロレタリア詩人・槇村浩（こう）は、この事件ののちに長編叙事詩「間島パルチザンの歌」を発表している。

063 **八道溝**（はちどうこう）(パルドグ)……延吉県（現在は市）内にあり、延吉市街地の西北に位置する。

064 **国民府**……満州地域で一九二九年に設立された朝鮮独立を目指す民族主義組織。指導組織の朝鮮革命党と朝鮮革命軍も結成された。一九二〇年代の満州で、朝鮮国境を越えて抗日武装闘争を展開した独立軍諸組織（☞131）は、離合集散を繰り返しながら、主に参議府（西間島）、正義府（南満州一帯）、新民府（北間島）の三府に再編されていたが、これらの統合を目指して設立された。

064 **哈爾巴嶺**（ハルバれい）……現在の敦化市（当時は県）の東部に位置し、汪清県、延吉市、安図県と接している。敦化駅から哈爾巴嶺駅までは東に四十キロメートル弱。

064 **興京**（こうけい）……奉天（瀋陽）から東に約五十キロメートル、現在の遼寧省撫順市新賓（しんぴん）満族自治県。清朝発祥の地である。

068 幕末の僧、月性の詩「将東遊題壁」（一八四三年作）。

072 **在理教**（ざいりきょう）……中国の民間秘密宗教で十九世紀末には全土に広まった。飲酒とアヘン吸引を厳しく禁じた。

075 ハイネ『歌の本』所収の「抒情挿曲」より「みじめな女よ」（一八二七年発表、井上正蔵訳、岩波文庫、一九五〇／五一年）。

077 **長春**（ちょうしゅん）……現在の吉林省の省都。日露戦争後、長春以南の鉄道権益を手にした日本は長春市内で鉄道付属地の開拓を進め、近代建築が並ぶ新市街地を発展させた。一九三二年の満州国建国と同時に国都（首都）と定められて「新京（しんきょう）」に改称し、大規模開発がなされて人口が急増した。

一九三三年四月　八家子

089 ニーチェ『ツァラトゥストラはこう言った』（一八八三―八五年発表）所収の「夜の歌」（氷上英廣訳、岩波文庫、一九六七／七〇年）。

091 **封窓**（ポンチャン）……採光と通風のために土壁に穴をあけた窓。窓枠がなく、内側から紙を塗って貼る。

091 **定州**（チョンジュ）……現在の北朝鮮平安北道（ピョンアンブクト）に属する市。ここでいう定州宅の「宅（テク）」は、「〇〇出身の夫人」といった意で用いられる。

093 **大同江**（テドンガン）……朝鮮半島の北西部を流れる全長四百三十キロメートル超の河川。現北朝鮮の狼林（ランニム）山脈に源を発し、平壌（ピョンヤン）を経て黄海に注ぐ。

094 **南陽**（ナミャン）……豆満江（図們江）を挟んで図們と接する朝鮮側の町で、現在の北朝鮮咸鏡北道（ハムギョンブクト）穏城（オンソン）郡に属する（日本統治時代の日本語読みは「なんよう」）。

094 **和龍**（わりゅう）（ファリョン）……龍井の西南に位置する。現在は延辺朝鮮族自治州の県級市。当時の和龍県には、いまの龍井市東南部の朝鮮国境に接する一帯も含まれた。

096 **八家子**（はっかし）（パルガジャ）……当時の和龍県内、現在の和龍市八家子鎮。同市内北東部に位置する。

097 **梅尭臣**（ばいぎょうしん）……十一世紀の中国、北宋中期の詩人。宋詩の基礎をつくった。

101 清津……現在の北朝鮮咸鏡北道の道都（日本統治下の日本語読みは「せいしん」）。満州国建国後は港湾都市として発展した。「羅南」の項（☞016）参照。

109 ソンギ餅……松の内皮を粳の粉と混ぜて作った餅。

115 豆満江／図們江……中朝国境の白頭山（長白山）に源を発し、国境地帯を東へ流れ日本海に注ぐ、全長およそ五百キロメートルの国際河川。中国では図們江と称される。同じく白頭山を源流とし、中朝国境を西方へ流れる鴨緑江（アムノッカン）は全長八百キロメートル近くに及び、黄海に注ぐ。

116 漁浪村……現在の和龍市内、当時の和龍県二道溝の村。中国共産党の抗日遊撃根拠地が築かれた。

125 琿春（フンチュン）……現在の延辺朝鮮族自治州の東端に位置する県級市。南西部は豆満江（図們江）を隔てて北朝鮮の咸鏡北道、東部はロシア沿海州と国境を接しており、南端部では中朝・中露国境が隣接する。図們江の支流である琿春河が市内を北東から西へ流れる。

　一九二〇年九月と十月、中国人の馬賊団がこの地を襲い、日本人居留民に死傷者が出る「琿春事件」が発生。日本政府は居留民の生命・財産の保護を名目に、間島に大規模な兵力を投入する「間島出兵」を強行したが、馬賊よりもむしろ〝不逞鮮人〟すなわち朝鮮人独立活動家とゲリラの討伐に力を入れ、間島各地の集落で数千名の朝鮮人を殺害した。「間島事件」あるいは「庚申年大討伐」（☞205）ともいわれる。日本においては〝不逞鮮人〟による日本領事館襲撃の蛮行と喧伝されたが、実際には中国領間島への出兵の口実に日本が馬賊を利用した謀略だとみられている。

130 ソビエト……共産党の遊撃根拠地内に築かれた小規模な革命政府。一九三〇年の「五・三〇蜂起」（☞058）をきっかけに、間島に満州初のソビエト区政府が誕生し、その後、一九三二年一月から三三年二月にかけて十一のソビエト区政府が樹立された。私有財産制の根絶を宣言して「土地革命」を実施。地主から没収した土地と財産を共有化し、共同労働、共同生活、共同分配の新秩序を敷いた。

131 永安……現在の中国黒龍江省鶏西市鶏東県東部に位置する。延辺朝鮮族自治州からは北におよそ二百キロメートルの距離にある。

131 汪清（ワンチョン）……現延辺朝鮮族自治州の県。図們の北に位置する。

131 独立軍……一九一九年の三・一独立運動の後、朝鮮独立を目指した武装勢力が再編され、朝鮮総督府の直接支配が及ばなかった間島に集結し、また農民や労働者が決起したことで、間島では朝鮮人による抗日武装組織が多数結成された。

131 **依蘭溝**（いらんこう）……当時の延吉県に属し、現在の延吉市依蘭鎮。延吉市北部に位置しており、東は図們市の長安鎮と、西は龍井市の朝陽川鎮、北は汪清県の百草溝鎮と隣接している。

132 **一・二六指示書簡**（一月書簡）……前年の「北方会議」路線（☞132）の誤りを修正すべく、中国共産党中央が満州省委員会に宛てて一九三三年一月二十六日付で発した指示「満州の各級党部および全党員に与える書簡——満州の現状とわが党の任務について」。雑多な抗日勢力を組織しての抗日統一戦線の確立が急務とされ、これを受け、満州省委は地主階級の土地の無差別な没収などの左傾路線を自己批判し、各地の抗日遊撃隊を基礎に東北人民革命軍の創設に動いた。

132 **北方会議**……一九三二年六月、中国共産党が上海で召集した「北方各省委員会連席会議」。満州事変以後、中国北方各省が日本の占領下に置かれた状況に対して、共産党の指導のもと、北方にソビエト区を建設して紅軍の革命運動を進展させ、日本帝国主義と国民党を打倒することを提起した。しかし、地主や富農を含めた義勇軍による抗日闘争が行われていた東北地方で、彼らを反革命勢力とみなして敵視することは実情にそぐわず、各地の活動に混乱をもたらす結果となった。

138 **海関**（かいかん）……中国で清代以降、海港に置かれた税関のこと。

139 **飢死年**（キサ）**／己巳年**（キサ）……ここでいう「飢死年（キサ）」は、六十年周期の「己巳年」と同じ発音。己巳の一八六九年、朝鮮北部（咸鏡道（ハムギョンド））で未曾有の飢饉が発生し、朝鮮人が間島に多数流入した。清朝は長らく、間島への他民族の出入りを禁止する「封禁」政策をとり、朝鮮王朝も自国民の間島への移住を禁ずる「越江禁止」政策を実施していた。ところが、十九世紀後半に清朝が「移民実辺」（移住奨励）政策へと転じたところに、飢饉をきっかけに朝鮮側も「越江移住」を傍観、さらには勧奨する政策に転換したため、多数の朝鮮人が間島へ移住するようになった。

一九三三年七月　漁浪村

143 ダンテ『神曲』地獄篇（山川丙三郎訳、岩波文庫、一九五二年、および、寿岳文章訳、集英社、一九七四年、参照）。

146 **明月溝**（めいげつこう）（ミョンウォルグ）……現在の延辺朝鮮族自治州の安図県明月鎮で、安図県の中心地。日本による満州支配当時は延吉県に属し、現在の安図駅は明月溝駅と称されていた。旧名は瓮声砬子。

146 **漢奸**（かんかん）……中国において、異民族や外国の侵略者の手先となる売国奴のことを指す。元来の意味は漢民族の裏切者、背叛者。

152 **半遊撃区**……抗日遊撃隊の実効支配下に置かれた「遊撃区」とは異なり、満州国行政の統治管轄下にあるものの、住民の協力のもとで抗日遊撃隊が根城とした地域。

160 **薬水洞**（ヤクスドン）……和龍県（現在は市）内に位置する。一九三〇年五月、満州初のソビエト区政府がこの地に誕生した。

164 **大成**（テソン）**中学校**……一九二一年に龍井に開校した男子中学校。儒教を重んじる民族主義系の学校として設立され、多くの民族主義者、抗日闘士を輩出した学校として知られる。

165 **東洋拓殖株式会社**……略称「東拓」。朝鮮における拓殖資金の供給と拓殖事業を目的として日本が一九〇八年に設立した半官半民の特殊事業会社。満鉄と並ぶ二大国策会社で、日本の終戦まで三十八年間にわたり朝鮮経済を支配し、水利事業、土地の経営管理、移民募集など広範囲にわたる事業を展開した。日本の植民地政策に関して特権的な利権を保有し、満州、中国、樺太、南洋諸島、さらにはフィリピンやマレー半島にも事業地域を広げた。

165 **西大門**（ソデムン）**刑務所**……日本統治下の京城（ソウル）にあった刑務所。日本が朝鮮を保護国化していた一九〇八年に朝鮮初の近代式刑務所として設置され、抗日独立運動家が弾圧、拷問、処刑された場所として知られる。

168 **李立三**（りりつさん）**路線**（第二次極左路線）……李立三は中国共産党の指導者。李は、党の最高指導権を掌握した一九三〇年、中国全土の各都市で武装蜂起をただちに組織するという急進的な方針を主張し、都市労働者の組織化と蜂起を主とする決議を党に採択させた。しかし、この都市武装蜂起路線は大きな犠牲を生んで失敗に終わり、コミンテルンから極左冒険主義として批判され、李立三は失脚する。

171 **塘沽**（タンクー）**停戦協定**（塘沽協定）……一九三三年五月、河北省塘沽（天津市）において日本（関東軍）と中国国民政府軍との間に締結された停戦協定。これにより柳条湖事件に始まる満州事変の軍事衝突は停止されたが、中国側にとっては、日本による東北三省と熱河（ねっか）省の占領を黙認し、満州国の存在を認め、河北省十九県の統治権を喪失することを意味した。

175 **二道河子**（にどうかし）……救国軍の副指揮部が所在していたが、一九三二年十一月に日本軍に占領された。現在の黒龍江省海林市二道河鎮。

182 **頭道溝**（とうどうこう）……当時の和龍県、現在の和龍市頭道鎮。一九〇九年十一月に間島日本総領事館分館が局子街（延吉）とともにこの地に置かれた。

187 **パルチザン追悼歌**……間島パルチザンを朝鮮革命の起源とする現在の北朝鮮では、革命歌謡として歌い継がれており、金日成主席や金正日総書記が亡くなった際にも吹奏楽曲に編曲して演奏された。

189 **王徳林**……満州事変後、反満抗日を掲げて蜂起し、救国軍を指揮した人物。明月溝に駐屯していた一九三一年十二月、満鉄測量隊らを射殺する「瓮声砬子（明月溝）事件」を起こし、翌一九三二年二月、中国国民救国軍の設立を宣言。五万ないし六万の兵力を擁し、黒龍江省の寧安を中心に東満と吉東の広い地域で日本軍への攻撃を繰り広げたが、一九三三年一月に戦闘に敗れてソ連領へ逃れた。

189 **東寧**……現在の黒龍江省牡丹江市に位置する県級市。ロシアと国境を接する。王徳林の救国軍の根拠地であったが、一九三三年一月に陥落した。

194 **咸鏡道**……朝鮮八道の一つで朝鮮北部に位置し、一八九六年に咸鏡北道と咸鏡南道に分割された。咸鏡北道は豆満江を挟んで延辺朝鮮族自治州に接しており、同地には咸鏡道にルーツをもつ人が多い。

197 **明東村**……当時の和龍県、現在の和龍市智新鎮に位置する、複数の集落の総称。韓国では、「国民詩人」と称される尹東柱（一九一七―一九四五）の生地として広く知られている。十九世紀末に有産階級の朝鮮人移民たちがいち早く開拓し、定着した村で、西欧式の学問やキリスト教を受け入れ、彼らが設立した明東学校は多くの知識人を輩出した。しかし、交通の便がよい龍井の街が発展を遂げ、恩真中学や明信女学校などのミッションスクールが同地に開校すると、教育の中心地は龍井へと移っていった。

197 **安重根**（一八七九―一九一〇）……黄海道（現北朝鮮黄海南道）海州出身の朝鮮独立運動家。一九〇九年十月に韓国統監府初代統監の伊藤博文を哈爾浜駅構内で射殺し、ロシア警察から日本の関東都督府に引き渡され、旅順監獄で一九一〇年三月に処刑された。遺稿『東洋平和論』は旅順の獄中で執筆した。ロシア沿海州と中国東北部を行き来して抗日活動を展開したため、間島にも幾度も滞在したと考えられる。

197 **李相卨**（一八七〇―一九一七）……李朝末期の最高官庁の官吏（議政府参賛）を務め、当時の朝鮮の最高学府である成均館館長に任命された経歴ももつ朝鮮独立運動家。忠清道（現韓国忠清北道）出身。

一九〇六年、間島初の近代教育機関「瑞甸書塾」を私

財を投じて龍井に設立し、近代教育、民族教育の普及に努めた。ハーグ密使事件により絞首刑を言い渡されるが、ロシア沿海州に亡命し、ウラジオストクを拠点に抗日独立運動を組織した。

197 **ハーグ密使事件**……一九〇七年六月、大韓帝国初代皇帝（李氏朝鮮第二十六代国王）の高宗が、オランダのハーグで開かれた第二回万国平和会議に三人の密使を送り、乙巳保護条約（第二次日韓協約、一九〇五年）の無効、すなわち大日本帝国に奪われた外交権の回復を西欧社会に訴えようとした事件。密命を受けた李相卨（元議政府参賛）、李儁（前平理院検事）、李瑋鍾（前駐露公使館書記官）の三名は議場に入ることすら阻まれ、やむなく日本の不当性を訴える声明文の配布や記者会見を行うものの、目立った成果を挙げられないなか、李儁は現地で急死してしまう（死因は謎とされているが、自決したと考える人が多い）。会議への出席を欧米列強に拒絶されたうえ、翌月、韓国統監の伊藤博文に事件の責任を厳しく追及された皇帝高宗は退位させられ、第三次日韓協約の締結に至り、日本の韓国支配はさらに強まる結果になった。

199 **減租減息**……中国共産党が抗日民族統一戦線期の解放区において広範に実施した、小作料(租)と利子(息)の引き下げ政策のこと。地主の土地の没収を一時中止し、抗日戦に動員する地主層と農民の両立を図った。

204 **孔教会**(孔子教会)……清国末期から民国初期の中国で、西洋のキリスト教に対抗するために儒教の近代的な宗教への改編を試み、孔子尊崇の「国教化」を図ろうとした「孔教運動」を展開した団体。

205 **庚申年大討伐**(間島事件)……一九二〇年九月と十月、中国の馬賊が琿春を襲い、日本領事館などを襲撃した「琿春事件」(☞125)が発生。これを〝不逞鮮人〟によるものとした原敬内閣は、居留民の保護を口実に同年十月より「間島出兵」を行い、翌年一月の撤兵までの間、朝鮮人独立活動家と抗日ゲリラの大規模な掃討作戦を実施。琿春、延吉、和龍、汪清など間島各地の集落で多数の家屋、学校、教会、穀物庫などが焼き討ちに遭い、少なくとも三千人以上の朝鮮人住民が殺害されたとみられている。

207 **戊午独立宣言書**(大韓独立宣言書)……一九一九年二月一日、満州と中国各地、沿海州、米国で活動していた独立運動家三十九名の名義で、吉林省において発表された、朝鮮独立と日本に対する武装闘争を表明した宣言書。韓国では、「二・八独立宣言」(同年二月八日、東京)、「己未独立宣言（三・一独立宣言）」（同年三月一日、京城）とともに三大独立宣言の一つと評価されている。

207　**龍井三・一三運動**（龍井事件／間島三・一三運動）……一九一九年三月十三日、多くの朝鮮人が暮らす当時の龍井村で、三・一独立運動に触発され、朝鮮独立を訴えるデモ集会が開かれた。集会後、間島日本総領事館までデモ行進が行われたが、鎮圧にあたった中国軍閥の孟富徳がデモ隊に発砲。明東学校中学部の学生を含む二十名弱が死亡し、五十名弱の負傷者と百名弱の逮捕者が出た。間島の朝鮮人たちは日本の圧力による弾圧ととらえ、四月末までに間島各地で七十回以上におよぶ抗日デモや独立集会が繰り広げられた。

208　チェルヌィシェフスキイ『何をなすべきか』（一八六三年発表、金子幸彦訳、岩波文庫、一九八〇年、参照）。

217　**延吉（ヨンギル）爆弾**……抗日パルチザンたちが根拠地で自力で製造して戦闘に使用した爆弾。金日成の回顧録にも登場しており、北朝鮮の革命精神における自力更生のルーツの一つとされている。

231　**新幹会（シンガンフェ）**……一九二七年二月に朝鮮で結成された抗日独立運動組織。民族主義者のうち非妥協的に独立を訴える左派グループと共産主義者が連帯して結成し、翌年末までに百四十を超える支会が組織され、会員数は二万ないし三万人に達した。しかし主要幹部の検挙等の弾圧により組織は弱体化し、一九三一年五月に解散した。

237　**広州（こうしゅう）コミューン**（広東コミューン）……一九二七年十二月、中国共産党が広州で武装蜂起して「広東（広州）ソビエト政府」の樹立を宣言したもの。共産党は国民党軍内の左派および広州の労働者、農民組織に蜂起を働きかけて都市ゲリラ戦を展開し、公共施設などを占領した。だが、日英米の砲艦に守られた広東軍にすぐさま奪還され、パリ・コミューンになぞらえたコミューンはわずか三日で壊滅し、七千人におよぶ犠牲者を出した。

一九四一年八月　龍井

263　ハイネ『ロマンツェーロ』所収の「夜の舟行」（一八五一年発表、井上正蔵訳『ハイネ詩集』新潮社、一九六八年）。

264　**老頭溝（ろうとうこう）**（ノドゥグ）……現在の龍井市老頭溝鎮。当時の延吉県内、京図線沿いに位置する。老頭溝炭鉱があり、満鉄は撫順炭鉱の支坑として経営した。明月溝からは南東におよそ三十五キロメートル、老頭溝駅から銅佛寺駅まではさらに東へ約八キロメートル。

265　**東北三省治安粛正工作**……一九三九年十月から一九四一年三月にかけて、吉林、間島、通化の東北三省で東北抗日聯軍の殲滅を目的として展開された。壊滅的打撃を受けた抗日聯軍の残存勢力（金日成らを含む）はソ連に脱出し、間島を舞台にした抗日パルチザン活動は実質的に終焉を迎えた。一九三三年に中国共産党がパルチザン部隊を組織した東北人民革命軍は、民生団事件を経て組織が疲弊し、コミンテルンの指示のもと、一九三六年以降に右派を含めた抗日連合軍である東北抗日聯軍へと改編されていた。

▨一九三二年九月　龍井

273　ボードレール『巴里の憂鬱』所収の「旅への誘い」（三好達治訳、新潮文庫、改版一九六五年、および、福永武彦訳、岩波文庫、一九五七年、参照）。

＊この編註は、主に左記をはじめとする文献ならびに諸資料を参照して作成しました。（編集部）

戸田郁子『中国朝鮮族を生きる』（岩波書店、二〇一一年）、中国朝鮮族青年学会編『聞き書き　中国朝鮮族生活誌』舘野晳ほか訳（社会評論社、一九九八年）、宋友恵『空と風と星の詩人　尹東柱評伝』愛沢革訳（藤原書店、二〇〇九年）、許寿童『近代中国東北教育の研究』（明石書店、二〇〇九年）、姜在彦『満州の朝鮮人パルチザン』（青木書店、一九九三年）、和田春樹『金日成と満州抗日戦争』（平凡社、一九九二年）、鄭銀淑『中国東北部の「昭和」を歩く』（東洋経済新報社、二〇一一年）、金起林「間島紀行　第一―二回」斎藤真理子訳（『中くらいの友だち』五―六号、二〇一九年）、水野直樹「在間島日本領事館と朝鮮総督府」（『人文学報』一〇六号、二〇一五年）、廣岡浄進「間島における朝鮮人民会と領事館警察」（『人文学報』一〇六号、二〇一五年）、権寧俊「朝鮮人共産主義運動と中国共産党の対朝鮮人政策」（『国際地域研究論集』一号、二〇一〇年）、上田仲雄「満州における抗日統一戦線の形成」（『岩手大学教育学部研究年報』三十七巻、一九七七年）、日本国際観光局満洲支部編『満洲支那汽車時間表』（ジャパン・ツーリスト・ビューロー、一九四〇年八月号）、「朝鮮族近現代史」（『朝鮮族ネット』ウェブサイト）[www.searchnavi.com/~hp/chosenzoku/history/]

解説
その長い夜、私たちは歌えない歌、夜が歌う歌

韓洪九(ハンホング)
(韓国現代史研究者)

キム・ヨンスの『夜は歌う』は、一九三〇年代初めの東満州地域における抗日遊撃隊の根拠地で起きた「民生団事件」を背景とした小説である。民生団事件は私の博士論文のテーマでもあるが、ひと言で説明するのは難しい。何から説明すればよいのかわからない、複雑に絡み合った事件だからである。この事件による犠牲者は少なくとも五百人に達するといわれている。日本側の資料を見ても、日帝〔大日本帝国〕による討伐で命を失った犠牲者よりも、革命組織内で殺された人数がはるかに多いことがわかる。私たちが民生団事件を理解しなければならない理由は、金日成(キムイルソン)をはじめとする北朝鮮の幹部となった元抗日遊撃隊員らの思想や、中国共産党が革命に勝利した直後になぜ延辺朝鮮族自治区〔のちの自治州〕を作ったのかを知るための重要な手がかりになるからである。五百人余りの革命家が、敵ではなく仲間の手によって殺された。その内情はいかなるものだったのだろう。私は博士論文を書いている間、これは論文よりも小説で描かれるべきではないかとずっと思っていた。論文という器には盛りきれない話を、計り知れない混沌と暗黒の深淵の中で起こった民生団事件に身を投じた人々の話を、キム・ヨンスが初めて取り上げた。

◉――名前多き地、いわくつきの地、間島

私たちが今日、延辺(ヨンビョン)と呼んでいる地は、「間島(カンド)」あるいは「東満州」とも呼ばれていた。もと

もとは「挟まれた島」という意味で「間島」といわれ、「墾島（カンド）」とも書かれた。前者には部分的に朝鮮の地であるという意味が含まれている反面、後者は開拓の地という意味合いが強い。間島〔北間島ともいう〕は、延吉、和龍、汪清、琿春などの朝鮮と隣接した県で成り立っており、満州全体から見ると東南地方の端の方にあったが、中国共産党が満州省委員会内で「南満州特別委員会」「北満州特別委員会」とともに「東満州特別委員会」を設けるほど重要視された地域である。延辺、間島、東満州などといろいろな名称がついているのは、それだけ複雑な歴史を抱えているからだ。間島は公的には中国の領土だったが、私的には朝鮮の民が開拓した土地だった。人口構成からしても朝鮮人が全体の八十パーセントを占めていたし、交通や経済活動の面から見ても、満州の他の地域よりも朝鮮とより緊密な関係にあった。

一九三〇年代初めの東満州は、日帝と東アジアの民衆が激突する最前線の地であった。そして、その前線〔朝鮮人と中国人の利害の齟齬とともに、それぞれのブルジョア民族主義と共産主義階級闘争の対立を内包した抗日闘争の内側〕はさらに混沌としていた。共産党の内部では、朝鮮人共産主義者の革命闘争、中国共産党の革命闘争、国際共産主義運動が複雑に絡み合う一方で、コミンテルンによる「一国一党」原則が強力に推し進められたからである。「一国一党」原則のもとでは、他国に在留する共産主義者は、自国の共産党ではなく在留国の共産党に加入しなければならなかった。ところが満州の場合、中国本土とは違って中国共産党の勢力は極端に弱かった。反面、朝鮮人共産主義者の活動は非常に活発だった。そこにコミンテルンが一国一党原則を強く執行したために、満州における中国共産党の党員数は急激に増えたものの、党員の九十パーセントが朝鮮人で、彼らの絶対多数は間島つまり東満州に集中していた。朝鮮人共産主義者が中国共産党に加入する際、中国共産党はこう約束した。「朝鮮革命」と「中国革命」、そのどちらも遂行してかまわないと。

しかし一九三一年、日帝が満州を軍事的に侵略すると、中国共産党は焦り始めた。党員の大多数を占める朝鮮人が中国革命より朝鮮革命に力を注いだ場合、中国革命に注がれるべき力が分散されるのではないかと恐れたのである。党は次第に朝鮮人党員が「朝鮮革命」「朝鮮独立」を叫ぶのを禁ずるようになった。

◉――民生団――光と闇、そして影

日本が満州を占領すると、一部の日本帝国主義者と間島の親日朝鮮人は、間島を満州から引き裂き、日本の植民地統治下の朝鮮に併合させようとする動きを見せた。このような動きは当然のことながら、中国人共産主義者ら（彼らは同時に民族主義者でもある）を刺激した。

一九三二年二月、間島に「民生団」という政治組織が結成された。そこにはかつて日本帝国主義に反対していた朝鮮人民族主義者や、転向した朝鮮人共産主義者たちが含まれていた。しかし日帝は、朝鮮人による間島自治や、間島の朝鮮への併合などを掲げる動きが中国の強い反発を呼び起こすことを危惧し、すぐに解散させてしまった。にもかかわらず中国共産党は、日帝が中国共産党内に民生団員をスパイとして潜入させているのではないかと疑うようになった。中共としても日本が密偵を送り込むであろうことは充分に予想していたが、党員の民族構成が複雑に絡み

合った一九三〇年代初めの間島において、朝鮮人スパイに対する恐怖は致命的なものだった。

ロシア革命後、「共産党」は被抑圧人民をユートピアに導くメシア的な存在であった。共産党が過ちを犯すはずはないという「無謬性の神話」は、党が領導する武装組織の出現によってさらに強化された。日帝の討伐によって血の海と化した村から逃げた朝鮮人移民たちは、間島の山深いところに避難民の村を作った。彼らはその避難民の村に、「ソビエト」「赤色政権」などという名前をつけた。決して過ちを犯さない党があり、その党の指導の下に必勝不敗の武装力を備えた人民政権ができたからには、次は当然、社会主義ユートピアが到来しなければならなかった。しかし、移民者たちを追ってきたのは日帝の討伐隊だった。粗末な武器しかなかった彼らは、討伐隊が攻めてくるたびにさらに山の奥へと逃げた。党は、このような状況に至ったのは、党（もしくは遊撃隊）の中に民生団スパイが潜んでいるためだと考えた。やがて日帝の討伐隊に包囲された「遊撃根拠地」は、民生団粛清という赤い魔女狩りの狂風に巻き込まれていくのである。

その後、民生団という汚名を着せられて、多くの抗日革命家が処刑された。初期に処刑された人々は、「朝鮮革命」「朝鮮独立」を主張したという政治的な理由だったが、時間が経つにつれ状況は変わった。日帝に捕まったが命からがら脱出した者や、処刑場で重傷を負って生きのびた人たちまで、容赦なく処刑された。仕事を一所懸命すると正体を隠すためだと処刑され、仕事を怠けると民生団の指令でサボタージュ（怠業）していると言われ処刑された。飯粒をこぼすと貴重な食料を無駄にしたから民生団、ご飯を焦がすと民生団、ご飯を水にかけて食べると尿が近くなって革命をさぼっている民生団、故郷が恋しいと言うと民族主義的な郷愁を助長している民生団、家族の中に民生団の容疑者が一人でもいると民生団、というふうにきりがなかった。

◉——夜が歌う歌

この巨大な混沌の中に、『夜は歌う』の主人公であるキム・ヘヨンと、多くの若者たちが巻き込まれていった。この作品は、革命を夢見る四人の若者、朴トマン、崔ドシク、安セフン、朴キリョンと女学校で音楽教師をしている李ジョンヒ、そして満鉄で働く朝鮮人測量技手で李ジョンヒに恋をするキム・ヘヨンに襲いかかった、残酷な世界を描いた物語である。

キム・ヘヨンは大連の満鉄本社から龍井に派遣された頃、日本軍の間島臨時派遣隊中隊長である中島と親しくなる。その後、朴キリョンの紹介で李ジョンヒと知り合い、恋に落ちる。ヘヨンは中島を呼んで、ジョンヒと三人でときどき酒を飲むのだが、じつは革命組織のメンバーだった李ジョンヒは、中島を利用して得た討伐隊の情報を組織に漏らしていた。やがてそのことが発覚すると、ジョンヒはキム・ヘヨンに手紙を残し、自らの命を絶つ。ヘヨンは日本の警察に連行され、そこで元共産主義者の崔ドシク（転向して領事館で警察の補助官として働いている）に取り調べを受ける。ジョンヒが革命運動に関わっていたことや自殺したことを知ったヘヨンは、釈放されたあともそのショックから立ち直れず、阿片窟で過ごす。ある日、ヘヨンはジョンヒが首を吊ったという木に自分も首を吊ろうとしたが、一命をとりとめる。彼の命を助けたのはある写真館の人で、ヘヨンはそこで養生をしながら働くことになる。じつは革命組織とつながりのある場所だということは知らなかった。ヘヨンはそこで女中をしているヨオクと恋に落ちる。ヨオクは「初めてひとりの人間として自分に接してくれた」夜学の先生を通して「革命の原理」を悟り、組織の連絡員として働いていた。ある日、ヘヨンは高等工業学校時代の恩師である中村から新しい職を紹介され、ヨオクと一緒に京城（キョンソン）〔現在のソウル〕へ行く計画を立てる。京城に発つ前、ヘヨンとヨオク、そして写真館の家族はヨオクの故郷に行くのだが、そこで村が討伐隊の襲撃を受け全滅する。ヘヨンは一命をとりとめ、ヨオクは片足を失い、あとの家族はみんな死んでしまう。その後、ヨオクは革命組織の裁縫隊に入り、ヘヨンは遊撃根拠地に行き、革命闘争に参加する。中国共産党は元満鉄職員であるヘヨンの入党を認め、彼を大連に送り、任務を与えようとする。ヘヨンは大連へ行く前にヨオクに一目会いたくて、遊撃隊長である朴トマンと一緒にヨオクのいる村に向かうのだが、その途上で討伐隊が来るという情報を入手する。それをソビエトのみんなに伝えようと引き返しているときに、民生団の疑いをかけられ逮捕される。糾弾の場で、満州で朝鮮人共産主義者が朝鮮革命のために戦うには、まずは中国革命を成し遂げなければならないと言う「国際主義者」の朴トマンと、東満州で中国共産党に入党した朝鮮人共産主義者が「自分の選択を後悔しながら死んで」いる現実に耐えられないと言う朴キリョン。二人は対立し、結局、朴キリョンが朴トマンを銃で殺してしまう。これが終わりではなかった。討伐でソビエトの大半の人が死んでしまったなかで命をとりとめたヘヨンは、中島のもとに行き、彼を人質にして、遊撃根拠地に孤立している住民たちの命を救おうとする。ヘヨンの要求を聞き入れた討伐隊は、杖をついたヨオク、朴キリョンらを解放する。朴キリョンは中国共産党と決別し朝鮮人だけで朝鮮革命軍を組織すると言う。しかしその夜、一発の銃声が鳴り、朴キリョンは殺される。数年後、ヘヨンは再び龍井に行き、総領事館の警察を辞めて満州中央銀行で働いている崔ドシクの家を訪ねる。ヘヨンはすべての悲劇の根源地でもあるジョンヒの死について、ジョンヒの手紙について、彼に問いつめる。

◉――希望の地、悲劇の地、間島

「間島」は、植民地となった朝鮮で、凶年でも朝鮮の豊年よりましな地、少なくとも腹を空かせなくてすむユートピアの地として知られていた。貧困にあえぐ多くの農民は、生きる道を求めて間島へと向かった。借金に追われて夜逃げする者も少なくなかった。だが実際に行ってみると、間島は種を植えさえすれば穀物が実るような豊かな土地ではなかった。しかも、よりよい生活を期待していた彼らは、朝鮮人を日帝の手先とみなす中国当局の弾圧を受けた。さらに、一九二九年の大恐慌、一九三〇年の間島五・三〇暴動とそれに続く白色テロ、これに抵抗する朝鮮人共産主義者らの「走狗清算闘争」、そして日帝の満州支配など、激動の歴史に翻弄されていったのだ。

間島は独立運動の根拠地となり、治安も悪かった。一九三二年の春、日本は朝鮮駐留の「朝鮮軍」〔大日本帝国陸軍の部隊〕を間島に送り、独立運動の根拠地である朝鮮人の村に討伐を行った。この討伐に対し、山奥にこもった朝鮮人たちは「ソビエト」「人民政権」を打ち立てた。この地で彼らはソビエトの主席になり、委員になり、各種革命組織の幹部となった。故郷を遠く離れて間島に移住した貧しい学のない農民たちが政治的な参与を余儀なくされたのである。農民たちが革命政治に巻き込まれたことを、主体的な参与かそれとも強制的な動員か、進歩か混沌か、光か闇かという二分法で裁断することはできない。それは動員であると同時に参与であり、混沌であると同時に進歩であり、暗闇であると同時に光であるからだ。革命の崇高な志を抱いた者同士が互いに疑い殺し合った現場に、彼らはなぜ居合わせたのだろう。間島で革命に燃えていた人々がその嵐に巻き込まれたのは仕方のないことだったのだろうか。おそらくそれは運命であり、自発的な意志のもたらした結果であろう。

◉——光と闇、そして運命と意志

間島の朝鮮人共産主義者が身を置いた世界は、「光でも闇でもないけれど、同時に光であり闇である世界」（本文より）であった。測量技手のキム・ヘヨンの言葉を借りると、「一つは地上で測量して描き、もう一つは空から写真を撮る。二つの地図は同じものなのに、まったく違う経験をする。おそらく僕は一つの地図ばかり見ていたのだ。苦しみはまさにそこから始まった」。

この二つの世界は小説の至る所で交差する。光と闇へと、天国と地獄へと。その中で主人公は、いや、間島の朝鮮人青年たちは、自分たちがいったいどのような世界に属しているのかわからなくなる。その曖昧さは、抗日闘士を民生団特務だと疑い、殺すことに向かってしまったのである。「革命万歳。単に前へならえで言っているのか、それとも死を目前にした彼らには他に言うことがないのか、ひたすら革命万歳と叫んでいる。朝鮮革命万歳でも、中国革命万歳でも、世界革命万歳でもなく、ただ、革命万歳と叫び続けた。どっちつかずの辺境で生きていくしかなかった者たちの曖昧な叫び。ただ、革命万歳」。

反民生団闘争の渦中にあった一九三三年の夏、遊撃区にいた朝鮮人共産主義者とはいったいどんな人たちだったのだろうか。作家は「正しい答えはない」と断言している。この問いに対する答えは、「誰も、彼ら自身でさえ、自分が何者なのかわからなかった」と。また作家はこう言っている。

「一九三三年に間島の遊撃区で死んだ朝鮮人共産主義者、間島の朝鮮人はそういう人間だった。彼らに客観主義などなかった。あるのは主観によって決まる、過酷な世界だった」。

朝鮮人は死んで初めて、自分が誰なのか知ることができた。この世界では「死なないかぎり自分が何者なのかを言えない存在」であり、「動かなくなった死体だけが自分が何者なのかを声に出して叫ぶ権利」があった。このような過酷な世界では、革命に身を投じていた者同士が日帝のスパイだと言って殺し合う魔女狩りを繰り広げ、やがては自分自身も魔女になってしまう。

崔ドシク（転向したふりをして警察の補助員になったが、李ジョンヒが自殺したあと本当に転向してしまった）は、大勢の人を殺した朴キリョンのことを、狂人で革命の裏切り者だと非難した。世の中を変えようと夢を抱いていた若者たちが互いに殺し、裏切り、変節し、狂人になる。本当の目的はそうではなかったはずなのに。

一九三〇年代初頭の間島の遊撃根拠地で起こった民生団事件は、二十一世紀に生きるわれわれにとっては驚きの事件である。しかもこの事件は、今日の朝鮮民主主義人民共和国（北朝鮮）を理解するにあたって決定的な要となる。金日成をはじめとする抗日武装闘争の中にいた北の指導者たちもまた、反民生団闘争の激しい波を避けることはできなかった。

この事件が残したトラウマは、主体思想、「オボイ（親）首領」と人民との間の独特な血縁的絆、自主路線、政治的生命論などに決定的な影響を及ぼした。

民生団事件が起こった歴史的文脈は非常に特殊ではあるが、そこに見られる人間の本性は普遍性を持つものである。母方父方、妻の家を含め十人以上を失った人でさえ、また日本軍との戦闘で体に銃弾を七発も撃たれ九死に一生を得た人でさえも、日帝のスパイだと疑われ殺されたのが民生団事件である。このような極限状態では、人間の本性が剝き出しになるものだ。ある人は党に対する最後の忠誠として党の誤った決断を受け入れ、ある人はこんなものは革命ではないと根拠地を去り、またある人は恐怖の中で自分が民生団だと嘘の自白をしたり、自分が民生団ではないことを証明するために仲間を民生団だと告発したりした。このような話が『夜は歌う』という作品を通して、韓国では初めて小説として描かれた。仲間が仲間を殺した間島の夜は本当に長かった。その夜が歌う歌は一つだけではないだろう。

著者あとがき

　正直言うと、この小説は出版できないかもしれないと思っていた。理由はただ一つ、気に入らなかったからだ。もちろん私は、ずいぶん前からこの小説を書こうと決めていた。いつだっただろう。一九八九年二月、英文科に合格した年、大学前の飲食店で自信たっぷりにマルクス主義について語っていた先輩たちを横目で見ていたときだっただろうか。あるいは一九九四年四月、大学の図書館で「北朝鮮を爆撃せよ」と書かれた月刊誌の記事や、『民族文化大百科事典』に載っている北朝鮮の地名を見ていた頃だっただろうか。その頃の私は、生まれて初めて目にする北朝鮮の地名をタイトルにして、北朝鮮の方言で詩を書いていた。いま思うとおかしなことだ。一度も行ったことのない、しかも当分のあいだ行けそうにない所に思いを馳せながら詩を書くなんて。まあ、私はそういう人間だ。これはとうてい書けないだろうなと思うと、むしろ書きたくなる。この小説もそうだった。

　一九九五年、苦労の末に私はこの小説の最初のバージョンを書き上げた。その小説には全徳元（チョンドグォン）〔一八七一―一九四〇〕という復辟（ふくへき）主義者――朝鮮王朝を復古させようと武装闘争を行った人――が登場する。

新しい時代が到来したというのに古い考えを貫こうとすると、反対派が出てくるのは当然だ。結局、彼に対抗する共和主義を主張する分派が生まれて、独立軍は二つに分裂した。それで終わればよいのだが、その後、分裂した二つの派は日本軍にではなく、同族同士で銃を向け合うことになる。しかも、韓国を独立させるために満州に渡った者同士が殺し合ったのだ。いったいなぜこんなことが起こるのか。それが私にとって最初の疑問だった。現代と一九二〇年代を行き来しつつ書いていたが、原稿用紙二百五十枚のところで止まってしまった。のちに私は全徳元に関連のある部分を捨て、現代の部分だけを『七番国道』という小説に書いた。『七番国道』と同族間の殺し合いなどは、一見何の関係もなさそうに見える。あらためて言うまでもないが、これで最初のバージョンがいかにいい加減なものだったのか想像がつくだろう。

もう一つ、おかしな話をしよう。私はもともと何かを切実に望めば、この世の万物がその願いを聞いてくれると信じている。その代わり、願いが叶うまで切実に望み続けなければならない。私はそんなおかしな人間だ。だから最初のバージョンが完全な失敗作に終わっても、相変わらずこの小説を書きたいと思っていた。それからしばらくして世界が動き始めた。まず、和田春樹。彼は『金日成と満州抗日戦争』という本を書いた（日本語版、韓国語版ともに一九九二年刊）。私はこの本の中に、魏拯民（中国共産党東満特委書記）が書いた次のような報告を見つけた。「金日成。高麗人、一九三一年入党。勇敢で積極的、中国語を話せる。元遊撃隊員である。民生団という供述がすこぶる多い」。私はこのとき、初めて「民生団」のことを知った。全徳元部隊が同族を殺したことよりも引きつけられるものがあった。そうして数年が過ぎ、一九九九年に『満州地域の韓人民族運動史』（辛珠柏（シンジュベク）著）という本を読んだ。この本の第四章四節に、東満州遊撃区の反民生団闘争についてくわしく述べられている。その頃、私は出版社の記者を装って辛珠柏氏にインタビューをした。別れ際に私は、いつか満州の抗日闘争の内情について小説を書こうと思っていると告白した。その他にも、延辺大学歴史科の金ソンホ氏の博士論文「一九三〇年代延辺民生団事件研究」という文献も見つけた。ついに民生団事件だけを扱った文献を手に入れたわけだ。そして私の当初の願いは最終的に、この本にも解説を書いてくれた韓洪求（ハンホング）先生の博士論文「傷ついた民族主義——一九三〇年代間島における民生団事件と金日成」によって叶った。

だからといって一気に書けるわけではなかった。万有引力の法則が成立する空間なら、宇宙でも同じことだ。考えるだけでは何もできない。数年が過ぎてもなかなか小説を書き始めることができなかったので、二〇〇三年、私はついに延辺に行くことに決めた。延辺に行くのは初めてだったので不安だった。だが、どこに行っても助けてくれる人はいる。当時、交換教授で延辺大学に滞在していた培材（ペジェ）大学国文科のチョン・ムングォン先生、彼の紹介で知り合った延辺大学の金グァンウン先生、金ホウン先生、禹（ウ）サンニョル先生のお世話で、いろいろな資料を手に入れたり、延辺の実情を理解したりすることができた。延辺大学留学生寮の守衛のおじさんたちは、一人暮らしの私が寂しくないようにと、よくアルコールを提供してくれた。あと、延吉市内にある「大宇宙城」のことも記しておきたい。劇場式のレストランで、いろいろな民族の言葉が行き交うところだった。そこで私は国境を越えた所にある荒野がどういうものなのか想像した。最後に、延吉第十中学校朝鮮語教員の金ジョムスン先生がいなかったら、延吉での生活はもっと大変だったと思う。これらの方々のご助力で、私は延吉に滞在していた二〇〇四年にこの小説の第一稿を書き上げることができた。小説を書いているあいだは、カナダ出身のワールドミュージック歌手 Matthew Lien とドイツのゴシックメタル・デュオ Mantus の音楽、そしてリリースされたばかりだったキム・ユナのセカンドアルバムが私を助けてくれた。

しかし、世の万物に助けてもらったのはそこまでだった。第一稿を書き上げたあとも、私の心の中にはずっともやもやしたものがあった。何度も書き直そうと思ったが、そうできなかった。第一稿が気に入らなかったからなのだが、なぜ気に入らないのかが正確にはわからなかった。ただ、このまま本にしてはいけないと思った。周りに『夜は歌う』はいつ出るのかと訊かれるたびに、次の季節が来る頃には出せるだろうと答えていた。その後、何度も季節が変わった。一年、また一年と、月日は虚しく過ぎていった。そうしているうちに私はそのもやもやしたものの正体がわかった。それは、主人公のキム・ヘヨンがジョンヒを殺した者たちに復讐をしなかったからだった。当然、キム・ヘヨンは崔ドシクを殺さなければならない。それが正義だから。何があっても仇(かたき)は討つべきなのだから。だから私はそのように結末を変えた。ところがそうすると余計に、この本は出してはいけないような気がした。なんてことだ。よりよい世の中を作ろうと誓った者たち同士が殺し合う話だなんて。こんな話を本にして、いったい何の意味があるのか。私に小説を書かせた最初の動機は結局、何も解決されていないのだ。しかたない。私は思った。ダメなものはダメなんだ。私は原稿から手を引いた。

二〇〇七年、私は『君が誰であろうと、どんなに寂しくても』を書いた。この小説を書きながら、私が二十代の頃、世の中に対してどんな疑問を抱いていたのか思い出した。世の中はなぜ、私たちが切実に望んでも変わらないのか。それが私たちの生きる世界なら、私たちはただ現実に適応し、権力に服従して生きなければならないのか。これ以上、何かを切実に望んではいけないのか。『君が誰であろうと、どんなに寂しくても』を書きながら、私はこれらの疑問に答えがあるかもしれないと思うようになった。もしかすると、望むことと、その望みが叶うこととは何の関係もないのかもしれない。望んだからといって叶うわけではない。望むのは原因ではなく、それ自体が結果なのだ。ともあれ、私は『君が誰であろうと、どんなに寂しくても』を書いた。書き上げてみると、二十代の自分が理解できた。何も変わらないように見えるこの世界が理解できたのではなくて。

そして二〇〇八年になった。ある新聞社の要請で五月三十一日、私はろうそくデモの記事を書くために市庁前に出かけた。その晩のデモ隊は孝子洞（ヒョジャドン）の辺りまで押しかけ、私は他の人たちと一緒に戦闘警察隊の前で座り込みをした。久しぶりに戦闘警察隊の前に座ってみると、これまでの人生で私が味わったすべての恐怖、公権力への無意識的な恐れがそっくりそのままよみがえってきた。若い人たちはどうだかわからないが、私ぐらいの歳になるとわかる。結局、私たちはやつらに鎮圧されるだろう。焦った。そのとき、後ろから南総連〔光州全南地域の総学生会連合〕の旗を持った学生たちが現れた。それを見た瞬間、おかしなことに安心した。私たちの世代にとって、南総連というのはそういう存在だから。旗を持って警察隊の前にまで来た彼らは、スクラムを組んでそこに座った。何人かが前に出た。スローガンを叫ぶだろう、そう思った。ところが、彼らは突然、歌を歌いながらダンスを踊りだした。思いもよらない光景を見て、私は思わず笑ってしまった。なんて子たちだ……としばらく笑った。翌日の明け方、警察がデモ隊を暴力で鎮圧したとき、私が怒りを覚えたのはそのためだった。あんな新しい子たちに、そんな古くさいやり方で対応するとは。時代遅れの老いぼれどもが。

世の中の万物は再び私の望みを聞いてくれた。その学生たちを見て、何もかもが明らかになった。多くの人が望んでいるかどうかは別として——もちろん個人的にはそうでない確率が高いけれど、いずれにせよ、私たちは昨日と違う世界に生きている。昨日とは違う新しい世界。それが大事なのだ。必ずしも復讐をする必要はないのだ。いますぐ正義が勝たなくてもいい。今日が昨日と違う、新しい世界なら。そして私はこの小説のラストを書き直した。あの日、警察の前でダンスを踊った学生たちのおかげだ。恐怖におののいていた瞬間に笑わせてくれた彼らに感謝の言葉を伝えたい。老いぼれどもはもう踊れない。私は踊る人たちが好きだ。私もまた踊れたらいいのに。あの学生たちのように。

二〇〇八年九月

キム・ヨンス

訳者あとがき

僕は、間島（カンド）の地で生きていく朝鮮人は、死ぬまで自分が何者なのかわからない存在だということに気づいた。彼らは境界に立っていた。見方によって民生団にもなるし、革命家にもなった。（本文より）

民生団とは、満州国が建国された一九三二年、日本支配下の間島における朝鮮人自治を掲げて結成された政治組織のことである（間島と民生団については韓洪九氏の解説を参照されたい）。その組織の存在は、抗日組織内の中国人と朝鮮人の対立、矛盾を助長し、同族同士が自分たちの中に裏切り者がいるのではないかと疑い、殺し合う結果を生んだ。民生団ではないかという理由で、多くの朝鮮人幹部や活動家が粛清されたのである。関東軍、中国共産党、朝鮮人活動家などの思惑が渦巻く、混沌とした三〇年代の満州東部、間島という空間では、生きているあいだは、誰も自分が誰なのかわからないのだ。

著者キム・ヨンスが『夜は歌う』を書いたのは、この事件の存在を知ったことがきっかけだった。なぜ同じ朝鮮人同士が殺し合うのか？　自分は誰なのか？　人が存在するとはどういうことなのか？　何のために死ぬのか？　そのような根源的な問いを投げかけるところから、この物語は始まる。

本書『夜は歌う』は、二〇〇八年に文学と知性社から出版された（二〇一六年に文学トンネから再刊）。キム・ヨンス（金衍洙）は一九九四年に小説家としてデビューして以来、『七番国道』『二十歳』『グッバイ、李箱（イサン）』『僕がまだ子どもだった頃』『君が誰であろうと、どんなに寂しくても』『波が海のことなら』などの話題作を次々と発表し、韓国文壇を代表する作家の一人として旺盛な創作活動を続けている。『夜は歌う』はキム・ヨンス文学を象徴する一作であると同時に、現代韓国文学を代表する作品の一つでもある。

訳者はこれまで著者のいくつもの作品を読みながら、もちろんひとくくりにすることはできないが、『夜は歌う』をはじめとするキム・ヨンス文学の大きな軸に、「一九三〇年代」と「境界」を挙げられるのではないかと思っている。

これは小説家としての彼のスタンスとも関係があるかもしれない。このことに関しては、日本の雑誌に掲載された著者の発言を紹介したい。

> 私が見つめてきた世界は、ふたつの相反するものが存在していました。（略）集団主義と個人主義のふたつが共存しぶつかり合っているのが、私の成長過程において重要なテーマでし

た。国家のような大きな空間と、個人的な部屋。この両方をもとうとすると、どんなかたちであれ葛藤が生まれます。そうした葛藤が、自分の作品のテーマにもなっています。

（金衍洙×崔恩栄「相克と鬱憤——時代の渦動のなかで書く」『STUDIO VOICE』四一五号、二〇一九年九月）

『夜は歌う』の舞台となる一九三〇年代の朝鮮半島は、現在のように北と南に分かれておらず、満州とも陸続きだった。当時のソウル（京城）はモダンボーイ、モダンガールが闊歩し、カフェ、ジャズ、恋愛などの花を咲かせたルネサンスともいえる時期だった。日本に併合された一九一〇年前後に生まれ、生まれながらにして国を持たない李箱、白石、金起林ら多くの詩人、文人たちが活躍した時期でもある。植民地でありながら、どこか浪漫的な雰囲気を醸し出す時代としても、映画やドラマにもよく描かれる。

同じ頃、地理的に隣接する中国東北部には、日本の傀儡国家としての満州国が建国されていた。満州には荒野があり、一攫千金を夢見るアメリカ西部のようなイメージがある。実際、一旗揚げようと夢見て、あるいは生きるための土地を求めて、朝鮮半島からだけでなく近隣の国からも多くの人が境界を越えて移住した。いまでもノスタルジーのようなものを感じている人がいるのも、そのためだろう。

同時に、日本の軍隊が君臨しているその地では、朝鮮人の活動家たちが抗日運動を行い、抗日パルチザン内で中国共産党との民族的な矛盾を拡大させていた。そこは、「朝鮮人の通訳と朝鮮語で話すと童セヨン（中国人）が疑り、朝鮮人の通訳が童セヨンと中国語で話すと僕が疑い、僕と童セヨンが日本語で話すと朝鮮人の通訳が疑うという図式」が背景になっている地でもあった。著者は、相反するものが混在するその地に、キム・ヘヨンという主人公を放り込んだ。満州に行ったキム・ヘヨンはこうつぶやく。

黄海と渤海の境界にある海辺に行き、しばらくぼんやりと海を眺めた。遼東半島の最南端に位置するそこは、左側には黄海、右側には渤海があった。陽が暮れるまでその二つの海を同時に眺めながら、僕は二つの世界について考えた。昼間の世界と夜の世界。光の世界と暗闇の世界。

キム・ヘヨンは、日本の統治下に入った一九一〇年に朝鮮半島の南端に生まれた。満鉄に入社するほどのインテリで、エリートの道を歩むはずだった。彼は一九三二年の春、新線建設の測量技手として間島の龍井（ヨンジョン）に転勤を命じられる。彼の名前は、著者の代表作『グッバイ、李箱』（二〇〇一年）に出てくる李箱の本名、キム・ヘギョンの「ヘ」と、著者キム・ヨンスの「ヨン」を合わせている。もともとは独立運動にも、共産主義と民族主義の対立などにも関心のない、詩を愛してやまない文学青年だ。満州に行っていなければ、李ジョンヒという革命家に恋をしなければ、詩人になっていたかもしれない。しかし彼は、満州の狂気に呑み込まれ、予想もせぬ深い闇の世界へと入っていく。

従来のリアリズム小説は、国家とか民族といった大きな物語の中に、そこで生きる個人を浮かび上がらせていた。ところがキム・ヨンスは、ひとりの人間を歴史の中に放り込み、その中で彼／彼女がどう生きていくのかを描いている。『夜は歌う』に描かれた三〇年代の間島は、著者の徹底した資料調査をもとに築かれた虚構の世界だ。実在する人物の名前や固有名詞などを微妙に変えているのがわかる。本書に描かれているのは、民生団事件の真相を突きとめることではなく、不条理な状況で真実と闘っている人間像だ。間島だろうと遊撃区であろうと、若い男女は恋愛もするし、愛の詩も歌う。彼らは「いま」を生きている私たちの姿でもある。民生団という惨憺たる事件を扱っているにもかかわらず、どこか抒情的でロマンティックで、現実離れしているように感じられるのはそのためだろう。

この物語に出てくる人たちは歴史書に載っているような英雄ではない。彼らはみな、人権などなかった野蛮な時代に、夜空の星のように瞬(またた)いた尊い命だ。明日は今日よりも生きる希望があるのか？　彼らの声が聞こえてくるようだ。

ふと、死んでしまった多くの若者たちは、生きていたらその後、どこでどのように生きたのだろう？　と想像を膨らませてみる。

キム・ヨンスの次の作品も一九一〇年前後に生まれ、三〇年代の朝鮮半島に生きた人物たちについての話だ。彼らはどのような境界で生きていくのか、歴史の歯車の中でどう揉まれていくか、新刊が出るのが待ち遠しい。今後それらが日本語に翻訳され、紹介されることを期待したい。

最後に、本邦訳書の編集にあたられた新泉社の安喜健人さんの熱意に敬意を表する。また、私を支えてくださったすべての方々に心から御礼申し上げる。

二〇一九年十二月

橋本智保

〔著者〕

キム・ヨンス（金衍洙／김연수／KIM Yeon-su）

一九七〇年、慶尚北道金泉生まれ。成均館大学英文科卒業。

一九九三年、詩人としてデビュー。

翌年、長編小説『仮面を指差して歩く』を発表し、本格的に創作活動を始める。

『七番国道』『二十歳』『グッバイ、李箱（イサン）』『僕がまだ子どもだった頃』『愛だなんて、ソニョン』『ぼくは幽霊作家です』『君が誰であろうと、どんなに寂しくても』『波が海のことなら』などの話題作を次々と発表。文学、思想、歴史、社会科学など、広範な読書体験に裏打ちされた文体で多くの読者を魅了し、韓国現代文学の第一人者と評されている。

東仁（トンイン）文学賞、大山（テサン）文学賞、黄順元（ファンスンオン）文学賞、李箱文学賞など数多くの文学賞を受賞。エッセイスト、翻訳者としても活動している。本作『夜は歌う』は、長い年月を費やして書き上げた著者の代表作である。

邦訳書に『世界の果て、彼女』（クオン）、『ワンダーボーイ』（クオン）、『皆に幸せな新年・ケイケイの名を呼んでみた』（トランスビュー）、『目の眩んだ者たちの国家』（共著、新泉社）。

〔訳者〕

橋本智保（はしもとちほ／HASHIMOTO Chiho）

一九七二年生まれ。東京外国語大学朝鮮語科を経て、ソウル大学国語国文学科修士課程修了。

訳書に、鄭智我（チョンジア）『歳月』（新幹社）、千雲寧（チョンウンヨン）『生姜（センガン）』（新幹社）、李炳注（イビョンジュ）『関釜連絡船（上・下）』（藤原書店）、朴婉緒（パクワンソ）『あの山は、本当にそこにあったのだろうか』（かんよう出版）、クォン・ヨソン『春の宵』（書肆侃侃房）、ウン・ヒギョン『鳥のおくりもの』（段々社）など。

韓国文学セレクション
夜は歌う

2020年2月15日　初版第1刷発行Ⓒ

著　者＝キム・ヨンス（金衍洙）
訳　者＝橋本智保
発行所＝株式会社 新 泉 社
〒113-0033　東京都文京区本郷2-5-12
振替・00170-4-160936番　TEL 03 (3815) 1662　FAX 03 (3815) 1422
印刷・製本　萩原印刷

ISBN 978-4-7877-2021-4　C0097

韓国文学セレクション

ぼくは幽霊作家です

キム・ヨンス著　橋本智保訳　二〇二〇年刊行

九本の短篇からなる本作は、韓国史についての小説であり、小説についての小説である。キム・ヨンスの作品は、史実をもとにして小説を創作するという行為をはるかに超えて、小説を書くことによって、歴史に埋もれていた個人の人生から〈歴史〉に挑戦する行為、つまり小説の登場人物たちによって〈歴史〉を解体し、〈史実〉を再構築する野心に満ちた試みとして存在している。

本作で扱われる題材は、伊藤博文を暗殺した安重根、満州事変直後の京城（ソウル）、朝鮮戦争下の延辺、そして現代のソウルに生きる男女などである。だが時代背景を忘れてしまいそうなほど、そこに生きる個人の内面に焦点が当てられ、時代と空間はめまぐるしく変遷していく。

彼の作品は、歴史と小説のどちらがより真実に近づけるのかを洞察する壮大な実験の場としてある。

韓国文学セレクション

舎弟たちの世界史

イ・ギホ著　小西直子訳　二〇二〇年刊行

一九八〇年、全斗煥が大統領に就任すると、大々的な「アカ狩り」が開始され、でっち上げによる逮捕も数多く発生した。そんな時代のなか、ごく普通のタクシー運転手ナ・ボンマンは、軽い接触事故が引き金となって、まったくあずかり知らぬ国家保安法がらみの事件に巻き込まれてしまう。思いもよらない罪を着せられた彼は、小さな夢も人生もめちゃくちゃになっていく。

八〇年代初めの軍事政権下における「国家と個人」「罪と罰」という重たいテーマを扱っているが、スピード感ある絶妙な語り口で、読者の共感を引き出していく。人生に対する鋭い洞察、魅力的なキャラクター設定によって、不条理な時代に翻弄される平凡な一市民の人生を描いた悲喜劇的な秀作。

韓国文学セレクション　ギター・ブギー・シャッフル

イ・ジン著　岡　裕美訳　二〇二〇年刊行

新進の女性作家が、韓国にロックとジャズが根付き始めた一九六〇年代のソウルを舞台に、龍山(ヨンサン)の米軍基地内のクラブステージで活躍する若きミュージシャンたちの姿を描いた音楽青春小説。朝鮮戦争など歴史上の事件を絡めながら、K－POPのルーツといえる六〇年代当時の音楽シーンの混沌と熱気を軽快な文体と巧みな心理描写でリアルに描ききった、爽やかな読後感を残す作品。米軍内のクラブで演奏するためのオーディションシステムやよりステータスの高いステージに立つためにミュージシャンらが繰り広げる熾烈な競争、当時の芸能界に蔓延していた麻薬と暴力についての描写はリアリティがあり、当時の風俗を知る貴重な資料として読み解くこともできる。

韓国文学セレクション　イスラーム精肉店

ソン・ホンギュ著　橋本智保訳　二〇二〇年刊行

朝鮮戦争に参戦した後、韓国に残ることになったトルコ人が、心と身体に深い傷を負った孤児の少年を養子に迎えるところから物語は始まる。ムスリムであるにもかかわらず豚肉を売る仕事に従事するトルコ人、親戚を射殺した後悔から故郷に戻ることができないギリシャ人、戦争で一切の記憶を失ってしまった韓国人の中年男、暴力をふるう夫から逃げてきた女性……。作家は、ソウルのモスク周辺のみすぼらしい路地に集う多様な人物を登場させ、戦争という集団的狂気が残した傷と暴力の凄まじいトラウマとその後遺症を露わにするが、やがて少年が苦しめられ続けた深い傷を癒し、逞しく成長していく過程を流麗な文体で描く。

目の眩んだ者たちの国家

キム・エラン、キム・ヨンス、パク・ミンギュ、ファン・ジョンウンほか著　矢島暁子訳

四六判上製／二五六頁／定価一九〇〇円＋税／ISBN978-4-7877-1809-9

傾いた船、降りられない乗客たち——。

国家とは、人間とは、人間の言葉とは何か。

韓国を代表する気鋭の小説家、詩人、思想家たちが、セウォル号の惨事で露わになった「社会の傾き」を前に、内省的に思索を重ね、静かに言葉を紡ぎ出した評論エッセイ集。

キム・ヨンス「さあ、もう一度言ってくれ。テイレシアスよ」を収録。


「どれほど簡単なことなのか。希望がないと言うことは。

この世界に対する信頼をなくしてしまったと言うことは。」——ファン・ジョンウン

「私たちは、生まれながらに傾いていなければならなかった国民だ。

傾いた船で生涯を過ごしてきた人間にとって、この傾きは安定したものだった。」——パク・ミンギュ

「人間の歴史もまた、時間が流れるというだけの理由では進歩しない。

放っておくと人間は悪くなっていき、歴史はより悪く過去を繰り返す。」——キム・ヨンス